Reitemeier / Tewes · Totgesagte leben lange

JÜRGEN REITEMEIER

WOLFRAM TEWES

Totgesagte
leben lange

PENDRAGON

November 2008

Natascha wunderte sich über gar nichts mehr. Über Männer erst recht nicht. Hans war auch so einer, aus dem man einfach nicht schlau wurde. Wenn der äußere Eindruck nicht täuschte, dann war Hans ein junger, erfolgreicher und hartgesottener Geschäftsmann. Einer, der durchblickte, der sich durchsetzen konnte, der sich von niemandem die Butter vom Brot nehmen ließ. Und nun stand dieser Hans, seinen Nachnamen kannte Natascha nicht, mit dem Rücken zu ihr. Nackt und mit Handschellen an ein rot-weißes Gestell gekettet, das die Form eines großen X hatte. Brave Bürger kannten dieses Zeichen als Andreaskreuz vor Bahnübergängen. Besucher des Lemgoer *Club d'Amour* bezahlten viel Geld dafür, dort angekettet und mal mehr, mal weniger sanft ausgepeitscht zu werden.

Hans war einer von den angenehmen Kunden. Er benahm sich anständig, war freundlich zu ihr und gab auch Trinkgeld. Hans kam immer freitags, am späten Nachmittag. Und er wollte immer nur zu ihr. Der Clubbetreiber hatte bereits ihren Dienstplan darauf ausgerichtet. Vor seiner Behandlung trank Hans stets an der Bar des Clubs einen Kaffee. Dann bestellte er einen großen Drink, immer was anderes, fast immer hochprozentig, der ihm dann während der „Erziehung" in den Raum gebracht wurde. Es gab einen kleinen Spiegel neben dem Andreaskreuz, in dem Natascha sehen konnte, wann die Tür sich hinter ihr öffnete und Charly, der Barmann, den Drink auf einen kleinen Tisch an der Tür stellte. Natascha war es, die das Glas dann zu Hans brachte. Aber nicht einfach so, nein, er musste erst darum betteln. Machte er das nicht ordentlich, gab es die Peitsche. Nur, wenn er brav war, durfte er zwischendurch einen großen Schluck trinken. Da auch seine Augen verbunden waren, war dies gar nicht einfach. Wenn auch nur ein Tropfen auf den Boden fiel, gab es wieder die Peitsche. Natascha hatte es aufgegeben, sich darüber Gedanken zu machen.

An diesem Tag hatte sie eigentlich wenig Zeit. Es war Freitag, der 21. November 2008. Morgen wollte sie ihren 29. Geburtstag feiern. Sie hatte einige Kolleginnen eingeladen und musste noch einkaufen. Aber Hans war ein Stammkunde, der konnte mit Fug und Recht ihre volle Aufmerksamkeit verlangen.

Während sie ihm mit der Peitsche einen roten Striemen nach dem anderen auf den Rücken zeichnete, sah sie im Augenwinkel die sich öffnende Tür. Sah den Mann, der die Drinks auf den kleinen Tisch stellte und die Tür wieder schloss. Natascha drehte sich um, holte das Glas und ließ Hans daran schnuppern. Aber er bettelte nicht überzeugend genug, fand sie, und zog das Glas wieder von ihm weg. Erst nach einigen weiteren Peitschenhieben schaffte er es, ihr Domina-Herz zu erweichen. Sie hielt ihm das Glas vor die Lippen. Einer plötzlichen Laune folgend,

Hans liebte solche Varianten, forderte sie ihn auf, das Glas in einem Zug auszuleeren. Gehorsam befolgte er ihren Befehl. Als dabei ein Teil der Flüssigkeit auf den Boden tropfte, schrie sie ihn an, so wie ein alter Feldwebel einen ungeschickten Rekruten anschreit. Hans stöhnte wohlig, schien die Beleidigungen zu genießen. Einige Minuten lief die „Behandlung" weiter wie gewohnt. Gleich würde sie ihm die Handschellen abnehmen, zuschauen, wie er sich ankleidete und ihren Lohn entgegennehmen. Vielleicht gab es dann noch einen kleinen, unverbindlichen Smalltalk und ein freundliches „Bis nächste Woche".

Aber heute lief irgendetwas nicht nach Plan. Hans atmete unvermittelt heftiger, schien um Luft zu ringen. Er stöhnte, aber nicht wie sonst, laut und hemmungslos vor überbordender Lust, sondern matt, wirkte völlig erschöpft. Sie sprach ihn an, fragte was los sei, aber Hans reagierte nicht. Plötzlich sah sie, dass seine Knie einknickten und er nur noch von den Handschellen in der Vertikalen gehalten wurde. War er eingeschlafen? Sie sprach ihn hart an, laut und obszön, so wie er es mochte. Keine Reaktion. Sie ging zu ihm, rüttelte an seiner Schulter. Sein Kopf fiel zur Seite. Sie riss ihm die Binde ab und sah entsetzt in seine Augen, die leer und ausdruckslos ins Nichts starrten. Kein Stöhnen war zu hören. Aber auch kein Atem mehr.

1

Es war der wärmste Mai gewesen, seitdem es Wetteraufzeichnungen in Deutschland gab. Doch heute regnete es wie aus Kübeln und es war erbärmlich kalt geworden. Ekelhaft! Schulte sah aus dem Fenster. Regen peitschte gegen die Glasscheibe.

„Dreckswetter", brummte er und wollte gerade wieder zurück in sein Bett wanken. Da sah er ihn. Das konnte doch nicht sein! Es war nicht einmal sechs Uhr! Da draußen fuhr doch wirklich sein Enkel Linus mit seinem funkelnagelneuen Fahrrad, seinem Geburtstagsgeschenk, immer wieder durch die größte Pfütze, die der Fritzmeiersche Hof zu bieten hatte.

Der Bengel holt sich doch den Tod, schoss es Schulte durch den Kopf. Er riss das Fenster auf und brüllte den Jungen an. Der schien ihn gehört zu haben, denn er bremste, ließ das Hinterrad nach links ausbrechen und stand im nächsten Moment so, dass er in die Richtung sah, aus der das Gebrüll gekommen war. Dann radelte er lässig zu dem Fenster, das Schulte aufgerissen hatte.

„Hast du gesehen, wie cool ich mit diesem Teil driften kann? Das ist wirklich ein geiles Mountainbike, Opa", strahlte der Junge Schulte mit glücklichem Gesichtsausdruck an. Den konnten auch die vielen Dreckspritzer nicht schmälern, die sich um Nase und Augen des Knirpses angesiedelt hatten.

„Sag mal, Linus, bist du noch zu retten? Bei diesem Wetter mit dem Fahrrad hier auf dem Hof herumzufahren? Außerdem nimmst du auch noch jede Pfütze mit, die du findest. Wenn du so weitermachst, holst du dir eine dicke Erkältung."

Schultes Enkel grinste.

„Wieso? Ist doch warm. Und das bisschen Regen, das kann doch einen echten Mountainbiker wie mich nicht schocken. Wenn ich keinen Bock mehr habe, dusche ich heiß und danach ist alles wieder im grünen Bereich."

Das Grinsen auf dem Gesicht von Linus nahm noch zu.

„Ich drifte noch 'n bisschen, Opa", sagte er lakonisch, trat in die Pedale und war schon wieder auf der Suche nach der nächsten Pfütze.

Schulte schloss das Fenster und sah zu, dass er wieder ins warme Bett kam.

„Alles im grünen Bereich", wiederholte er die Aussage seines Enkels und zog sich die Bettdecke bis an sein Kinn.

Nichts war im grünen Bereich! Nichts! Aber auch rein gar nichts. Jedenfalls nicht bei Schulte. Heute sollte für ihn ein neuer Berufsabschnitt beginnen. Ein neuer Lebensabschnitt! Schrecklich! Um 14 Uhr sollte er seinen Dienst in einer anderen Abteilung antreten. In einer Dienststelle arbeiten, die vom Innenministerium neu geschaffen worden war und als *Think-Tank* tituliert wurde.

Think-Tank, so ein großspuriger Quatsch. Das, was die in Düsseldorf sich da ausgedacht hatten, war nichts anderes als ein Abstellgleis für Beamte, die entweder unbequem, oder sonst nicht zu gebrauchen waren. Und er, Schulte, war einer davon.

Think-Tank, das hörte sich natürlich gut an. Die Angelegenheit war auch in der Presse vom neuen Minister als großartiges, innovatives Projekt angepriesen worden. Doch die Bürohengste hatten die Chance genutzt und diese wegweisende Veränderung etwas umgewidmet. In Düsseldorf, das hatte Schulte mittlerweile herausbekommen, pfiffen es die Spatzen von den Dächern: „Ab sofort geht jeder, der nicht spurt, oder es sonst nicht geregelt bekommt, nach Lippisch-Sibirien."

Schulte war sich sicher, dass Klaus Erpentrup, sein alter Chef und jetzt Staatssekretär im Innenministerium, dafür gesorgt hatte, dass er in dieser zukunftsorientierten Abteilung kaltgestellt werden sollte. Genau das war es, was Schulte gerade widerfuhr. Er wurde kaltgestellt, wurde abgeschoben in eine Versorgungsstätte für ältere, unbequeme, ignorante Polizeibeamte. An einen Ort, an dem er nicht mehr störte. Das war wahrhaftig eine Art moderner Folter.

Als der zuständige Personalverantwortliche des Landes NRW Schulte im vergangenen Jahr den neuen Job schmackhaft gemacht hatte, hörte sich alles ja noch ganz gut an. Jedenfalls zu Beginn des Personalgespräches.

„Sie können sogar in Detmold bleiben", war der Mann ihm um den Mund gegangen. „Die neue Dienststelle liegt nicht mal einen Kilometer von ihrer alten Wirkungsstätte entfernt", hatte der Personaler gesäuselt. „Am Heidenbach 8."

Schulte war stutzig geworden. Am Heidenbach? Er konnte sich nicht erinnern, dass sich in dieser Straße ein Verwaltungsgebäude befand. Das Einzige, was ihm zu dieser Straße einfiel, war eine Kneipe. Der *Obernkrug*. Aber der war inzwischen zu. Schulte hatte dort hin und wieder mit zwei Kumpels Skat gespielt. Bis der Wirt vor geraumer Zeit unerwartet gestorben war.

Kaum hatte Schulte die Personalabteilung des Innenministeriums verlassen, da hatte er sein Smartphone gezückt und die Dienste von Google in Anspruch genommen. Nachdem er die Adresse seiner neuen Dienststelle eingegeben hatte, entgleisten ihm die Gesichtszüge.

Obernkrug, las Schulte, *Gaststätte*. Und in Rot geschrieben stand ergänzend da: *Geschlossen*.

Würde er in naher Zukunft sein Büro in einer ehemaligen Dorfkneipe beziehen? Das konnte nicht sein! Er hörte jetzt schon die Sprüche, die seine Detmolder Kollegen klopfen würden. So nach dem Motto: „Na, Schulte, endlich am Ziel? Dienst in der Kneipe schieben, das war ja schon immer dein Traum."

Schon nach einer halben Stunde bestätigte sich, dass Schulte mit seiner Vermutung über den Standort seiner neuen Dienststelle, goldrichtig gelegen hatte. Mit Hilfe seiner Kontakte hatte er kurze Zeit später Gewissheit bekommen. Der Kreis Lippe hatte das Gebäude, den Obernkrug am Heidenbach, gekauft und es an das Land NRW weitervermietet.

Schulte versuchte sich die Motivation der Verantwortlichen im Innenministerium begreiflich zu machen. Sie hatten sich wahrscheinlich die Frage gestellt: Wie können wir die Quertreiber und renitenten Polizisten dieses Bundeslandes am einfachsten entsorgen? Wo in unserem Hoheitsgebiet gibt es den geeignetsten Ort für eine Polizeiabteilung, in der man auf keinen Fall – niemals! – Dienst schieben wollte? Denn wer hier zukünftig arbeiten würde, wäre ruiniert, wäre stigmatisiert. Stigmatisiert als aufsässig, renitent, unbequem, schlechthin als Außenseiter, mit dem niemand mehr etwas zu tun haben wollte. In Heidenoldendorf würden zukünftig die Polizisten des Landes untergebracht werden, die überflüssig waren, die keine Polizeibehörde in Nordrhein-Westfalen mehr wollte. Ab nach Lippisch-Sibirien!

2

Der erste Tag als Chefin der Detmolder Polizei, Abteilung Gewaltverbrechen. In einer halben Stunde hatte sie einen Termin beim Landrat. Es war der erste, den sie als frischgebackene Leiterin des Kommissariats bei ihrem obersten Dienstherrn hatte.

Maren Köster stand in ihrem Büro vor dem Fenster und sah gedankenverloren zu, wie die Regentropfen gegen die Scheibe klatschten. Für den Bruchteil einer Sekunde schien es, als hätte das Glas eine Beule bekommen. Dieses Ereignis passierte pro Sekunde mehrere hundert Mal auf der Fensterscheibe durch die die Polizistin schaute. Was dazu führte, dass die Sicht auf den Hof alles andere als klar war. Alles, was Maren Köster beobachtete, war verzerrt, hatte eigenwillige Formen.

Ihre Betrachtungen wurden jäh unterbrochen. Auf den Parkplatz der Kreispolizeibehörde fuhr ein Auto, ein alter Landrover.

Seltsam, dachte Maren Köster, durch die vielen tausend Wassertropfen auf der Scheibe wurde alles, was man durch sie hindurchsehen konnte, unscharf. Nur der Geländewagen, der jetzt parkte, hatte klare, eckige Konturen. Keine Kante des Autos hatte auch nur die kleinste Delle. Sogar den Fahrer erkannte Maren Köster. Jede Bartstoppel glaubte sie in dem unrasierten Gesicht zu erkennen. Sie sah Schulte, ihren alten Chef und Kollegen hinter dem Steuer des Autos. Klar und deutlich.

Das konnte doch nicht sein! Maren Köster blinzelte. Spielte ihr Unterbewusstsein ihr einen Streich? Die Polizistin blinzelte noch einmal und sah wieder zum Auto. Das hatte sich nun dem Zerrbild, das die nasse Glasscheibe produzierte, angepasst. Es gab keine klaren Konturen mehr. Alles, was die Polizistin jetzt wahrnahm, war verschwommen. Verschwommen, im wahrsten Sinne des Wortes.

Maren Köster verließ ihren Platz. Sie ging zum Schreibtisch und setzte sich. Sie musste Schulte, der gleich aus dem Auto aussteigen würde, nicht weiter beobachten. Sie wusste, wie die nächsten Sekunden dort draußen ablaufen würden.

Ihr alter Chef würde die Fahrertür aufstoßen. Er würde fluchen wie ein Bierkutscher, würde sich den Kragen seiner alten Lederjacke hochschlagen, ihn mit den Händen vorne zusammenhalten. Im nächsten Augenblick würde er seine Schultern hochdrücken und versuchen den Kopf einzuziehen, genauso wie eine Schildkröte es tat, und gleich würde Schulte, so schnell es ihm möglich war, Richtung Kreispolizeibehörde sprinten. Wobei die Bezeichnung sprinten durchaus als euphemistisch zu bezeichnen war, dachte Maren Köster.

Ihre Wahrnehmung, was Schulte betraf, hatte sich im Laufe der Zeit geändert. Er schien ihr nicht mehr der dynamische Draufgänger zu sein, der Kneipengänger, das Großmaul, der Weiberheld.

Die Wandlung hatte sich unvermutet, fast plötzlich vollzogen. Vor etwas mehr als einem halben Jahr hatte Schulte sie noch aus der Gewalt eines Verbrechers befreit. Damals hatte er noch stark und dominant gewirkt. Von solchen Attributen war nichts mehr zu erkennen. Mittlerweile, so schien es Maren Köster, war Schulte ein Schatten seiner selbst. Wenn er ging, sah es so aus, als schleppe er sich dahin. So, als hätte er eine schwere Last auf seinen Schultern. Außerdem drängte sich ihr immer öfter der Eindruck auf, dass er langsam und träge beim Denken geworden war.

Schulte war schon über ein viertel Jahr nicht mehr im aktiven Dienst. Er feierte alten Urlaub ab. Es hatte sich herausgestellt, dass er schon seit Jahren viele Wochen vor sich hergeschoben hatte.

Maren Köster überlegte. Eigentlich hatte Schulte nie länger am Stück frei gehabt. Vielleicht ein oder zwei Tage. Aber mal drei Wochen Malle oder so, daran konnte sie sich nicht erinnern. Solche Unternehmungen passten nicht zu Schulte. Er war eigentlich immer hier gewesen, die Kreispolizeibehörde ohne Schulte, daran konnte sie sich nicht erinnern.

Und so war es auch, als Schulte den Zwangsurlaub beginnen musste, den ihm die Personalabteilung verordnet hatte. Er kam weiterhin jeden Tag in die Kreispolizeibehörde. Dort hatte er in den Büros der Kollegen herumgesessen, Kaffee getrunken und Geschichten erzählt.

Geschichten erzählt, das traf es nicht, dachte Maren Köster, er hatte rumgesessen und geschwafelt. Genau, geschwafelt, diese Beschreibung traf es.

Erst hatten die Kollegen ihn aus Höflichkeit ertragen. Doch nach einigen Tagen verdrehten alle die Augen, wenn Schulte im Anmarsch war. Hastig verzogen sich die meisten mit den Worten: „Wenn Schulte fragt, ich bin nicht da."

Man verdrückte sich, wenn Schulte auf der Bildfläche erschien.

Tragisch, dachte Maren Köster. Schulte, der doch immer mit seinem Polizistendasein gehadert hatte, der den Job, wie er immer behauptete, damals nur angenommen hatte, weil er seinen Unterhaltsverpflichtungen nachkommen musste. Er, der unangepasst blieb bis zu seinem letzten aktiven Arbeitstag, der jedem Vorgesetzten die Stirn geboten hatte, weil er so vieles an dem Polizeiapparat auszusetzen und zu kritisieren hatte, hatte doch nichts anderes als diesen Beruf, dem er über die Jahre alles untergeordnet hatte. Schulte war Polizist durch und durch und wollte es sein Leben lang nicht sein.

Und jetzt, wo man ihn nur ein paar Monate in Urlaub geschickt hatte, da wusste er nichts, aber auch gar nichts mit sich anzufangen. Schulte hat keine Interessen, dachte Maren Köster, keine Hobbys, Schulte war immer nur Polizist und oft ein unzufriedener dazu.

3

Hastig stieß Schulte die Tür zur Kreispolizeibehörde auf. Er schüttelte sich wie eine nasse Katze. Genau wie die hasste er dieses Wetter. Dauerregen. Widerlich!

Doch auch die trockenen Flure seiner ehemaligen Wirkungsstätte konnten Schulte nicht aufmuntern. Hier in diesem Gebäude hatte er 34 Jahre gearbeitet. Er war eine Institution gewesen. Er hatte Kolleginnen und Kollegen kommen und gehen sehen. Und jetzt war er gegangen worden. So empfand er es jedenfalls. Jetzt würde er noch seine letzten Habseligkeiten und seinen geliebten Kaffeeautomaten abholen und dann war es das. Schluss, aus, Feierabend!

In den letzten Wochen, die er zwangsweise dazu genutzt hatte, seinen Urlaub abzufeiern, war er öfter mal hier gewesen um seine alten Kollegen zu besuchen. Doch immer hatte er das Gefühl gehabt, zu stören. Stets hatte er seinen Aufenthalt hier als eine bleierne Zeit empfunden.

Aus den Augen, aus dem Sinn, dachte Schulte verbittert und stieß die Tür zu seinem ehemaligen Büro auf. Er empfand eine unglaubliche Einsamkeit. Es war alles so trostlos. Er spürte einen dicken Kloß im Hals. Diese verdammte Kreispolizeibehörde! Wie hatte er sie oft gehasst und doch brauchte er diesen Schuppen, die Kollegen, den Stress, den Ärger. Eben alles, was sich in diesem Laden täglich so ereignete.

Er hörte ein Geräusch auf dem Flur. Schulte gab sich einen Ruck und rief sich in das Hier und Jetzt zurück. Im nächsten Augenblick stand Maren Köster im Türrahmen.

Er merkte, dass es ihr schwerfiel ihm zu begegnen. Sie fragte: „Wie wäre es mit einer Tasse Kaffee?"

„Nee, lass mal, Maren! Du und auch andere Kollegen haben mir in den letzten Monaten oft genug das Gefühl gegeben, dass Kaffeetrinken mit mir vergeudete Zeit ist. Ich habe es verstanden", entgegnete Schulte brüsk.

„Jupp, ich bitte dich, lass uns wie vernünftige Menschen miteinander reden!" Ihre Stimme hatte etwas Flehentliches.

„Wir reden immer wie vernünftige Menschen miteinander, weil wir vernünftig sind", entgegnete Schulte. Und darum werde ich jetzt mit dir keinen Kaffee trinken und auch nicht mit dir sprechen. Ich schleppe meine Piselotten aus dem Laden und dann seid ihr mich los."

Maren Köster holte tief Luft, um etwas zu sagen. Doch Schulte schnitt ihr das Wort ab. „Reden können wir, wenn es nicht mehr so weh tut." Wieder spürte er diesen verdammten Knoten im Hals. Hastig drehte er sich zu Seite und räusperte sich. Dabei stieß er mit einem bulligen Polizisten zusammen, der sich den beiden, warum auch immer, sehr leise genähert hatte.

Schulte drückte ihm den Kaffeeautomaten in die Hand und sagte mit einem Ton, der keinen Widerspruch duldete: „Volle, bring die Maschine zu meinem Auto!"

Der Polizist sah Maren Köster fragend an. Schulte kannte den Grund für diesen Ausdruck in Volles Gesicht. Die Ursache dafür war der unausgesprochene

Satz: Darf der Schulte mir befehlen, diese Maschine zu seinem Auto zu tragen?

„Ja, der darf das!", gab Schulte dem Polizisten unmissverständlich zu verstehen. Dann schritt er gruß- los, eine Kiste mit Kleinkram aus seiner Schreibtisch- schublade unter dem Arm, vor Volle her zu seinem Landrover.

4

Lange hatte Schulte sich nicht in der Kreispolizeibe- hörde aufgehalten. Und dennoch kam er zu spät zu dem Kick-off Termin, wie der Personaler in Düssel- dorf das heutige Ereignis genannt hatte. Schulte has- tete, soweit es die Kaffeemaschine, die er unter den Arm geklemmt hatte, zuließ, die wenigen Stufen des neuen Dienstgebäudes, einst die Dorfkneipe Heiden- oldendorfs, hinauf. Noch bevor er Anstalten unter- nehmen konnte, die Tür zu öffnen, bewegte sich diese wie von Geisterhand. Vor ihm stand sein alter Chef, der frischgebackene Staatssekretär, Klaus Erpentrup.

Ehe sich Schulte an ihm vorbeidrücken konnte, setzte dieser sein ach so bekanntes arrogantes Lächeln auf und sagte: „Wie ich sehe, hat sich nichts verän- dert. Der Polizeirat kommt wie immer zu spät."

„Doch", entgegnete Schulte. „Es hat sich was ver- ändert, Sie arbeiten nicht mehr in Detmold. Und das ist auch gut so!"

Das höfische Grinsen des Staatssekretärs blieb in dessen Gesicht, wie gemeißelt.

„Stimmt!" Erpentrup bleckte jetzt seine weißen Zähne, ganz als wolle er zubeißen. Und gewissermaßen tat er das auch. „Ich bin die Karriereleiter nämlich hinaufgestiegen. Sie, Schulte, Sie hingegen nicht. Aber in Detmold sind Sie gewissermaßen auch nicht mehr. Ihr geliebtes Team muss nun ohne Sie auskommen. Ihr zukünftiger Arbeitsplatz ist, wenn man diesen Umstand überhaupt als solchen bezeichnen darf, in einer ehemaligen Dorfkneipe untergebracht. Passend zu Ihren Vorlieben."

Erpentrup grinste erneut. Vielleicht noch etwas bösartiger als zuvor, wenn das überhaupt möglich war, fuhr er fort: „Und das Beste an der gesamten Veränderung ist die Tatsache, dass Sie mit den größten Psychopaten, die sämtliche Polizeibehörden des Landes NRW aufzuweisen haben, in diesem Laden hier eingepfercht sind. Ich brauche nichts weiter zu machen, als ganz entspannt abzuwarten. Die Zeit wird es richten. So viele Analphabeten hinsichtlich sozialer Kompetenzen, wie sie hier an dieser Stelle versammelt sind, die zerfleischen sich schon selbst. Da bedarf es überhaupt keiner weiteren Aktivitäten meinerseits. Es ist, wie gesagt, eine Frage der Zeit, bis die Verrückten, die hier ihren sogenannten Dienst verrichten, aufeinander losgehen und sich gegenseitig zerfetzten."

Die Ausführungen Erpentrups überraschten Schulte überhaupt nicht. Genauso hatte er sich sei-

ne Zukunft in den vielen schlaflosen Nächten aus-
gemalt. Was Schulte aber nicht erwartet hatte, war
die Unverfrorenheit, mit der Erpentrup ihm gegen-
übertrat. Viele Jahre war dieser der Chef der Kreispolizeibehörde Detmold gewesen, und somit Schultes
Vorgesetzter.

Vor einem halben Jahr war Erpentrup die Treppe
hinaufgefallen und Staatssekretär geworden. Doch
vor diesem Karriereschub hatte der ehemalige Detmolder Polizeichef sich so gravierende Fehler im
Dienst erlaubt, dass Schulte damals die Möglichkeit
gehabt hätte, ihn abzusägen, mindestens aber seine
Beförderung zum Staatssekretär zu verhindern.

Doch Schulte hatte nichts getan. Ihm hatte es gereicht, dass Erpentrup nicht mehr sein Chef in Detmold war. Dies war vielleicht ein Fehler gewesen.
Jetzt saß Erpentrup, das wurde Schulte gerade unmissverständlich klar, am längeren Hebel. Und diese
Tatsache würde zur Folge haben, dass ihm sein alter
Chef weiter das Leben zur Hölle machen würde.

Erpentrup hatte es geschickt eingefädelt. Er hatte
Schulte isoliert. Aus seiner jetzigen Position heraus
konnte er Erpentrup nicht gefährlich werden. Und
seine alten Kolleginnen und Kollegen der Kreispolizeibehörde würden sich nicht vor seinen Karren
spannen lassen, um Schultes Privatkrieg gegen Erpentrup zu befeuern.

Grimmig drängte Schulte sich an seinem alten
Chef vorbei und betrat den ehemaligen Schankraum.

Hier blickten ihn fünf Augenpaare missbilligend an. Dann meldete sich der Personaler aus Düsseldorf zu Wort: „Gut, dass die Presse es nicht für nötig gehalten hat, hier heute zu erscheinen. Und noch besser für Sie, Herr Schulte, dass der Minister verhindert ist. Der hasst ein Zuspätkommen nämlich wie die Pest. Wenn der Chef den Termin wie geplant wahrgenommen hätte, wären Sie jetzt schon einen Kopf kleiner."

Der Mann aus Düsseldorf tat so, als würde er einen Schwarm Fliegen verjagen. „Wie auch immer, wir haben lange auf Sie gewartet, Herr Schulte, aber irgendwann ist Feierabend." Der Personaler sah auf seine Armbanduhr. „Ich muss los! Wir haben alles besprochen. Lassen Sie sich von den Kollegen ins Bild setzen, Herr Polizeirat."

Eine Minute später war Schulte mit den Menschen, mit denen er zukünftig zusammenarbeiten sollte, allein im Raum. Schulte empfand Misstrauen und Ablehnung. Er überlegte, wie er das eisige Schweigen durchbrechen konnte. Eher hilflos wies er auf seinen Kaffeeautomaten.

„Jupp, Jupp Schulte", stellte er sich vor. „Ich dachte mir, ich sorge schon mal für etwas Luxus in diesem Laden."

Ein hagerer Mann, anscheinend der jüngste unter den Anwesenden, erhob sich. „Ich trinke keinen Kaffee", sagte er lakonisch und machte Anstalten den Raum zu verlassen.

„Und wie heißt du?", rief Schulte ihm hinterher.

„Wären Sie pünktlich gewesen, wüssten Sie es", ließ der Kerl noch verlauten, bevor die Tür hinter ihm ins Schloss fiel.

Das also ist das Arschloch dieser Truppe, dachte Schulte und stellte den Automaten auf dem Tisch ab. Dann schoss ihm ein Gedanke durch den Kopf, der ihm den Schweiß auf die Stirn trieb. Womöglich war der Dünne gar nicht das Arschloch der hier Anwesenden, sondern nur eines von denen.

Laut sagte er: „Da waren es noch drei." Er machte eine kurze rhetorische Pause und fragte dann in die Runde: „Also, möchte jemand einen Kaffee?"

„Leider haben wir keine Tassen", entgegnete die einzige Frau der Gruppe, stellte sich als Adelheid Vahlhausen vor und gab Schulte die Hand.

„Habe ich mir gedacht", entgegnete Schulte und zog einen Stapel Plastikbecher aus der Tasche.

„Du scheinst durchzublicken", knarzte ein Mann, der so alt aussah, als wäre er schon seit einem Jahrzehnt pensioniert. Er stand auf, setzte ein schiefes, aber freundliches Grinsen auf, gab Schulte die Hand und stellte sich als Manfred Rosemeier vor. „Der junge Kerl, der gerade den Raum verlassen hat, heißt übrigens Marco van Leyden. Gehört auch zu uns. Der ist wahrscheinlich nur ein bisschen unsicher, daher wirkt er leicht grob."

Schulte hatte da seine Zweifel, sagte aber nichts, sondern schaute sich um. Jetzt saß da noch ein Mann, der aussah, als käme er gerade vom Pferderennen in Ascot. Wie aus dem Ei gepellt und sonnenbankgebräunt.

„Mein Name ist Hubertus von Fölsen", gab er sich affektiert, als Schulte ihm seine Aufmerksamkeit zeigte. „Und ich muss schon sagen, ich finde es in mehrfacher Hinsicht ungehörig, was sich hier manifestiert. Beginnen wir mit der Tatsache, dass Sie, Herr Schulte, es anscheinend nicht einmal für nötig erachten, pünktlich zu erscheinen, wenn unser Innenminister sich angekündigt hat."

Schulte wollte sich rechtfertigen. Doch der Mann ließ ihn mit einer arroganten Handbewegung schweigen. Offenbar besaß er große Übung in dieser Kunst.

Auf seine blasierte Art fuhr er fort. „Genauso ungehobelt empfinde ich es, dass der Minister es nicht für nötig erachtet, bei einem so richtungsweisenden Projekt, wie dem, das hier entstehen soll, selbst den Startschuss zu geben."

Alle starrten von Fölsen an. Hatte der den Schuss nicht gehört?

„Doch mittlerweile habe selbst ich begriffen, dass es sich bei dem Projekt *Think-Tank* um keine zukunftsträchtige Neuausrichtung handeln wird. Wahrscheinlich bin ich, genau wie alle anderen Anwesenden, einer mehr oder weniger widerlichen Strategie zum Opfer gefallen. Die vermutlich nichts anderes zum Ziel hat, als mich – und natürlich auch Sie, meine Dame, meine Herren – schlicht und ergreifend kaltzustellen. Dieser Eindruck verstärkt sich noch, wenn ich dieses Gebäude und die Rahmenbedingungen betrachte."

Von Fölsen machte eine bedeutungsschwere Pause. Straffte dann seine Manschetten und wischte sich ein paar imaginäre Staubkörner vom Ärmel. „Nun ja", fuhr er in hochmütiger Weise fort. „Die Damen und Herren in Düsseldorf werden mich nicht so ohne Weiteres kleinkriegen. Ich werde unbeirrt an meinem Buch *Die Kritik am Nordrhein-Westfälischen Polizeiapparat* weiterarbeiten." Wieder machte Hubertus von Fölsen eine seiner unnachahmlichen rhetorischen Pausen und grinste plötzlich diabolisch.

„Dieser widerliche Schachzug, mit dem die verkommenen Kräfte im Innenministerium versuchen, aufrechte Angehörige des Apparats ins Abseits zu stellen, der wird nach hinten losgehen. Meine Gegner räumen mir mit ihrem Vorgehen genau die Zeit ein, die ich benötige, um mein Werk, das die massive Kritik an der Arbeit der verdorbenen Subjekte im Ministerium offenlegt, in die Tat umzusetzen."

Alle starrten Hubertus von Fölsen mit offenem Mund an.

Doch schon fuhr der Mann in befehlsgewohnter Manier fort: „Sie, Herr Schulte, kennen die Verhältnisse hier in Detmold. Sorgen Sie möglichst schnell dafür, dass wir eine angemessene Büroeinrichtung bekommen! Ich muss arbeiten. Darüber hinaus", jetzt wandte sich von Fölsen an alle Anwesenden im

Raum, „rechnen Sie nicht allzu sehr mit mir. Mein Ziel ist dieses Buch. Das ist meine Antwort auf die Unverschämtheiten des Innenministeriums."

Hubertus von Fölsen nestelte an seinem Hemdkragen und straffte erneut seine Manschetten. Dann ergriff er noch einmal das Wort: „Ich mache jetzt Feierabend. Wir sehen uns morgen. Herr Schulte, Sie wissen, was Sie zu tun haben."

5

Was bildete sich dieser blasierte Affe, dieser von Fölsen, bloß ein? Dem war doch sein blaues Blut zu Kopf gestiegen. Schulte saß auf einem der Barhocker an der Theke und war kurz vor der Explosion. ‚Sie, Herr Schulte, kennen die Verhältnisse hier in Detmold. Sorgen Sie möglichst schnell dafür, dass wir eine angemessene Büroeinrichtung bekommen!', hatte dieser adelige Schnösel ihn herumkommandiert. Aber nicht mit ihm! Nicht mit Jupp Schulte. Da mussten schon andere kommen als so ein degenerierter Lackaffe. Er würde ihm was husten, diesem affektierten Kerl.

Hinter dem Tresen machte sich Manfred Rosemeier an einer Thermoskanne zu schaffen. Der einzige Mensch hier, der offen und freundlich wirkte, fand Schulte. Schulte griff sich einen Becher und hielt ihn Rosemeier unter die Nase. Dieser sah Schulte missbilligend an und schenkte ihm widerwillig ein. Ohne ein Wort des Dankes nahm Schulte gleich einen Schluck des Getränkes und spie die braune Brühe augenblicklich zurück in den Becher.

„Bah, was für ein widerliches Gesöff! Die Brühe ist ja nur noch lauwarm und bitter wie die Hölle."

Rosemeier grinste.

„Ich habe dir den Kaffee schließlich nicht angeboten. Außerdem warst du es doch, der eben noch mit dieser Hightech-Kaffeemaschine unter dem Arm durch die Gegend lief und großspurig herumposaunte, schon mal für ein bisschen Luxus in diesem Laden sorgen zu wollen. Dann mach dir doch einen frischen."

Schulte winkte mit angewidertem Gesichtsausdruck ab.

„Lass gut sein, Rosemeier. Hast du mal so was wie ein Glas Wasser?"

„Auch, wenn ich hinter dem Tresen stehe, Schulte, ich bin hier nicht der Butler. Wenn du ein Glas Wasser willst, dann musst du dir schon selbst eines organisieren." Auch Rosemeiers Gemütsruhe hatte offenbar ihre Grenzen.

Das war zu viel für Schulte. Dem platzte jetzt der Kragen.

„Sag mal, was ist hier eigentlich los? Dieser van Leyden lässt mich einfach stehen und haut ab, wenn ich mit ihm sprechen will. Der blaublütige Affe will mich herumkommandieren wie einen Schuljungen.

Und du machst dir ins Hemd, wenn ich dich um ein Glas Wasser bitte? Was seid ihr eigentlich alle für Pfeifen?"

Rosemeier ließ sich, obwohl auch er angefressen war, nicht provozieren.

„Jetzt komm mal runter, Schulte! Wir haben alle die Nerven ein bisschen blank liegen. Keiner von uns ist freiwillig hier. Wir müssen uns zusammenreißen. Okay, ich gebe zu, eben das mit dem Wasser war blöd von mir. Also, noch mal zurück auf Anfang. Bitteschön, dein Wasser."

Rosemeier schob ein volles Glas in Schultes Richtung. Der sah seinem Kollegen direkt in die Augen und nickte.

„Hast recht, Rosemeier, ich habe mich im Ton vergriffen. Sorry. Uns gegenseitig anmachen bringt gar nichts. Warum bist du hier?"

Rosemeier winkte ab.

„Ist 'ne lange Geschichte. Vielleicht später mal. Wenn ich dir das jetzt in epischer Breite erzähle, komme ich nur noch schlechter drauf. Lass uns über etwas anderes reden."

Doch die Männer schwiegen. Die Stille wurde anstrengend. Anscheinend suchten beide nach einem unverfänglichen Thema, über das sie reden konnten. Dann veränderte sich Rosemeiers Gesichtsausdruck, der nun etwas Schalkhaftes ausdrückte.

„Schön, dass ich dich wenigstens duzen darf. Die anderen hier sind abgehoben. Die tun alle, als wären sie irgendwas besseres. Übrigens, dass ich jemals in Detmold arbeiten würde, hätte ich mein Lebtag nicht gedacht", sinnierte er. „Dieses Kaff ist mir bisher nur einmal im Leben untergekommen. Ich glaube, ich war damals auf irgend so einem Lehrgang. Da wurde ein Kollege, der aus Detmold kam, an den Namen kann ich mich nicht mehr erinnern, zurückbeordert, weil er in einem neuen Fall ermitteln musste und seine Kollegen anderweitig unterwegs waren."

Schulte sah Rosemeier verständnislos an.

„Was ist daran so ungewöhnlich?"

„Ja, das Ungewöhnliche war der Ort, an dem der Mann, der die Ermittlungen nötig machte, zu Tode gekommen war. Er hatte sich in einem Puff fesseln und peitschen lassen. Offenbar hat er während der Nummer einen Herzinfarkt bekommen und war sofort tot."

Schulte nickte.

„Daran kann ich mich vage erinnern. Bernhard Lohmann, ein ehemaliger Kollege, war an dem Fall dran. Es gab damals ein paar Ungereimtheiten, glaube ich. Aber wie das genau war, das kriege ich nicht mehr zusammen."

Rosemeier tippte Schulte an.

„Ich meine, wenn wir hier sowieso nur Däumchen drehen, dann könnten wir doch die Sache noch mal aufrollen. So zum Zeitvertreib."

Schulte war von der Idee nicht so begeistert wie

sein Kollege. Wollte ihm aber auch nicht gleich einen Korb geben.

„Mal sehen, Rosemeier. Ich besorge jetzt erst mal ein paar Büromöbel und dann sehen wir weiter. Wir können die Angelegenheit ja mal im Hinterkopf behalten."

6

Die Wetterkapriolen dieses Frühjahrs waren wirklich verrückt. Temperaturveränderungen von bis zu 20 Grad innerhalb eines Tages, das hielt doch kein Mensch aus. So schön es in Lippe auch sein mochte, so ein Wetter wie heute konnte einen schon depressiv werden lassen. Hubertus von Fölsen sah aus dem Fenster seiner neuen Dienststelle. Zur damaligen Zeit war es die In-Kneipe für über 60-Jährige in der Region, heute die Dienststelle einer Polizei-Sondereinheit des Innenministeriums. Na ja, dachte von Fölsen, fast alle, die jetzt hier arbeiten, sind auch über 60. Hat sich also nicht viel geändert. Muss wohl an der Lokalität liegen.

Während von Fölsen abwesend aus dem Fenster starrte und dabei diesen und ähnlichen Gedanken nachhing, sah er plötzlich etwas Ungewöhnliches. Ein museumsreifer Traktor tuckerte in die verkehrsberuhigte Zone. Das Dieselross aus längst vergangener Zeit hielt direkt auf die Gastwirtschaft zu. Gesteuert von einem uralten Mann. Von Fölsen schüttelte fassungslos den Kopf, nachdem ihm klargeworden war, dass das Ziel dieser Trecker fahrenden Pfeife wirklich das Gebäude der ehemaligen Kneipe war.

Der altersschwache Bulldog kam genau vor dem Gebäude der Gaststätte zu stehen. Und ein von harter Arbeit und, wie Hubertus von Fölsen glaubte, von viel Alkohol gezeichneter alter Mann, kletterte vom Fahrersitz.

Weiß der Himmel, was der Alte geladen hat, dachte von Fölsen. Vielleicht war der Kerl ein Schrotthändler oder etwas Ähnliches.

Eine mehrfach geflickte und dennoch löcherige Plane verhinderte, dass der Polizist auch nur eine Ahnung entwickeln konnte, was sich darunter verbarg. Noch bevor von Fölsen sich weiter Gedanken machen konnte, steuerte der hutzelige alte Mann auf den Eingang zu. In der Hand hielt er einen alten Kartoffelsack. Den hatte sich der Kerl wahrscheinlich über seine Beine gelegt, um sich vor der Kälte zu schützen. Auch wenn der Trecker ein Verdeck hatte, war das Ganze doch eine relativ zugige Angelegenheit.

Hubertus von Fölsen ging zur Tür, um dem Alten mitzuteilen, dass das Gebäude bereits seit längerer Zeit keine Kneipe mehr war, sondern eine Dienststelle der Nordrhein-Westfälischen Polizei.

„Weiß ich doch!", war die schnöde Antwort des alten Mannes. „Hat mich Jupp doch schon allet erzählt."

Von Fölsen war konsterniert. Was war das für eine seltsame Person, die da vor ihm stand und wer um Himmelswillen war Jupp?

„Mann, Mann, Mann, wat is dat für ein Scheißwetter, diese nasskalte Suppe. Dat is doch nich mehr normal, is das nich?"

Von Fölsen wollte sich mit diesem seltsamen Alten nicht über das Wetter unterhalten. Er wollte nur, dass der Kerl den Raum verließ.

Der Alte ließ sich auf einen Stuhl fallen.

„Sach mal, hasse die Kaffeemaschine schon ancheschmissen? Ich könnte jetzt so 'ne schöne Tasse Bohnenkaffee chebrauchen, dat ich diese Kälte endlich wieder auße Knochen rauskriege."

Hubertus von Fölsen war fassungslos. So ein impertinenter Kerl. Der tat so, als wäre es die größte Selbstverständlichkeit der Welt, dass er hier so einfach hereinmarschierte, als sei es sein Wohnzimmer. Jetzt fehlte nur noch, dass er sich auf einen Stuhl fläzte und ihm die Gummistiefel hinhielt, mit der Aufforderung ihm beim Ausziehen derselben zu helfen. Doch diese Gedanken behielt Hubertus von Fölsen für sich. Ganz Mann von Welt, versuchte er dem Alten noch mal klar zu machen, dass er hier fehl am Platz sei.

Doch der Mann winkte ab.

„Hör mich auf", entgegnete er. „Ich sach dir jetzt wat: Du chibs mich jetzt einen schönen Kaffee, damit mich wieder warm wird und dann laden wir beide den Hänger ab."

Von Fölsen war einen Moment sprachlos. Dann wiederholte er fassungslos die letzten Worte des Alten: „Wir beide laden den Hänger ab?"

„Chenau, aber nich bevor ich einen Kaffee chekricht habe."

Und was daraufhin geschah, hätte von Fölsen vor einer Minute noch nicht für möglich gehalten. Wie ferngesteuert ging er zu Schultes Vollautomaten, schaltete ihn ein und servierte dem Kerl, der es sich auf einem der Stühle in dem ehemaligen Gastraum gemütlich gemacht hatte, eine Tasse mit dem dampfenden Gebräu, das munter macht.

„Chet doch", kommentierte der Alte den Vorgang.

Von Fölsen schwoll der Kamm. Was bildete sich diese abgerissene Figur ein? Doch noch bevor er seinem Unmut Luft machen konnte, ergriff der ungebetene Gast wieder das Wort.

„Ich hab mich noch char nich vorchestellt." Der Mann streckte von Fölsen eine schwielige und wie der Polizist fand, nicht ganz saubere Hand entgegen und sagte: „Anton Fritzmeier is mein Name. Mich chehört der Hof, wo Jupp wohnt. Is 'n prima Kerl, musse dich bloss ersmal dran chewöhnen."

Wieder stellte von Fölsen sich die Frage, wer um alles in der Welt war Jupp? Sagte aber artig: „Hubertus von Fölsen, Polizeioberrat."

„Weiß ich doch, der Blaublüter. Hat mich doch Jupp allet schon erzählt. Und wenn er et nich chetan hätte, wüsst ich et auch. Wer so'n Stock im Arsch

34

hat, der muss einfach ein Baron oder sowat ähnlichet sein."

Fritzmeier trank seinen letzten Schluck Kaffee und stand vom Stuhl auf. Er drückte seinen Rücken durch und wandte sich an von Fölsen.

„So Baron, dann wollen wir mal abladen!"

Doch der runzelte die Stirn. „Wie, abladen?"

„Na, die Schreibtische und so."

Von Fölsen starrte den alten Mann an. Doch der legte nach: „Mein Chott, bis du schwer von Bechriff! Gestern has du, so hat et mich Jupp jedenfalls erzählt, ihn den Auftrach checheben, dat er Schreibtische für euch besorchen soll. Dat hat er gestern Abend auch noch chemacht. Weiß der Teufel, wen er die vor de Nase wech chezogen hat. Jedenfalls hat er chesacht, dat vor den Hintereinchang von Kreishaus heute Morgen fünf nigelnagelneue Schreibtische stehen. Die sollte ich da noch vor sechs Uhr heute wechholen. Nein, halt, er hat chesacht, ich sollte viere holen. Du, hat er chesacht, du wärst so ein arroganter Kerl, du solltest sehen, wie de an einen drankommst."

Von Fölsen verschlug es die Sprache. Augenblicklich wusste er, um wen es sich bei dem ominösen Jupp handelte.

Nun boxte ihm Fritzmeier jovial gegen die Schulter und sagte: „Ich hab dich aber doch einen Schreibtisch mitchebracht. Der Jupp soll sich mal nich so anstellen. Der soll mal seine Klappe halten. Der is nämlich manchmal auch nich einfach."

Von Fölsen war zu keiner Erwiderung mehr in der Lage. Ziemlich betreten brummelte er: „Danke."

„Schon chut!", entgegnete Fritzmeier generös. „Sind ja nich meine Schreibtische. Na, jedenfalls bin ich froh, dat in diesen Laden heute Morgen schon einer da is. Weil nämlich bein Kreishaus, da hat son Polizist aus Detmold bein Aufladen cheholfen. Aber der musste weiter, die Computer für euch abholen. Weiß der Teufel, wo der die wech kricht."

Fritzmeier grinste breit und von Fölsen wollte gar nicht mehr davon wissen. Nervös wedelte er mit der Hand, um das Gespräch zu beenden.

„Na, jedenfalls alleine krich ich die Tische und Stühle nich vonnen Hänger runter, da musse schon mal anpacken."

Kurz darauf war Hubertus von Fölsen fix und fertig. Fünf Schreibtische und die dazugehörigen Stühle hatte er vom Hänger in die Büros schleppen müssen. Diese Anstrengung hatte ihm seine körperlichen Grenzen aufgezeigt. Aber dieser Fritzmeier, der ja deutlich älter war, hatte einfach keine Pause zugelassen. Noch vor einer halben Stunde hatte er den für einen Säufer und gebrechlichen Menschen gehalten. Doch die körperliche Arbeit schien dem überhaupt nichts auszumachen. Die ganze Zeit hatte er dabei munter geplaudert und jetzt machte der Kerl sich schon wieder an dem Kaffeeautomaten zu schaffen.

Und etwas später stand vor dem völlig erschöpften

36

Hubertus von Fölsen eine Tasse mit dampfendem Inhalt. Der alte Bauer sah aus dem Fenster.

„Ach, kuck mal", sagte er. „Da kommt ja Jupp. Dat macht der immer so. Wenn die Arbeit chetan is, dann kommt der umme Ecke. Der sollte sich mal an dich ein Beispiel nehmen, Baron. Du bis wenichstens noch einen handfesten Kerl, der sich vor son bisschen Arbeit nich chleich innet Hemd macht. Du kanns wenichstens noch anpacken."

7

Um 16 Uhr warf Schulte einen skeptischen Blick aus dem Fenster seines Büros im Dachgeschoss. Die Wolken zogen sich zu und ein Gewitter schien bevorzustehen. Einem Impuls folgend, schloss Schulte sein Büro ab und ging hinunter in die ehemalige Kneipe. Manfred Rosemeier saß hier mutterseelenallein und bastelte mit einer Rohrzange an der Zapfanlage herum.

„Rosemeier, was machst du denn da?", fragte Schulte neugierig. Rosemeier schaute nicht hoch, sondern werkelte intensiv weiter.

„Ich will das Ding wieder in Gang bringen", brummte er zwischen zwei Handgriffen.

„Und wozu?"

Nun schaute Rosemeier ihn verdutzt an.

„Na, wozu wohl? Um Bier zu zapfen, wozu denn

sonst? Wäre doch schön, wenn wir diesen Raum wieder als Kneipe nutzen könnten, oder? Es gibt doch sonst nichts zu tun für uns."

Auf diese Idee war Schulte noch nicht gekommen, aber sie hatte was für sich, keine Frage. Wenn es für sie hier sowieso keine echte Aufgabe gab, dann konnten sie es sich auch gemütlich machen. Es würde niemanden interessieren. Das bot wenigstens eine kleine Perspektive.

Etwas fröhlicher als vorher verließ er die neue Dienststelle und trat hinaus in die drückende Schwüle. Das Gewitter würde eine Erlösung sein. Er schlenderte gemächlich die Bielefelder Straße entlang Richtung Detmold. Weit war es nicht bis zur Kreispolizeibehörde, seiner ehemaligen Dienststelle, die für ihn immer noch mehr ein Zuhause darstellte als die neue. Mit den neuen Kollegen konnte er nichts anfangen. Nun wollte er mal sehen und hören, wie es den Ex-Kollegen so ging.

In seinem ehemaligen Büro saß inzwischen Manuel Lindemann. Offenbar hatte der junge Kollege noch keine Zeit gefunden, das Büro nach seinen Vorstellungen einzurichten, denn es sah immer noch so aus wie zu Schultes besten Zeiten, was gar nicht zu Lindemann passte. Wenn Schulte erwartet haben sollte, nun freudig begrüßt zu werden, wurde er enttäuscht.

Als er eintrat, starrte Lindemann auf seinen Bildschirm und hackte energisch auf die Tastatur ein. Er hob nur kurz den Blick, dann schaute er sofort wieder auf sein Gerät.

„Ah, Herr Polizeirat", begrüßte er Schulte beiläufig, ohne ihn dabei anzusehen. „Geht's gut? Ich habe leider wenig Zeit. Muss heute noch eine Analyse fertigstellen."

Wortlos verließ Schulte das Büro wieder. Auf dem Flur traf er zwei ältere Beamte, die so taten, als hätten sie ihn noch nie gesehen. Schulte zerbiss einen Fluch und ging ins Büro von Maren Köster. Sie saß da, wo sie immer gesessen hatte. Aber während sie bis vor kurzem das Büro mit Lindemann teilen musste, residierte sie nun allein darin.

„Ach, du bist es, Jupp", begrüßte sie ihn kurz angebunden. Auch sie schien sehr beschäftigt zu sein. Im Gegensatz zu Lindemann schaute sie ihn zwar an, war auch um einen freundlichen Ausdruck bemüht, aber ihr flackernder Blick, der immer wieder zum Bildschirm ging, zeigte ihm, dass er störte.

„Warum ziehst du nicht um in mein ehemaliges Büro?", fragte Schulte. „Als neue Teamleiterin steht dir das doch zu."

„Jupp, wenn ich in dein Büro umziehen wollte, dann würde ich mindestens eine Woche Zeit damit verlieren, erst mal auszumisten. Die Zeit habe ich nicht. Also bleibe ich einfach hier sitzen. Ohne Lindemann habe ich auch viel mehr Platz. Sein Schreibtisch fliegt nächstens raus und dann werde ich hier eine Besprechungsecke einrichten. Für kleine

Teambesprechungen. Die werden wir nun regelmäßiger abhalten. Nimm es mir nicht übel, aber in diesen Punkten warst du etwas nachlässig. Was kann ich für dich tun?"

„Tun?" Schulte war verwirrt. „Wieso tun? Ich wollte nur ein bisschen plaudern. Wir haben da in Heidenoldendorf nichts um die Ohren und da dachte ich, geh einfach mal rüber zu den alten Kollegen und schau, was die so machen."

Maren Köster schaute ihn mit ernster Miene an.

„Jupp, du weißt, wie sehr ich dich schätze. Wir kennen uns schon sehr, sehr lange. Zwischendurch waren wir auch deutlich mehr als nur Kollegen, du erinnerst dich."

Schulte erinnerte sich sehr gut. Zwei großartige Jahre waren sie ein Paar gewesen. Zwei Jahre voller Leidenschaft, erotischer Spannung, aber auch Komplikationen. Er hatte ihr nicht das geben können, was sie suchte und so war das Ende der Beziehung unausweichlich geworden. Als Kollegen hatten sie auch danach meist gut funktioniert.

„Mich verbindet eine Menge mit dir. Aber nun beginnt eine neue Zeit. Es tut mir leid, dass man dich so abgeschoben hat. Aber ich stehe nun in der Verantwortung und muss dafür sorgen, dass der Laden hier läuft. Und wir haben verdammt viel zu tun. Jupp, ich sage das nur ungern, aber du kannst jetzt nicht mehr einfach hier reinplatzen, wann es dir gerade passt. Wenn du uns besuchen willst, dann ruf einfach vorher an. Wenn es zeitlich passt, freuen wir uns über deinen Besuch. Sonst musst du leider damit rechnen, dass sich niemand um dich kümmern kann. Verstehst du das?"

Schulte verstand. Zweifellos hatte sie recht. Aber in ihm zerbrach etwas. Seine seelische Statik, die er immer für sehr stabil gehalten hatte, zerbröselte. Diese Arbeit, diese Kollegen, all dies machte seit mehr als 30 Jahren sein Leben aus. Es war Halt, Ziel und Identifikation gleichzeitig. Was blieb von ihm, was blieb für ihn, wenn dies wegbrach?

Wie ein begossener Pudel verließ er Maren Kösters Zimmer. Auf weitere Niederschläge hatte er keine Lust. Er wollte nur noch hier raus. Raus, und nie wiederkommen. Als er die Außentür aufstieß, prallte er mit einem kräftigen Mann zusammen, der gerade eintreten wollte.

„Schulte!", rief der Mann mit lauter Stimme. „Was führt dich hierher?"

Oliver Hartel war stets ein Kollege gewesen, zu dem Schulte nie richtig Zugang gefunden hatte. Hartel war in seinen ersten Jahren in Detmold ein unleidlicher, mürrischer und nie ganz vertrauenswürdiger Kollege gewesen. Erst in letzter Zeit hatte er sich zu seinem Vorteil verändert und die beiden Männer hatten einen, wenn auch nicht herzlichen, so doch brauchbaren Umgang miteinander gefunden. Wenig begeistert antwortete Schulte: „Ich wollte nur mal ‚Hallo' sagen. Aber es hat keiner Zeit für mich."

Als er an Hartel vorbei durch die Tür gehen wollte, hörte er diesen sagen: „Ich mache jetzt sowieso Feierabend. Überstunden, du verstehst. Kaffee hatte ich heute schon in rauen Mengen. Aber zu einem Bier würde ich nicht Nein sagen. Was meinst du?"

8

Mit Hartels Auto waren sie in die Stadt gefahren und hatten sich an der Theke der *Braugasse* häuslich niedergelassen. Da saßen sie nun bereits seit einigen Stunden. Die Striche auf Schultes Bierdeckel hatten mehr als die Hälfte des Kreises geschafft und er selbst musste sich konzentrieren, um ohne zu schwanken zur Toilette zu kommen. Er war in dieser Kneipe nicht fremd und hatte bereits einige alte Bekannte begrüßen können. Saufkumpane von früher: Einsame, Übriggebliebene, Gescheiterte. Seine Laune war dadurch nicht besser geworden. Es war keine vorübergehende Verstimmung, die ihn in ein tiefes schwarzes Loch gestürzt hatte. Schulte steckte seit Monaten in einer echten Sinnkrise.

Im letzten Sommer war er 60 Jahre alt geworden. Am liebsten hätte er diesen Geburtstag ignoriert, einfach so getan, als bliebe er für immer und ewig in den fröhlichen 50ern stecken. Aber das hatte natürlich nicht funktioniert und nun drängten sich Fragen auf nach dem, was noch kommen mochte, danach, wieviel Zeit ihm wohl noch bleiben würde. Diese Fragen stellten sich alle seine Altersgenossen, das wusste Schulte, aber bei ihm lag einiges mehr im Argen. Er hatte in den letzten Wochen viel Zeit gehabt, über das Leben im Allgemeinen und über sein Leben im Besonderen nachzudenken. Das Ergebnis war schlichtweg erschreckend gewesen. Schulte hatte erkennen müssen, dass er sich komplett über seine Arbeit definierte. Es gab sonst nichts, gar nichts. Er war immer ein Eigenbrötler gewesen, hatte sich nie um Freundschaften bemüht. Wozu auch, er hatte ja seine Kollegen. Wenn er überhaupt so etwas wie einen echten Freund hatte, dann war das Anton Fritzmeier, sein uralter Vermieter. Aber der gehörte zu einer anderen Generation, mit anderen Werten, mit anderen Interessen. Klar, er hatte eine kleine Familie. Seine Tochter Ina wohnte mit Linus, ihrem elfjährigen Sohn, nebenan. Das war schön, aber Ina führte ihr eigenes Leben und Linus war eben noch ein Kind. Lena, die andere Tochter, wohnte weit von ihm entfernt. Das war es, mehr Menschen gab es nicht, die ihm nahestanden. Maren Köster vielleicht noch, aber die beste Zeit mit ihr war längst vorbei und Routine prägte ihren Umgang miteinander. Selbst diese schien nun gefährdet zu sein.

„Gib den Weibern 'nen Posten und schon kennen sie keine Freunde mehr", wärmte Oliver Hartel das Thema des Abends noch einmal auf, als Schulte wieder von der Toilette zurückkam. Es war kurz vor

Mitternacht und auch Hartel war mächtig angetrunken. Auch er war nicht gut auf die neue Struktur in der Kreispolizeibehörde zu sprechen, wie Schulte heraushören konnte. Hartel hatte sich selbst schon als Schultes Nachfolger gesehen und war maßlos enttäuscht gewesen, als Maren Köster an diese Stelle gesetzt wurde. Aber das hatten sie an diesem Abend schon mehrfach durchgekaut.

„Und was machst du jetzt?", fragte Schulte mit schwerer Zunge. „Passt du dich an oder bist du auf Krawall gebürstet?"

Hartel orderte zwei neue Biere. Dann schaute er Schulte lange mit ernsthafter Miene an.

„Jupp, ich war jahrelang der Außenseiter im Team. Es war meine eigene Schuld, aber das habe ich lange Zeit nicht kapiert. Ihr habt alle gedacht, ich hätte so ein dickes Fell. Aber glaub mir, es war eine Scheißzeit für mich. Ich möchte so was nicht noch mal durchmachen. Und wenn Maren mir nicht irgendwie ganz dumm kommt, dann verhalte ich mich loyal. Auch wenn ich gerne Chef geworden wäre. Aber das ist gelaufen und ich mache einen dicken Haken dran. Von mir hat Maren Köster keinen Ärger zu erwarten. Findest du das falsch?"

Schulte überlegte.

„Nee, finde ich sogar sehr vernünftig. Der Job ist nicht alles."

Das muss ausgerechnet ich sagen, dachte sich Schulte gleichzeitig und bewunderte Hartel fast ein

44

bisschen dafür, dass der so locker über seinen eigenen
Schatten springen konnte.

Eine halbe Stunde und drei Biere später ließ Hartel sich ein Taxi rufen. Er bezahlte seinen Deckel
und wankte die schmale Treppe zum Ausgang hoch.
Schulte saß aber nicht lange allein. Er winkte zwei
Männern, die an einem kleinen Tisch zusammensaßen, zu sich an die Theke. Es waren alte Saufkumpane aus seinen wilden Anfangsjahren in Detmold.
Unter anderen Umständen hätte er um die beiden
stadtbekannten Schluckspechte einen großen Bogen
gemacht. Nun erschienen sie ihm wie zwei Erzengel
auf dem Weg ins Paradies. Bloß nicht allein bleiben.
Nur nicht wieder ins Grübeln geraten. Er orderte
eine Runde. Dann fragte er mit dröhnender Stimme:
„Na Jungs, was habt ihr denn so gemacht in den letzten 30 Jahren. Erzählt doch mal!"

9

Schulte schreckte hoch. Irgendein ungewohntes Geräusch hatte ihn geweckt. Durch ein Fenster drang
etwas Licht in den Raum. Wo war er? Er schaute sich
um. Die Kopfschmerzen und das Schwindelgefühl
kamen, aber die Fragen blieben. Schulte lag völlig
bekleidet auf einem ihm unbekannten Sofa in einem
ihm ebenso unbekannten Zimmer. Ein Blick auf seine Armbanduhr sagte ihm, dass es bereits 8:15 Uhr

war. In einer Viertelstunde begann sein Dienst. Er massierte sich die Kopfhaut, in der Hoffnung, damit den Schwindel zu überwinden, aber die dumpfe Benommenheit blieb. Mit einem letzten Rest an Selbstdisziplin stand er auf. Wieder kam der Schwindel. Aber er blieb stehen und schaute sich erneut um. Offenbar war dies ein Wohnzimmer, zumindest sah er einen Schrank und einen riesigen Fernseher. Auf einem kleinen Couchtisch standen etliche leere Bierflaschen. Zum Glück hatte Schulte seine Schuhe anbehalten, sonst hätte er sich die Füße an einem der herumliegenden Kronkorken verletzen können. Wie war er hierhergekommen? Langsam, ganz langsam ploppten erste Erinnerungsblasen wieder an die Oberfläche. Er hatte mit den zwei Bekannten noch einige Zeit weitergetrunken, nachdem Hartel gegangen war. Als die *Braugasse* abgeschlossen wurde, war Schulte mit einem der beiden, der ganz in der Nähe eine kleine Wohnung hatte, nach Haus gegangen. Sie hatten offensichtlich noch ein paar Flaschen geköpft, bevor sich der Bekannte ins Bett gelegt und Schulte so wie er war aufs Sofa gefallen war. Unfassbar, dachte Schulte, von sich selbst entsetzt, dass mir so was in meinem Alter noch passieren kann.

Er schlurfte durch den Flur, erinnerte sich schwach daran, wo die Toilette war und machte sich, so gut es ging, frisch. Dann bestellte er per Handy ein Taxi. Den Saufkumpan ließ er schlafen, der hätte ihn auch nicht zum Dienst fahren können.

30 Minuten später betrat Schulte die neue Dienststelle. Er wollte eben klammheimlich die Treppe hochgehen, um ungesehen in seinem Büro zu verschwinden, als ihm Hubertus von Fölsen entgegenkam. Ausgerechnet dieser feine Pinkel war der Letzte, den er in seinem erbärmlichen Zustand treffen wollte.

Von Fölsen blieb bereits zwei Treppenstufen oberhalb von Schulte stehen und zog die Nase kraus.

„Mein Gott, Schulte", rief er, lauter als nötig, sodass es auch jeder im Gebäude hören konnte, „aus welchem Loch sind sie denn gekrochen? Sie sehen ja furchtbar aus."

Innerhalb von Sekunden sah Schulte vier neugierige Augenpaare auf sich gerichtet. Betreten blickte er an sich herunter ... und musste von Fölsen recht geben. Er sah tatsächlich völlig verwahrlost aus.

„Die Bierfahne stinkt ja zehn Meter gegen den Wind", rief Marco van Leyden, der unten an der Treppe stand. „Das muss ja ein ganzes Fass gewesen sein! Verstehe nicht, wie man sich so volllaufen lassen kann."

Das ging Schulte dann doch zu weit.

„Pass auf!", schrie er den Jüngeren an. „Riskier nicht so 'ne dicke Lippe, du Hampelmann. Ich war schon Bulle, da hast du noch jeden Tag drei Pampers vollgeschissen. Von dir lass ich mir so was nicht sagen."

„Wieso?", fragte van Leyden, und wirkte dabei

völlig unschuldig, „Ist doch die reine Wahrheit. Die wird man ja wohl noch sagen dürfen."

Schulte sah rot. Er wollte die Treppe hinunterstürmen und van Leyden zeigen, was er von ihm hielt. Doch bereits in der Drehbewegung wurde ihm schwindelig und ihm blieb nichts anderes übrig, als sich auf einer der Stufen niederzulassen und abzuwarten, bis der Kopf wieder klarer wurde.

„Jämmerlich", kommentierte Hubertus von Fölsen und kräuselte im gespielten Ekel die Lippen. „Mit solchen Leuten kannst du keinen Krieg gewinnen."

Manfred Rosemeier stand neben ihm, sagte aber nichts. Doch sein Blick, der maßlose Enttäuschung ausdrückte, traf Schulte tiefer und schmerzhafter als van Leydens aggressive Worte. Schulte schämte sich in Grund und Boden. Plötzlich berührte ihn eine Hand leicht an der Schulter. Adelheid Vahlhausen hatte oberhalb der Treppe auf dem Flur gestanden und alles mit angehört.

„Kommen Sie, Schulte", sagte sie sanft, „ich mache Ihnen einen starken Kaffee. Dann sieht die Welt schon ganz anders aus."

Schulte trottete mühsam hinter ihr her die Treppen hinauf, folgte seiner Kollegin in die kleine Teeküche des Obergeschosses und ließ sich dort ächzend auf einen Stuhl fallen.

„Sie haben doch nichts dagegen, wenn ich das Fenster öffne?", fragte Adelheid Vahlhausen vorsichtig. „Sie riechen wirklich nicht gerade wie der Frühling."

10

Am Montagmorgen kam Schulte pünktlich zum Dienst. Aber er zog sich sofort in sein kleines Büro, das mehr aus Dachschräge als aus echter Bürofläche bestand, zurück. Zwei Stunden sah und hörte niemand etwas von ihm. Er hatte einfach keine Lust auf Kommunikation.

Nach der Auseinandersetzung am Freitagmorgen hatte Schulte noch eine Stunde mehr schlecht als recht durchgehalten. Auch der sicher gut gemeinte Kaffee von Adelheid Vahlhausen war nicht zum erhofften Turboantrieb geworden. Mit den dürren Worten „krank" und „Arzt" hatte er die Dienststelle verlassen. Die Frage, ob er wegen des Restalkohols überhaupt hätte fahren dürfen, war ihm gar nicht in den Sinn gekommen. Zuhause hatte er sich hingelegt und bis zum Abend durchgeschlafen.

Gegen elf Uhr gab er sich einen Ruck und ging hinunter in den Raum, den sein Kollege Rosemeier bereits „die Kneipe" nannte. Es war der größte Raum der neuen Dienststelle und hier stand immer noch die Theke. In den wenigen Tagen der neuen Nutzung hatte dieser Bereich sich zu einer Art Gemeinschafts- und Besprechungsraum entwickelt. Als Schulte eintrat, fand er nur Manfred Rosemeier vor, der sich wieder einmal an der alten Zapfanlage zu schaffen machte.

„Na, klappt es mit dem Ding?", fragte Schulte so

jovial und unbefangen, wie ihm dies nach der Aktion am Freitag möglich war. Rosemeier schaute überrascht hoch, er hatte Schulte wohl nicht kommen sehen.

„Ja, ja", sagte er nach einer kleinen Überraschungspause. „Keine Sorge Schulte, bald kannst du hier dein Bierchen zapfen. Ich …"

Offenbar war ihm selbst aufgefallen, dass dieser Satz bei Schulte gerade nicht so gut ankam. Er trat hinter der Theke hervor, zog an einem der Tische einen Stuhl heran und setzte sich.

„Sorry", brummte er leise. „Das war nicht so gemeint, wie es vielleicht geklungen hat. Aber es wäre doch schön, wenn es passend zur Fußball-Weltmeisterschaft hier ein frisch gezapftes Bier gäbe, oder? In drei Tagen geht's los."

Nun zog auch Schulte sich einen Stuhl heran und setzte sich dazu.

„Schon gut. So empfindlich bin ich gar nicht. Bei meinen alten Kollegen galt ich sogar als einer mit einem extrem dicken Fell. Aber ich muss mit dieser neuen Situation erst mal zurechtkommen. Ist nicht leicht für mich. Wahrscheinlich geht uns das allen so. Keiner ist freiwillig hier. Wir wissen doch, dass wir eigentlich abgeschoben worden sind. Trotz aller Schönfärberei. Es wird wohl noch einige Male kräftig knallen, bis wir uns als Team zusammengefunden haben. Wenn das überhaupt jemals klappt."

Rosemeier nickte wortlos. Eine Weile schwiegen beide. Dann meinte Rosemeier: „Und dass wir überhaupt keine echte Aufgabe haben, macht die Sache noch schwieriger. Wir hängen alle in der Luft. Ich für meinen Teil habe mich damit abgefunden, dass meine Karriere am Ende angekommen ist. Vom Alter her passt das schon. Aber wenn ich dieser Jungspund van Leyden wäre, dann würde ich wohl auch an die Decke gehen. Das sind doch hier keine Perspektiven für einen Mann seines Alters und seiner Tatkraft."

„Apropos", warf Schulte ein. „Gerade wegen dieser fehlenden Aufgaben wollte ich sowieso mal mit dir sprechen."

Er ruckelte sich auf seinem unbequemen Stuhl zurecht, war unsicher, wie er anfangen sollte.

„Du hast doch letztens über diese alte Geschichte gesprochen. Du weißt schon, die mit dem Mann, der im Puff gestorben ist."

Schulte wartete ab, bis Rosemeier die Erinnerung daran bestätigte.

„Mir ist die Sache am Wochenende wieder eingefallen und ich habe ein bisschen in meinem Gedächtnis gestöbert. Wir hatten damals die Sache aufgenommen, immerhin ging es um einen noch jungen Mann. So einer kippt nicht einfach um und ist tot. Auch nicht im Puff. Jedoch hat die Untersuchung des Arztes mit einem eindeutigen Ergebnis alle Verdachtsmomente zerstreut und wir haben, ja wir mussten das Thema fallen lassen. Hatten ja auch was anderes zu tun."

„Mmh", brummte Rosemeier, kreuzte die Arme

vor der Brust, lehnte sich gemütlich zurück und schlug die Beine übereinander. Unbeeindruckt sprach Schulte weiter: „Ich kannte damals den Puffbetreiber ganz gut. Wahrscheinlich erinnert er sich auch an mich. Habe mal ein bisschen nachgeforscht und rausgefunden, dass er nun in Bad Salzuflen einen neuen Laden betreibt. Wie wäre es denn, wenn wir beide mal mit ihm sprechen?"

Rosemeier schaute ihn an, als habe Schulte ihm gerade einen unsittlichen Vorschlag gemacht.

„Und warum? Was sollen wir da?"

„Weil ...", Schulte fuchtelte mit den Armen, „da irgendwas nicht gestimmt hat seinerzeit. Das hatte ich damals schon im Urin. Vielleicht stoßen wir ja auf ..."

„Schulte", rief Rosemeier lauter als sonst, „was sollen wir denn da finden? Und ehrlich gesagt, bin ich mir nicht sicher, ob ausgerechnet *das* unsere Aufgabe ist. Komm, vergiss es!"

Schulte warf in gespielter Verzweiflung die Hände in die Luft und fragte, lauter als geplant: „Und? Was ist denn unsere Aufgabe? Du hast doch eben selbst gesagt, dass wir keine haben. Was sollen wir tun? Hier herumgammeln bis wir Schimmel ansetzen? Oder uns aus reiner Langeweile die Köpfe einschlagen? Ich stelle mal eine kühne Behauptung auf. Wir sind fünf Verdammte. Wir sind alle auf die eine oder andere Art Störenfriede gewesen und man will uns loswerden. Irgendwie, Hauptsache wir sind aus dem Blick. Aber Däumchen drehen macht krank. Wenn einer von uns durchdreht und in die Klapse muss, wird das keinen der Verantwortlichen stören. Im Gegenteil – einer weniger. Aber ich werde hier nicht durchdrehen, Rosemeier. Verstehst du? Wenn ich keine Aufgabe habe, dann suche ich mir eine. Dieser alte Fall ist keine dolle Sache, zugegeben. Aber immerhin besser als nichts. Hauptsache, ich habe ein Ziel vor Augen."

Rosemeier hatte sich längst wieder senkrecht hingesetzt und schaute Schulte prüfend in die Augen. Als sie hören konnten, dass jemand die Treppe herunterkam, sagte er leise: „Okay! Ich bin dabei. Auch wenn es totale Zeitverschwendung ist. Noch gibt es kein Fußballspiel, das mich von so was abhalten könnte. Aber kein Wort zu den anderen, verstanden?"

11

Drei Stunden später klingelte Schulte an der Eingangstür eines Hauses in der Bad Salzufler Innenstadt. Das Haus wäre unscheinbar gewesen, wenn nicht eine leuchtendrote Neonreklame an der Fassade darauf hingewiesen hätte, dass hier der *Club Orchidee* seine Dienstleistungen anbot. Ein kleines Fenster in der Tür öffnete sich und ein bärtiges Männergesicht schaute heraus. Schulte spürte fast körperlich, wie er gemustert wurde. Während bei ihm die Sichtung schnell abgehakt wurde, dauerte sie bei Rosemeier deutlich länger. Jupp Schulte hatte schon oft erlebt, dass man ihm den Polizisten nicht ansah. Bei Rosemeier schrillten offenbar alle Alarmglocken des Bärtigen, der nun, mit einem lauernden Unterton, fragte: „Zu wem möchten Sie?"

Schulte drängte Rosemeier zur Seite und antwortete: „Es stimmt, wir sind Bullen. Aber keine Sorge, wir wollen keine Schwierigkeiten machen. Ich hoffe, dass euer Chef uns bei einer alten Geschichte etwas weiterhelfen kann. Gegen ihn liegt nichts vor. Er kennt mich von früher her. Schulte ist mein Name. Er kennt mich noch aus seiner Zeit in Lemgo. Sag ihm das."

Der Bartmensch schaute ihn noch einmal ausgiebig prüfend an, dann schloss er das Fenster. Schulte und Rosemeier standen irritiert vor der verschlossenen Tür und wussten nicht, was sie nun machen sollten. Nach wenigen Minuten brummte Rosemeier: „Das ist mir zu blöd. Du kannst dich ja gern zum Affen machen, aber ich für meinen Teil will jetzt wieder fahren. War eine Schnapsidee, hierher zu kommen. Soll mir eine Lehre sein."

Er wollte sich gerade umdrehen und gehen, als sich fast geräuschlos die schwere Tür öffnete und das Bartgesicht im Türrahmen auftauchte. Zu dem Gesicht gehörte eine beeindruckende Körpermasse, die fast die gesamte Türöffnung ausfüllte. Der Mann lud die beiden Polizisten mit einer Handbewegung ein, hereinzukommen. Viele Worte zu machen, war offenbar nicht seine Kernkompetenz. Schulte und Rosemeier kamen in eine Art Foyer von atemberaubender Farbigkeit. Überbordendes fernöstliches Dekor wetteiferte mit zahlreichen roten Lampen. Schulte taumelte fast, als er den Raum betrat, wie erschlagen von der intensiven, aufdringlichen Farbenpracht. Das bärtige Kraftpaket wies wortlos auf zwei weinrote Ledersessel und verließ das Foyer. Wieder mussten die beiden Polizisten warten.

„Wenn jetzt ein Kunde kommt", sagte Rosemeier schlecht gelaunt, „dann wird er denken, wir seien auch Freier. Schön peinlich."

„Na und?", antwortete Schulte, der sich seit langem mal wieder pudelwohl fühlte. „Hier kennt dich doch keiner. Oder warst du schon mal hier?"

Rosemeier brummte irgendetwas Unverständliches. Es war ihm anzusehen, dass er sich in dieser Umgebung äußerst fehl am Platze fühlte und er dafür seinem Kollegen die Schuld gab. Plötzlich trat ein Mann herein, den Schulte erst nach einiger Zeit erkannte. Die vergangenen zehn Jahre waren weder an Schulte noch an Bukow spurlos vorübergegangen waren. Und so hatten beide Männer Mühe, einander zu erkennen. Bukow war ein großer, immer noch kräftiger Mann mit einem Zwei-Wochen-Bart, dunkelgrauen struppigen Haaren und einem strengen Blick.

„Herr Kommissar", begrüßte er Schulte, der bei Bukows kräftigem Händedruck beinahe aufgeschrien hätte. Aus dem Augenwinkel sah er, dass Rosemeier ihn bei der Nennung dieses nicht korrekten Titels erwartungsvoll anschaute, als wolle er Schultes Reaktion abwarten. Jeder andere Polizist hätte nun den Dienstgrad korrigiert, hätte darauf hingewiesen, dass er schon lange nicht mehr Kommissar, sondern mittlerweile Polizeirat war. Schulte war so was völlig schnuppe. Er stellte Rosemeier als seinen Kollegen vor, sagte aber noch nicht, worum es ihm ging. Bukow wirkte dadurch etwas unsicher.

„Was kann ich für Sie tun, Herr Kommissar", fragte er. „Ich nehme nicht an, dass die Herren gekommen sind, um sich hier ein paar schöne Stunden zu machen. Obwohl ich das sehr empfehlen könnte. Was sagen Sie denn zu dieser Pracht hier, Herr Kommissar? Ist doch ganz was anderes als damals in Lemgo, oder?"

„Umwerfend", antwortete Schulte lapidar. „Einfach umwerfend. Können wir uns irgendwo in Ruhe unterhalten?"

„Sicher", rief Bukow. „Hier kann ja jeden Moment ein Kunde reinkommen. Wäre mir auch nicht recht, wenn der dann einen Polizisten hier sieht. Das macht keinen guten Eindruck. Und ihr Gesicht kennt man ganz gut aus der Zeitung, Herr Kommissar."

Lachend klatschte er Schulte die riesige Pranke auf die Schulter und ging voraus. Wieder sah Schulte, dass Rosemeier ihn fragend von der Seite anschaute.

„Der Mann ist ganz in Ordnung", flüsterte Schulte

seinem Kollegen zu, während sie hinter Bukow her durch einen langen, ebenfalls in rotes Licht getauchten, Flur gingen. „Auch, wenn er aussieht wie ein in die Jahre gekommener Türsteher. Er war früher mal westfälischer Meister im Boxen. Nicht zimperlich, wenn es ernst wird. Aber er ist nicht kriminell."

Im Flur kamen ihnen zwei Damen in Dienstkleidung entgegen. Auch sie wirkten etwas erschrocken, als sie Rosemeier sahen.

„Die Ladys lesen wahrscheinlich keine Zeitung. Aber dir steht der Bulle wohl auf der Stirn geschrieben", lachte Schulte. Rosemeier antwortete verdrossen: „Du hingegen scheinst dich ja in diesem Milieu wie zu Hause zu fühlen, Schulte. Als wärst du einer von denen. Das gibt einem schon zu denken."

Bevor ein Streit entbrennen konnte, wies Bukow sie in einen Raum, der offenbar sein Büro war. Auf einem mehr funktionalen als dekorativen Schreibtisch standen gleich drei Bildschirme. Als Schulte einen schnellen Blick darauf warf, erkannte er auf einem den Flur, durch den er eben gegangen war. Der Bildschirm daneben zeigte den Eingangsbereich. Bukow, der offenbar Schultes Blicke bemerkt hatte, erklärte: „Überwachungskameras. Manchmal gibt es Ärger und dann kann ich schneller eingreifen. Störenfriede wollen wir hier nicht haben. Dient der Sicherheit der anständigen Besucher und auch der Damen, die hier arbeiten."

Er setzte sich hinter seinen Schreibtisch und wies den Beamten die Besucherstühle an. Dann lehnte er sich zurück und fragte jovial: „So, meine Herren. Was kann ich für Sie tun?"

Schulte erklärte ihm, so knapp wie möglich, den Grund ihres Besuches. Bukow zeigte sich erstaunt.

„Es geht mich ja nichts an, aber hat die Polizei denn wirklich Zeit, sich um diese alte Geschichte zu kümmern? Das ist ewig her."

„Wir haben unsere Gründe", wehrte Schulte kurzangebunden diese Frage ab. „Sie können sich sicher noch daran erinnern. Schließlich wird hier nicht jeden Tag jemand beim Verkehr tot umfallen, oder? So was vergisst man nicht."

Bukow zögerte. Er steckte sich eine Zigarette an, ohne seine Besucher um Erlaubnis zu fragen, paffte eine Weile und sagte dann: „Erinnern kann ich mich schon. Ziemlich gut sogar. Schließlich stand damals zuerst der Verdacht im Raum, ich hätte irgendwas mit dem Tod dieses Mannes zu tun. War eine verdammt brenzlige Situation für mich. Dieser Mann war für mich kein Unbekannter, auch wenn ich seinen Namen vergessen habe. Namen spielen bei uns auch nicht so eine große Rolle, Sie verstehen? Er kam ziemlich regelmäßig und machte nie Ärger. Im Gegenteil, er war immer gut gelaunt und war anständig zu den Damen. Er stand mehr auf passiv, Sie wissen schon."

„Was für einen Eindruck hat Hans Kaiser denn gemacht?", fragte Rosemeier. „Wirkte er irgendwie kränklich oder ängstlich?"

„Absolut nicht", kam es sofort von Bukow. „Der

war kerngesund und putzmunter. Also Hans Kaiser hieß er. Stimmt, jetzt fällt es mir wieder ein. Auch wenn ich mich nun selbst in Schwierigkeiten bringe, behaupte ich mal, dass Kaiser nicht an einem Herzinfarkt oder so was gestorben ist. Das konnte ich mir schon damals nicht vorstellen."

„Ich kann mich ja auch noch an die Sache erinnern", warf Schulte ein. „Aber seinerzeit haben Sie nicht protestiert, als ein Herzinfarkt als Todesursache genannt worden war. Soweit ich mich entsinne, hatten Sie damals überhaupt keine Meinung zu dem Toten."

Bukow paffte wieder, als wolle er sein Büro ausräuchern.

„Warum hätte ich mich da einmischen sollen? Das hätte mir doch nur Ärger eingebracht. Auch wenn ich keine Sekunde an den Herzinfarkt geglaubt habe, war mir klar, dass jede Form von unnatürlicher Todesursache irgendwie und irgendwann auf mich und meinen Laden zurückfallen würde. Ich hätte nur verlieren können, deshalb habe ich den Mund gehalten. Und mal ehrlich, Herr Kommissar: Was hätten Sie denn an meiner Stelle gemacht?"

Schulte hielt es für klüger, auf diese Frage keine Antwort zu geben. Er fragte seinerseits: „Sie können sich doch sicher noch erinnern, welcher Ihrer Damen Kaiser damals bedient hat. Wir würden ihr gern ein paar Fragen stellen."

Bukow drückte die Zigarette aus und schaute Schulte misstrauisch an.

„Das soll ich nach all den Jahren noch wissen? Schauen Sie doch einfach in die Akte. Sie haben doch damals sicher mit ihr gesprochen. Das muss da doch drinstehen."

Schulte hatte wenig Lust, ihm einzugestehen, dass er zurzeit keinen Zugang zu dieser Akte hatte. Er zog einen dreisten Bluff vor.

„Bukow, wir sind immer ganz gut miteinander klargekommen. Wir hatten ja in Lemgo häufiger miteinander zu tun. Dienstlich natürlich. Nicht nur im Fall Kaiser. Und ich habe oft ein Auge zugedrückt. Aber wenn Sie nun auf stur schalten, dann fällt mir bestimmt das eine oder andere wieder ein. Es wäre doch schade um den *Club Orchidee*. Gerade jetzt, wo es hier doch wirklich wunderschön geworden ist. All die hübschen roten Lampen, wenn die plötzlich alle erlöschen würden."

Bukows Mienenspiel verriet einen kurzen, aber heftigen Kampf mit sich selbst. Er schien zwischen Wut und Leichtigkeit zu schwanken. Dann brach er in lautes Lachen aus, stand auf und legte Schulte seine Hand auf die Schulter.

„Schulte, Sie waren schon immer ein echter Mistkerl", sagte er lachend. „Deshalb haben wir uns auch so gut vertragen. Ich nenne Ihnen jetzt den Namen der Frau. Aber seien Sie anständig zu ihr. Ich habe sie ewig nicht mehr gesehen, aber ich habe gehört, dass es ihr ziemlich beschissen geht."

12

Schulte fühlte sich schon etwas fremd, als er die Tür zur Kreispolizeibehörde öffnete. Bis vor kurzem war er hier ein- und ausgegangen. Diese Räume waren sein Zuhause gewesen, auch wenn er keine Gelegenheit ausgelassen hatte, darauf zu schimpfen. Und nun war er hier nur ein Besucher.

An der Pforte saß ein junger Polizist. Ein Beamter, der ihn nicht kannte. Ein neuer, auch das noch. Und der machte keinerlei Anstalten ihn hereinzulassen.

„Sie wünschen?", schnarrte eine verzerrte Stimme aus einem Lautsprecher. Schulte hielt seinen Ausweis gegen die Scheibe, und sagte: „Mach mal die Tür auf! Ich muss zu Hartel."

Der Mann hinter der Scheibe schien verärgert. Er nahm seinen ganzen Mut zusammen und entgegnete trotzig: „So läuft das hier nicht, Herr Polizeirat. Bitte warten Sie einen Moment, ich melde Sie an, dann werden Sie gleich abgeholt."

Schulte wollte aufbrausen. Doch er besann sich eines Besseren. Schulte war nicht mehr Polizist der Detmolder Kreispolizeibehörde und der junge Kollege, der ihn nicht aus seiner Dienstzeit hier kannte, tat nur seine Arbeit.

Missmutig setzte sich Schulte auf eine Bank und wartete. Er dachte über den Namen Natascha König nach. Der kam ihm irgendwie bekannt vor. Wo war ihm diese Frau nur schon einmal über den Weg gelaufen? Nach fünf Minuten ergebnislosem Grübeln über den Namen, setzte sich seine Ungeduld durch. Schulte war kein Meister im Warten. Also machte er sich erneut auf zum Schalter.

„Was ist nun, Kollege? Soll ich hier Wurzeln schlagen?"

Der Polizist zuckte mit den Schultern.

„Tut mir leid, ich habe Hauptkommissar Hartel angerufen. Der hat gesagt, er käme so schnell wie möglich."

Schulte nörgelte vor sich hin und peilte wieder die Bank im Warteraum an. Da betrat Pauline Meier zu Klüt den Eingang.

Schulte stieß einen Zischlaut aus, klopfte an die Scheibe und versuchte ein möglichst verzweifeltes Gesicht zu machen. Seine Ex-Kollegin sah ihn und verdrehte die Augen.

„Herr Polizeirat, Sie schon wieder? Haben Sie immer noch kein neues Zuhause? Ich hätte nie gedacht, dass sie unter so ausgeprägtem Heimweh leiden."

Schulte verzog sein Gesicht zu einem schiefen Grinsen.

„Ich brauche eine Adresse. Wir haben da bei uns im Laden im Moment nicht einmal einen Internetanschluss, geschweige denn irgendeine Polizeisoftware, auf die wir zurückgreifen können."

„Und da müssen Sie natürlich unbedingt persönlich hier vorbeikommen und sich die Adresse abholen. Weil Sie sicher auch noch kein Telefon haben."

Schulte griente wieder, zückte sein Smartphone, zeigte eine Anrufliste und sagte: „Ich habe es bis jetzt schon zehn Mal probiert, aber bei euch geht leider niemand ans Telefon. Ich habe den Eindruck, immer wenn einer von euch meine Nummer im Display hat, geht er auf Tauchstation."

Pauline Meiner zu Klüt dementierte Schultes Vermutung nicht. Sie stammelte etwas von viel zu tun und wenig Leute. Schulte winkte ab.

„Lass gut sein. Gib mir bitte die Adresse und ich bin wieder verschwunden."

Er reichte ihr einen zerknüddelten Papierschnipsel, auf dem ein Name stand.

Pauline Meier zu Klüt hielt ihm die Tür auf, lächelte Schulte freundlich an und sagte: „Na, dann kommen Sie mal mit, Herr Polizeirat."

„Nee, lass mal Meier, wenn ich euch da oben so dermaßen störe, dass ihr beim Anblick meiner Telefonnummer schon nicht mehr ans Telefon geht, dann will ich mich nicht aufdrängen. Schick mir die Adresse per SMS."

Meier machte einen traurigen Gesichtsausdruck.

„Mache ich. Ich suche die Daten gleich raus. In fünf Minuten haben Sie den Kontakt."

Schulte nickte und schickte sich an, zu gehen. Da legte ihm Pauline Meier zu Klüt die Hand auf den Arm. „Keiner da oben hat etwas gegen Sie. Wir schätzen Sie alle. Ich melde mich in den nächsten Tagen. Dann können wir mal in aller Ruhe reden."

Schulte nickte, ohne dass er wirklich daran glaubte.

Die Polizistin setzte noch nach: „Reden, Herr Polizeirat, nicht saufen."

13

Schulte und Rosemeier verließen den Landrover und liefen mit eingezogenen Köpfen, ein sinnloser Versuch, sich dadurch vor dem windgepeitschten Regen zu schützen, auf die andere Straßenseite. Die Sprottauer Straße wirkte selbst bei herrlichstem Frühsommerwetter wenig einladend. Bei Wind und Regen aber stieg hier niemand freiwillig aus dem Auto.

Vor dem großen Mehrfamilienhaus, das seine besten Tage in den 60er Jahren gesehen haben musste und seitdem langsam, aber stetig verfiel, blieben sie stehen. Sie schauten auf das große Klingelschild. Natascha Königs Schild war offenbar mit ungeübter Hand, wie bei einem Schulanfänger, beschriftet. Schulte und Rosemeier tauschten vielsagende Blicke. Dann drückte Schulte den Klingelknopf. Keine Reaktion. Rosemeier schaute auf seine Armbanduhr und schmunzelte: „Zehn Uhr. Ist vielleicht noch ein wenig früh für die Dame."

„Nur gut, dass du keine Vorurteile hast", schmunzelte Schulte. "Ich fühle mich mit allen Morgenmuffeln dieser Welt brüderlich und schwesterlich verbunden. Also, sei vorsichtig."

Rosemeiers Antwort wurde durch das Summen des Türöffners im Keim erstickt. Die beiden Polizisten traten in ein geräumiges Treppenhaus. In der unteren Etage roch es nach Essen. Sie hörten Kindergeschrei. Da auf dem Klingelschild der vierte Stock angegeben war, hielten sie sich unten nicht lange auf, sondern machten sich auf nach oben. Die Treppenabsätze dienten offenbar den Bewohnern als Lagerraum. Schulte sah hier Kinderwagen, Unmengen an Schuhen, Kinderräder, aber auch den rührenden Versuch, der Tristesse des Hauses mit Blumenschmuck wenigstens etwas Buntes und Schönes entgegenzusetzen. In der vierten, der obersten Etage, gab es all das nicht. Dieser Treppenabsatz war leer, die Wohnungstür von Natascha König war noch geschlossen und aus dem Inneren der Wohnung kam das aufgeregte Kläffen eines kleinen Hundes. Auch hier fand Schulte eine Klingel. Das Kläffen wurde lauter und aggressiver, bis eine wütende Frauenstimme den Hund anschrie und Ruhe einforderte. Ein geräuschvolles Schlurfen kündigte an, dass sich jemand der Wohnungstür näherte.

Schulte hätte Natascha König auf der Straße nicht wiedererkannt. Als er den Todesfall Kaiser untersucht hatte, war sie eine junge, sehr aufreizend gekleidete und stets etwas zu stark geschminkte Frau gewesen. Sie war sich ihrer Wirkung auf Männer sehr bewusst gewesen und war auch Schulte gegenüber selbstbewusst und kokett aufgetreten. Dass sie dabei immer eine Spur neben dem lag, was allgemein als guter Stil galt, hatte sie Schulte nur sympathischer gemacht. Nun stand eine ungepflegt wirkende, vorzeitig gealterte Frau vor ihm, die nur noch ein trüber, bedauernswerter Schatten ihres damaligen Glanzes war.

Noch bevor Schulte etwas sagen konnte, schoss der Hund, ein winziger weißer West Highland Terrier, zur Tür und kläffte sich die Seele aus dem Leib. Wieder rief die Frau ihm einen Befehl zu, aber der wurde komplett ignoriert.

„Na, nun mach mal keinen auf dicke Hose", lachte Schulte. Dann stellte er sich und Rosemeier vor.

„Sie werden mich vermutlich nicht mehr erkennen, Frau König. Aber wir hatten schon vor einigen Jahren miteinander zu tun. Erinnern Sie sich?"

Natascha König strich sich mit gespreizten Fingern durch die Haare, die strähnig und ungewaschen an ihr klebten wie vertrocknete Spagetti an einem Topf. Sie überlegte eine Weile, dann sagte sie mit heiserer Raucherstimme: „Kommen Sie rein!"

Als der Hund bemerkte, dass sich niemand von seinem Kläffen einschüchtern ließ, gab er Ruhe und trottete vor ihnen her, durch den vollgepackten Flur bis in einen Raum, der vermutlich das Wohnzimmer war. Dort sprang er, als wäre es das Selbstverständlichste der Welt, auf ein Sofa. Als Schulte den Raum betrat, schnappte er kurz nach Luft. Die Mischung aus zu hoch eingestellter Heizung, billigem Parfüm, dickem Zigarettenrauch, einem Hauch von Alkohol

66

und, als Krönung, nasser Hund, war umwerfend. Hier war sicher seit Tagen nicht gelüftet worden. Rosemeier blieb gleich im Türrahmen stehen, während Schulte sich überwand und eintrat.

Er scheuchte den Terrier vom Sofa und setzte sich, ungeachtet der Hundehaare, die das ganze Sofa bedeckten. So was störte Schulte wenig, er hatte selbst einen Hund und war einiges gewohnt. Neben ihm lag ein Sofakissen, auf dem mit rotem Faden der Spruch CARPE DIEM aufgestickt war. Natascha König ließ sich in einen abgenutzten Plüschsessel fallen und steckte sich mit zittrigen Fingern eine Zigarette an. Schulte beobachtete sie scharf, konnte aber nicht erkennen, ob das Zittern ihrer Aufregung geschuldet war, oder vielleicht mit den vielen Flaschen zu tun hatte, die auf dem Sofatisch und auf dem Fußboden standen. Sie sah irritiert zu Rosemeier, der immer noch im Türrahmen stand, und sagte dann zu Schulte: „Hat Ihr Kollege Angst, dass ich abhaue?"

Schulte warf Rosemeier einen auffordernden Blick zu. Der löste sich daraufhin murrend aus dem Türrahmen und setzte sich neben Schulte auf das Sofa. Dabei schloss er kurz die Augen, als wolle er einfach nicht daran denken müssen, wie viele Hundehaare sich in diesem Augenblick an seine Anzughose heften würden.

Schulte gab einen kurzen Überblick über das Geschehen vor zehn Jahren und schloss mit einer dreisten Lüge: „Nun sind neue Erkenntnisse aufgetreten und wir müssen den Fall noch einmal aufrollen. Ich hoffe, dass Sie uns dabei helfen können."

Natascha König nahm einen tiefen Lungenzug. Schulte bekam allein bei dessen Anblick beinahe eine Hustenattacke. Sie blies den Rauch in einem langen, ununterbrochenen Luftstrom wieder aus und sagte dann: „Kann ich nicht. Ich weiß überhaupt nicht, wovon Sie reden. Wie hieß der Mann, der gestorben ist? Kaiser?"

Sie setzte sich etwas aufrechter hin und fixierte Schulte mit einer Intensität, die ihm schnell unbehaglich wurde. Aber bevor er etwas sagen konnte, fuhr sie fort: „Sie wollen mich doch verarschen, stimmt`s? Ich heiße König und dieser Mann soll Kaiser geheißen haben? König und Kaiser. So ein Zufall. Da hätten Sie sich aber was Besseres ausdenken müssen. So versoffen bin nicht mal ich, dass ich das nicht merke. Also, was wollen Sie wirklich?"

Schulte schaute Rosemeier hilfesuchend an. Doch der verdrehte nur genervt die Augen.

„Aber an mich können Sie sich doch sicher noch erinnern", wechselte Schulte nun das Thema. Als die Frau auch hier nur mit den Achseln zuckte, wurde Schulte konkreter: „Es war im Jahr 2012. Da waren Sie noch im alten Lemgoer Club von Bukow tätig. Und nebenbei haben Sie sich zu Hause ein bisschen was dazuverdient. Damals haben auch Sie in Lemgo gewohnt. Ich jedenfalls kann mich noch verdammt gut erinnern, dass einer Ihrer Kunden eines Tages die Polizei anrief, weil ihm seine Brieftasche gestohlen worden war. Er hat sich nicht getraut, selbst zu Ihnen zu gehen und sie wieder zurück zu fordern, weil er Angst hatte, dort einem Zuhälter vor die Faust zu laufen. Aber er war mutig genug, Anzeige gegen eine gewisse Natascha zu stellen. Beischlafdiebstahl nennt man das. Sie erinnern sich?"

Natascha König murmelte irgendetwas Unverständliches, widersprach Schulte aber nicht.

„Dann wissen Sie sicherlich auch noch, wer Ihnen damals aus der Patsche geholfen hat. Ist ja noch gar nicht so lange her. Das war nämlich ich. Ich habe dafür gesorgt, dass der Trottel seine prall gefüllte Brieftasche wiederbekam und ich habe, pflichtvergessen wie ich manchmal bin, die Anzeige ins Leere laufen lassen."

Schulte konnte förmlich sehen, wie bei der Frau der Groschen fiel. Als sie aber immer noch nichts sagte, fuhr er, nun deutlich nachdrücklicher, fort: „Glauben Sie nicht, dass Sie mir noch einen Gefallen schuldig sind? Ich verlange doch nichts Unanständiges, nur dass Sie mir erzählen, wie es damals mit diesem Kaiser gelaufen ist. Sie stehen nicht unter Verdacht. Ich brauche nur Ihre Erinnerung, dann lasse ich Sie in Ruhe."

14

Kaum zu glauben! Es war kurz vor elf. Und dieser van Leyden hatte schon wieder sein Laufdress angezogen, um eine Runde zu drehen. Hubertus von Fölsen war sich zwar im Klaren darüber, dass sein eigener Versuch, ein Buch zu einer dringend nötigen Polizeireform zu schreiben, auch nicht gerade das Kerngeschäft seiner Aufgaben war. Aber immerhin versuchte er auf seine Weise in die Polizeiarbeit einzugreifen, um den beruflichen Alltag zu verbessern.

Doch was dieser van Leyden da trieb, war reinstes Privatvergnügen. Der Kerl hatte anscheinend hier am Fuße des Teutoburger Waldes sein Trainingslager errichtet. Sobald ihn irgendjemand darauf ansprach und vielleicht auch noch der Meinung war, dass es auch noch andere Betätigungsfelder als Sport gäbe, dann wurde der Kerl unverschämt.

Eigentlich war Hubertus von Fölsen sogar für einen Moment froh darüber, dass das Gebäude, in dem die Sonderkommission untergebracht war, noch nicht über einen Internetanschluss verfügte. Sonst würde van Leyden wahrscheinlich ab morgen nur noch die Fußballweltmeisterschaft am Computer verfolgen.

Laufen und fernsehen, wenn das alles war, was jemand tat und dafür auch noch eine durchaus großzügige Beamtenalimentation einstrich, dann war diese Person ein Schmarotzer.

Hubertus von Fölsen merkte, wie ihm der Kamm

schwoll. Er hasste solche Leute, solche Schmarotzer. In seinem Kopf reifte ein Entschluss. Er würde jetzt eingreifen und diesem Schlendrian ein Ende setzen. Schließlich war er Polizeioberrat und van Leyden nur ein einfacher Kommissar.

Entschlossen stellte sich Hubertus von Fölsen dem jüngeren Kollegen in den Weg.

„Herr Kommissar", sprach er ihn mit seiner ganzen Autorität an. „Finden Sie es eigentlich in Ordnung, dass Sie sich in keiner Weise an dem Prozess hier in der Sonderkommission beteiligen?"

Van Leyden sah Hubertus von Fölsen spöttisch an und bleckte seine strahlend weißen Zähne. Gerade so, als wolle er sie im nächsten Augenblick in die Halsschlagader seines Gegenübers rammen. Doch anstatt zuzubeißen meinte er süffisant: „Ich lasse mir gerne von jedem etwas sagen der sich, wie eure Lordschaft es bezeichnet, hier in diesem Laden an irgendeinem Prozess beteiligt. Aber nicht von jemandem wie Ihnen, der den ganzen Tag seinem Privatvergnügen nachgeht und an einem Buch arbeitet, das niemand braucht. Ich trainiere wenigstens noch für die deutschen Polizeimeisterschaften. Aber Sie, Herr von Fölsen, kümmern sich wirklich nur um Ihre eigenen Angelegenheiten. Also gehen Sie mir aus dem Wege, Sie aufgeblasener Blaublüter."

Mit diesen Worten schob van Leyden Hubertus von Fölsen einfach zur Seite und verließ im nächsten Moment den Raum.

15

Natascha König schenkte sich ein Gläschen Gin ein und hob anschließend die Flasche hoch. Eine unausgesprochene Einladung an ihre beiden Besucher, sich ebenfalls zu bedienen. Offenbar trank sie nicht gern allein. Aber beide Männer schüttelten den Kopf. Niemand sprach. Ob Natascha König nun wirklich nichts zu sagen hatte, ob sie einfach bockig war oder ob sie gerade in ihren Erinnerungen stöberte, war für Schulte nicht zu erkennen. Er schaute durch die fleckige Fensterscheibe in den Regen. Draußen war es nicht weniger trübsinnig wie drinnen.

Plötzlich, Schulte hatte schon fast nicht mehr damit gerechnet, begann Natascha König zu sprechen.

„Ich kannte ihn nur als Hans. Dass er Kaiser hieß, habe ich erst später durch die Polizei erfahren. Er kam jede Woche, immer an einem Freitag. Hans war einer von der angenehmen Sorte. Er war freundlich, ja sogar höflich. Er zahlte gut, war gepflegt und machte nie Schwierigkeiten. Und er kam immer zu mir, nur zu mir. Die anderen Mädchen waren natürlich sauer, aber ich war zufrieden. Hans stand auf *Passiv*, sie verstehen? Am liebsten stand er am Andreaskreuz. Wissen Sie, was ein Andreaskreuz ist?"

„Natürlich", warf Rosemeier etwas voreilig ein. „Die stehen vor unbeschrankten Bahnübergängen."

Zum ersten Mal lächelte Natascha König und schüttelte den Kopf.

„In Ihrer Welt vielleicht. In meiner Welt ist das eine Vorrichtung, an die jemand gefesselt wird. Aus freien Stücken, versteht sich. Im Prinzip ist es ein fast mannshohes X aus Holz, das genauso rot-weiß gestrichen ist wie die Dinger an den Bahnübergängen. Man stellt sich davor, ob mit dem Rücken oder umgekehrt ist Geschmackssache, die Hände werden an den beiden oberen Enden gefesselt und die Füße unten, sodass man nackt, breitbeinig und breitarmig dasteht und sich nicht mehr rühren kann. Hans hat sich dabei sogar immer noch die Augen verbinden lassen. Er war dann vollkommen ausgeliefert. Das macht viele total an. Hans war ganz geil darauf, am Andreaskreuz zu stehen und sich von mir auspeitschen zu lassen."

„Oh", warf Rosemeier überrascht ein. Er hatte wieder etwas dazugelernt.

Mit müder Stimme sprach die Frau weiter. „Er war wohl in seiner Firma ein hohes Tier, ein Bestimmer, einer der andere hin und her scheuchen konnte. Meine Behandlung brauchte er wahrscheinlich als Ausgleich. Er liebte es, sich so richtig klein und schäbig zu fühlen. Manche Männer ticken nun mal so."

„Lief dieses Ritual auch an dem Abend so ab, als Kaiser gestorben ist?", fragte Schulte.

„Ja, es war immer dasselbe Programm. Er kam, zog sich aus und dann habe ich ihn angekettet. Und so weiter. Nur, dass er an diesem Abend völlig unerwartet starb."

„Was passierte denn genau? War er sofort tot? Was ist vorher passiert?"

Die Frau zögerte mit der Antwort. Entweder kramte sie in ihrem Gedächtnisspeicher nach den Bildern von damals, oder sie arbeitete an einer halbwegs glaubwürdigen Lüge. Schulte konnte nur hoffen, eine brauchbare Antwort zu bekommen.

„Er …", sie suchte nach Worten. „Er stöhnte plötzlich. Erst laut, bald wurde er immer leiser. Und dann …, ja dann sackte er in sich zusammen. Aber er wurde ja gehalten von den Fesseln und hing regelrecht am Andreaskreuz. Keinen Mucks hat er mehr gemacht. Ich habe sofort Alarm geschlagen und Horst, also Horst Bukow, der Clubbesitzer, hat dann den Notarzt angerufen. Aber es war zu spät. Ich habe so was Schreckliches noch nie gesehen. Es war furchtbar."

Sie schlug kurz die Hände vors Gesicht, nahm aber sofort wieder einen großen Schluck Gin und zündete eine weitere Zigarette an. Schulte stand auf und öffnete das Fenster. Für den kleinen Hund ein Signal zur Attacke. Laut kläffend stürzte er sich auf Schulte. Aber der kümmerte sich nicht um ihn. Frustriert zog der Hund sich wieder in seine Ecke zurück. Schulte setzte sich wieder.

„Und vorher?", bohrte er nach. „Da muss doch irgendwas geschehen sein. Kaiser war ein junger Mann. Da fällt man nicht einfach so um. Horst Bukow war auch der Meinung, Kaiser sei kerngesund gewesen."

„Horst? Na, der muss es ja ganz genau wissen."

74

„Wie auch immer", sagte Schulte schnell, um sie wieder in die gewünschte Richtung zu lotsen. „Erzählen Sie doch mal ganz genau, wie der Abend abgelaufen ist."

„Ganz genau?" Sie schien erstaunt zu sein. „Das ist zehn Jahre her. Ich weiß nur noch, dass er vorher an der Bar etwas zu trinken bestellt hatte. Irgendwas Teures. Bei Hans gab es immer alles vom Feinsten. Aber das hat er sonst auch immer so gemacht. Es war üblich, dass der Drink später ins Séparée gebracht wurde, während wir arbeiteten. Hans hatte keine Probleme damit, dabei nackt gesehen zu werden. Er war ein cooler Typ. Neben dem Andreaskreuz hing ein kleiner Spiegel und so konnte ich immer sehen, wenn die Getränke reingebracht wurden. Obwohl ich mit dem Rücken zur Tür stand."

„Kann es sein, dass die Getränke vergiftet worden sind?", mischte sich Rosemeier ein. „Aber warum ist Ihnen dann nichts passiert?"

Die Frage schien für sie völlig überraschend gekommen zu sein, denn sie dachte offenbar intensiv darüber nach, bevor sie antwortete: „Es waren immer verschiedene Gläser. Hans hatte, er war da geradezu lächerlich pingelig, im Club sein eigenes großes Glas. Für Stammkunden war das gar nicht so unüblich."

„Wenn also jemand vorhatte, Kaiser zu vergiften, wäre das ohne weiteres möglich gewesen. Auch ohne das Risiko, die falsche Person zu erwischen", folgerte Schulte.

„Ja", warf Natascha König schnell ein, „aber wer hätte denn so was gemacht? An der Bar stand immer Charly, eine Seele von Mensch. Der hätte eher sich selbst vergiftet als einen anderen. Charly hat auch immer die Getränke serviert. Ausgeschlossen."

„Wer ist dieser Charly?", fragte Rosemeier. „Ich würde gern mit ihm sprechen."

„Vergessen Sie es!", winkte sie ab. „Ich habe keine Ahnung, wie er richtig heißt. Ich kannte ihn nur als Charly. Vergessen Sie am besten die ganze alte Geschichte. Ich habe gedacht, es wäre alles abgehakt. Dieser Doktor hat doch damals ganz klar gesagt, dass es ein Herzinfarkt war. Was wollen Sie denn noch?"

„Ich will die Wahrheit", sagte Schulte, so ruhig wie möglich. „Und ich bin sicher, Sie wissen mehr als Sie bis jetzt verraten haben."

Plötzlich sprang Schulte vom Sofa hoch und baute sich vor der Frau auf. Der Hund knurrte kurz, legte aber schnell wieder den Kopf zwischen die Pfoten.

„Eigentlich wollte ich dieses Gespräch auf einer freundschaftlichen Ebene führen", sagte Schulte im drohenden Ton, was ihm mehr schauspielerisches Talent abverlangte, als er eigentlich besaß. „Aber nun muss ich wohl doch die alten Geschichten aufkochen lassen. Schade, aber Sie hatten Ihre Chance."

Er drehte sich zu Rosemeier und sagte: „Komm! Wir haben hier nichts mehr verloren."

Als er quer durch den Raum zur Tür schritt, hob der Hund kurz den Kopf, gab aber keinen Mucks von sich. Nur Natascha König räusperte sich unerwartet und rief ihm nach: „Moment! Mir ist gerade eine Kleinigkeit eingefallen. Nur eine Kleinigkeit, aber vielleicht hilft sie Ihnen weiter."

Schulte drehte sich zu ihr um und sah sie auffordernd an, setzte sich aber nicht wieder hin.

„Ich hoffe, ich bringe mich jetzt nicht in Schwierigkeiten", sagte sie leise, fast flüsternd. „Aber an diesem Abend war tatsächlich etwas anders als sonst."

Erneut nahm sie einen Schluck.

„Wie gesagt, ich konnte ja immer im Spiegel sehen, wer ins Séparée kam und die Getränke brachte. Und an diesem Abend war es nicht Charly, sondern ein mir völlig unbekannter Mann. Der wird natürlich nicht gewusst haben, dass ich ihn gesehen habe, weil ich ja mit dem Rücken zu ihm stand. Aber ich habe davon niemandem was erzählt. Auch nicht der Polizei, wie Sie ja wissen."

„Und warum nicht?", empörte Rosemeier sich. „Sie haben einen Mörder geschützt. Warum?"

„Weil sie Angst hatte", stoppte ihn Schulte. „Angst vor dem Mann, der Hans Kaiser vergiftet hat. Kann ich sogar verstehen. Als Zeugin wäre sie hoch gefährdet gewesen."

An Natascha König gewandt, fragte er: „Würden Sie den Mann, wenn er Ihnen gegenübergestellt würde, heute noch erkennen?"

Sie schüttelte den Kopf.

„Nein! Auf keinen Fall. Es ging alles so schnell und

ich war ja auch mit meiner Arbeit beschäftigt. Außerdem hatte ich keinen Grund, misstrauisch zu sein. Warum hätte ich mir den Kerl genauer anschauen sollen? Vergessen Sie es!"

Als sie das Haus verließen, peitschte ihnen der Regen ins Gesicht. Rosemeier schlug den Jackenkragen hoch und fragte: „Glaubst du, dass sie den Mann wirklich nicht erkannt hat?"

„Keine Ahnung", brummte Schulte und beschleunigte seine Schritte, um nicht völlig durchnässt zu werden.

16

Den ganzen Nachmittag hatte sie nachgedacht. Erst hatte sie nur im Trüben gefischt, immer wieder wahl- und ziellos in die Erinnerungskiste gegriffen. Ein wirklich brauchbarer Gedanke war dabei nicht herausgekommen. Meist waren es kleine Gedankenfetzen, die ihr ebenso schnell entglitten wie sie auftauchten waren. Natascha König war konzentriertes Nachdenken nicht gewohnt. Seit Jahren lebte sie in einem Kokon, von der Welt abgeschirmt. Emotionen und Verstand waren durch den Alkohol getrübt und gedämpft. Auch heute fühlte sie sich wie immer, schlaff, müde und mutlos. Als hätte sie einen ebenso anstrengenden wie frustrierenden Arbeitstag in einer Fabrik hinter sich gebracht. Die Kopfschmerzen waren auch heute ein zuverlässiger Begleiter und das Verlangen nach Alkohol war sogar noch stärker als sonst gewesen. Aber sie hatte den ganzen Nachmittag widerstanden, bis jetzt jedenfalls. Sie hatte es sogar geschafft, mit ihrem Hund Gassi zu gehen.

Als das Tier friedlich in seinem Körbchen lag, schaute sie auf ihre Armbanduhr. Es war jetzt 19 Uhr. Zeit, es endlich zu tun. Das hinter sich zu bringen, worüber sie den ganzen Nachmittag gegrübelt hatte. Sie nahm das Telefon in die Hand, schaute es an, legte es wieder weg. Eine neue Zigarette gab das Gefühl, wenigstens etwas zu tun. Vor zwei Stunden war ein flüchtiger Gedanke zu einem Plan geworden, als sie einem Impuls gefolgt war und nach einem alten Notizbuch gesucht hatte. Hier fand sie, in ihrer krakeligen Kinderhandschrift, den Namen und die Telefonnummer des Mannes, den sie seinerzeit im Spiegel gesehen hatte. Selbstverständlich kannte sie ihn, aber musste man den Polizisten denn alles auf die Nase binden? So einen kleinen Joker, so ein winziges Ass im Ärmel wollte sie für sich behalten. Das hatte sie sich verdient, fand sie, diesen Informationsvorsprung auszunutzen war sie sich selbst schuldig. Wenn sie jetzt nicht den Mut aufbrachte, aus diesem Wissen Kapital zu schlagen, war ihr wohl nicht mehr zu helfen. Dann hatte sie es nicht besser verdient, sagte sie sich immer wieder. Sie atmete tief durch, griff mit zittrigen Fingern erneut zum Telefon und diesmal schaffte sie es, die Nummer komplett durchzuwählen. Das Freizeichen erschreckte sie, es kam ihr vor wie das trostlose Glockengeläut bei einer Beerdigung. Wieder diese Angst, wieder das heftige Verlangen, einfach aufzulegen, alles zu vergessen, zur Ruhe zu kommen. Aber sie biss die Zähne zusammen, hielt durch. Noch drei Klingelzeichen, schwor sie sich, dann darfst du auflegen. Beim vorletzten Freizeichen stockte ihr der Atem, als eine schnoddrige Männerstimme sich mit einem „Hallo", das mehr Frage als Begrüßung war, meldete. Nun gab es für sie kein Zurück mehr, die Würfel waren gefallen. Und als habe dies einen Schalter in ihr umgelegt, wurde sie plötzlich ganz ruhig, spürte, dass sie die Fäden in der Hand hielt, dass sie endlich einmal am Drücker war.

„Ich bin Natascha", stellte sie sich vor. „Du kennst mich. Natascha aus dem *Club d'Amour* in Lemgo. Du erinnerst dich? Ist schon lange her, dass wir uns gesehen haben. Fast zehn Jahre. Ich habe dich jedenfalls nicht vergessen."

Der Mann schwieg lange. Ihr Selbstbewusstsein, das gerade erst entzündet worden war, flackerte nun wie bei einer Kerze im Wind und drohte schon wieder zu erlöschen. Endlich kam wieder die Männerstimme: „Was willst du?"

„Du kennst mich also doch noch. Schön. Ich wollte mal mit dir über die alten Zeiten plaudern, als wir zusammen im Club gearbeitet haben. Bist du immer noch in der Branche?"

Die Männerstimme wurde ruppig: „Ich wüsste nicht, was dich das angeht. Zeit zum Schwätzen habe ich auch nicht. Also noch mal: Was willst du?"

Natascha König schluckte ihre Angst hinunter, räusperte sich und sagte: „Du erinnerst dich sicher an diesen Toten. An den Kerl, der überraschend am Andreaskreuz zusammengesackt und gestorben ist, oder?"

Wieder eine lange Pause.

„Das ist doch schon ewig her. Mindestens …"

„Fast zehn Jahre, wie ich schon sagte", warf sie ein. „Waren schon merkwürdige Umstände damals, findest du nicht auch?"

„Jetzt hör mal zu, du Schlampe!" Aus dem ruppigen Tonfall war blanke Aggression geworden. „Komm zum Punkt. Sonst lege ich auf."

Kalt wie Eis kroch die Angst von den Fußspitzen bis zum Magen, wo sie als gewaltiger Eisklotz stecken blieb. Sie ahnte, dass sie bereits jetzt den Bogen überspannt hatte. Ihr Verlangen nach einem Schluck Alkohol wurde immer stärker. Ihr blieb nichts übrig, als weiter anzugreifen.

„Wie du willst. Du hast damals die Getränke ins Séparée gebracht. Du hast gedacht, dass dich niemand sieht, weil ich mit dem Rücken zur Tür stand. Aber du hast nichts von dem kleinen Spiegel gewusst, der neben dem Andreaskreuz hing. Darin habe ich dich erkannt. Ich habe gesehen, dass du durch die Tür hereingekommen bist, dass du das Tablett mit den beiden Gläsern auf dem Tisch abgestellt hast und dass du wieder gegangen bist."

Als keine Reaktion des Mannes kam, sprach sie weiter: „Auf dem Tablett standen, wie üblich, zwei Gläser. Ein kleines Champagnerglas für mich, ein großes für meinen Kunden. Hans hieß er, wie du sicher noch weißt. Du warst gerade rausgegangen, da habe ich Hans sein Glas gebracht. Er konnte es ja nicht selbst holen, weil er angekettet war. Was weiter passiert ist, weißt du so gut wie ich. Wie hast du es eigentlich geschafft, diesen Arzt zu bestechen?"

Als wieder eisiges Schweigen herrschte, fuhr sie fort.

„Das war kein Herzinfarkt, das wissen wir beide. Du hast irgendetwas in den Champagner von Hans getan. Du hast ihn vergiftet. Ich habe keine Ahnung, warum du das gemacht hast. Aber ich kann beschwören, dass du es warst. Reicht dir das?"

Was nun folgte, war das längste Schweigen, dass Natascha König je erlebt hatte. Die Stille schien unerträglich. Aber sie riss sich zusammen, zwang sich, abzuwarten und ihn den nächsten Schritt machen zu lassen. Jetzt bloß keine Schwäche zeigen. Endlich: „Wieviel willst du?"

Sie atmete tief und erleichtert durch. Jetzt war es ausgesprochen. Jetzt konnte man verhandeln. Jetzt ging es nur noch um Zahlen. Und der Mann am Telefon schien dabei ruhig zu bleiben, er rastete nicht aus, schrie sie nicht an, konnte sich offenbar mit einer Schweigegeldzahlung einverstanden erklären. Alles würde gut werden.

„30 000 und keinen Cent weniger", antwortete sie zu ihrer eigenen Überraschung. Sie hatte vorher gar nicht über die Summe nachgedacht. Jetzt war sie ihr einfach so rausgerutscht. Aber es klang gut, fand sie und war gespannt, wie er reagieren würde. Das Echo des Mannes war ganz anders als erwartet. Er lachte sie aus. Laut und verächtlich. Dann sagte er, immer noch prustend: „Bist du besoffen? Hör mal zu, Schätzchen. Selbst wenn ich das Geld hätte, würde ich es nicht für dich aus dem Fenster werfen. Hast du irgendwelche Beweise? Nein, hast du nicht. Es gibt nur deine Aussage. Glaubst du im Ernst, dass dir irgendjemand diese Geschichte abnimmt? Wer glaubt schon einer heruntergekommen, alten und versoffenen Nutte? Denn das bist du ja wohl, wie ich hören kann. Du lallst nämlich mehr als du glaubst, Baby. Typische Säuferstimme. Vergiss es!"

Für kurze Zeit saß sie starr auf dem Sofa. Dann löste sich ihr Krampf wieder etwas. Während sie mit der linken Hand das Telefon ans Ohr hielt, knetete sie mit der rechten das Sofakissen mit dem aufgestickten Spruch. Ihr komplettes Argumentationsgebäude war gerade wie ein Kartenhaus in sich zusammengestürzt. Er hat ja recht, dachte sie erschrocken. Niemand wird mir glauben. Auslachen werden sie mich, rauswerfen und mir dabei noch einen Tritt in den Hintern geben. Gerade wollte sie wortlos auflegen, als sie an das

Gespräch mit den beiden Polizisten am frühen Nachmittag dachte. Hatte dieser Schulte sie ausgelacht? Nein, hatte er nicht. Im Gegenteil, er war äußerst interessiert gewesen. Sie fasste wieder Mut.

„Vergessen hilft jetzt nichts mehr", sagte sie mit so fester Stimme wie möglich, „ich habe bereits alles der Polizei erzählt. Fast alles. Nur deinen Namen, den habe ich ihnen nicht gesagt. Es liegt an dir, ob ich das noch tue oder nicht. Und lass dir eines gesagt sein: Gelacht haben die nicht. Ich weiß auch nicht, warum sie diese alte Geschichte jetzt wieder herauskramen, aber sie haben es nun mal getan. Jetzt bist du am Zug, entscheide dich!"

Sie musste nun drängen, um das Gespräch zu Ende bringen. Ihre Kraft reichte nicht weiter. Für aufwändige Verhandlungen blieb keine Energie mehr. Also schob sie einen Vorschlag zur Güte hinterher: „25 000 und du hörst nie wieder was von mir."

Wieder musste sie lange warten, bis eine Antwort kam.

„15 000 und keinen Cent mehr", brummte der Mann. „Wohin soll ich das Geld bringen?"

17

Natascha König lief seit Stunden kreuz und quer durch ihre kleine Wohnung, wie ein Tiger im Käfig, außerstande, ihre Erregung in den Griff zu bekommen. Prüfend schaute sie auf ihre Hand und sah, dass ihre Finger zitterten, als seien sie unter Strom gesetzt. Der gestrige Tag war bereits schlimm gewesen, dieser Tag war die Hölle. Gestern hatte sie spät abends mit dem Mann telefoniert, der für den Mord an Hans Kaiser verantwortlich war. Sie hatte diesen Mann erpresst, da gab es nichts zu beschönigen. Der Rest des Abends war im Alkohol ertrunken. Aber als sie um die Mittagszeit aufstand, waren nicht nur Kopfschmerzen und trockene Kehle mit ihr erwacht, sondern auch eine lähmende Angst. Angst davor, dass sie die Geister, die sie am Vorabend gerufen hatte, nicht mehr loswerden könnte.

Der Mann hatte angekündigt, an diesem Abend, kurz vor Mitternacht, mit dem Geld zu ihr zu kommen. Die für sie unerträglich lange Wartezeit hatte er damit begründet, das Geld erst einmal auftreiben zu müssen. Er habe solche Summen schließlich nicht unterm Kopfkissen liegen. Das hatte ihr eingeleuchtet. Aber Stunde um Stunde auf ein Ereignis warten zu müssen, dass vielleicht die größte und letzte Chance war, ihr Leben noch einmal umzukrempeln, dem sie aber auch mit großer Angst entgegenblickte, hatte einfach ihre Nerven überstrapaziert. Und so war auch dieser Nachmittag im Alkohol versunken. Sie hatte alle ihre Bestände aufgebraucht und saß nun mit zitternden Händen auf dem Trocknen. Zu nichts war sie mehr in der Lage. Sie hatte es mit Mühe und Not einmal geschafft, mit ihrem Hund vor die Haustür zu gehen. Das Leben hatte jede Farbe verloren, sie sah nur noch graues Einerlei. Eine Stunde noch bis Mitternacht. Regen trommelte auf ihre Fensterscheibe. Immer wieder spielte ihr überreizter Geist ihr einen Streich und ließ sie die Wohnungstürklingel hören. Immer wieder öffnete sie die Tür und stand in einem leeren Treppenhaus. Die anderen Hausbewohner lagen längst im Bett, morgen würden sie wieder früh raus müssen zur Schule oder zur Arbeit. Sie wohnte im obersten Stock, der aus zwei Wohnungen bestand. In der Wohnung neben ihr wohnte Herr Lehmann, ein netter älterer Herr, der sehr zurückgezogen lebte. Weiter unten lief der viel zu laut aufgedrehte Fernseher der alten Frau Pavlovic, die nicht mehr so gut hören konnte. In wenigen Minuten würde sie ihre Katze vor die Tür setzen, wie jeden Abend um diese Zeit. Das Haus war voller Menschen, alte und junge, schlafende und wache. Zu keinem dieser Mitbewohner hatte sie eine Verbindung, sie war inmitten all dieser Leute allein und einsam.

Um 23.25 Uhr klingelte es wirklich an der Haustür. Der Hund sprang aus seinem Körbchen und machte Lärm. Das Herz schlug ihr bis zum Hals, als sie aufstand und die Gegensprechanlage bediente. Eine bekannte Männerstimme stellte sich knapp mit „Ich bin's", vor. Sie schloss kurz die Augen, drückte auf den Türöffner. Kurz darauf stand ein großer, breitschultriger Mann mit einer Plastiktüte in der Hand vor ihrer Wohnungstür. Sie brauchte ein paar Sekunden, um ihn wiederzuerkennen. Der Hund kläffte so laut, dass aus den unteren Wohnungen bereits böse Kommentare kamen.

„Das ist ja wie in einem verdammten Tierheim hier", schimpfte der Mann. „Erst wäre ich beinahe im Treppenhaus auf eine Katze getreten und jetzt dieser bescheuerte Köter. Kannst du das Mistvieh nicht ruhigstellen?"

Er trat in die Wohnung, ohne den wütenden Hund weiter zu beachten. Das Tier krabbelte daraufhin zurück ins Körbchen und gab Ruhe.

„Du hast dich verändert", begrüßte sie ihn vorsichtig und ließ ihn eintreten.

„Na ja", sagte er, nachdem er sich auf das Sofa gesetzt und sie eine Weile prüfend angeschaut hatte. „Zehn Jahre sind eine lange Zeit. Auch dich hätte ich auf der Straße nicht wiedererkannt. Ich habe dir etwas mitgebracht. Wie ich sehe, kannst du es gut gebrauchen."

Er holte eine Flasche Wodka aus der Plastiktüte und stellte sie auf den kleinen Couchtisch. Sie griff danach wie eine Ertrinkende nach dem Rettungsring, ging zum Schrank, nahm zwei Gläser und schaute ihn fragend an. Er schüttelte den Kopf. Sie stellte ein Glas zurück und goss sich großzügig ein. Sie kippte den Wodka in einem einzigen Zug runter. Augenblicklich bekam das Grau wieder Farbe, eine zentnerschwere Last fiel von ihr ab. Von innen stieg eine Wärme auf, die ihr wieder so viel Mut machte, dass sie zu fragen wagte: „Hast du das Geld dabei?"

Wortlos kramte er einen braunen Umschlag aus der Plastiktüte und legte ihn auf den Tisch. Aber als sie gierig danach greifen wollte, legte er seine große, knorrige Hand darauf.

„Moment", sagte er drohend. Sie zuckte erschrocken zurück.

„Erst musst du mir genau erzählen, was du damals gesehen hast. Ganz genau. Ich will schließlich wissen, wofür ich so viel Geld ausgebe."

Das leuchtete ihr ein. Sie goss sich ein zweites Glas ein und kippte es ebenfalls in einem Zug. Jede Angst war nun verflogen. Es war sein gutes Recht, dies alles zu erfahren, fand sie. Und sie zeichnete ein Bild der damaligen Ereignisse, so gut und so genau sie es vermochte. Wie ihr Kunde Hans an der Bar die Getränke bestellt und dabei lachend auf sein eigenes Glas bestanden hatte, wie sie dann mit ihm in den „Behandlungsraum" gegangen war, wie sie ihn ans Andreaskreuz gefesselt hatte. Und wie sie den Mann, der nun vor ihr saß, im Spiegel erkannte, als er zur Tür hereinkam und die Getränke serviert hatte.

„Eigentlich warst du ja gar nicht für den Service zuständig", ergänzte sie, mittlerweile gut gelaunt. „Deshalb ist mir dein Erscheinen ja auch so aufgefallen."

Der Besucher schwieg und schaute sie prüfend an. Dann fragte er: „Und warum hast du das damals nicht den Bullen gesagt?"

„Weil ich …", sie suchte nach den richtigen Worten, „dachte, das gehört sich nicht. Wir waren schließlich Kollegen, auch wenn wir völlig verschiedene Chefs hatten. Kollegen scheißt man nicht an. Außerdem hatte ich was gegen die Bullen."

Wieder ein langer, prüfender Blick, als wolle er in ihr Innerstes schauen.

„Und du hattest auch Angst vor mir, stimmt's?"

Es folgte das dritte Glas Wodka. Dann konnte sie schon wieder lachen. Plötzlich war alles so leicht, sie verstand gar nicht mehr, was ihr vorher solche Sorgen gemacht hatte.

„Klar", sagte sie munter. „Ich konnte dich ja vorher ein paarmal bei der Arbeit beobachten. Wenn du mit Kunden umgegangen bist, die Ärger gemacht haben. Da warst du nicht zimperlich. Ich hätte dich nicht gern zum Feind gehabt."

„Aber jetzt ist dir das egal, oder wie?", fragte er. „Jetzt hast du keine Angst mehr vor mir?"

„Genau!" Sie wunderte sich selbst kurz darüber, wie bestimmt ihr das rausgerutscht war, denn eigentlich entsprach es ja nicht der Wahrheit. Aber der Wodka wärmte so schön von innen, gab ihr Kraft und Halt und Zuversicht. „Die Bullen wissen bereits alles, nur deinen Namen habe ich ihnen nicht gesagt. Aber wenn mir was passiert, dann können sie sich denken, aus welcher Richtung das kommt, verstehst du?"

Sie fühlte sich immer besser und sicherer. Noch

ein kräftiger Schluck, dann stand sie auf und ging zu ihm. Sie warf das Sofakissen mit dem aufgestickten Spruch auf den Fußboden, setzte sich dicht neben ihn und legte ihm eine Hand auf die Schulter. Der Umschlag mit dem Geld lag immer noch auf dem Tisch.

„Lass das!", blaffte ihr Besucher sie an und rutschte von ihr weg. „Die Zeiten sind lange vorbei. Ich bin rein geschäftlich hier."

Ihr Mienenspiel schlug dramatisch um, wechselte von Verführung zu blankem Hass. Sie sprang auf, griff nach dem auf dem Boden liegenden Sofakissen und schlug damit auf ihn ein.

„Du Scheißkerl!", schrie sie ihn an. Sie verschwendete keinen Gedanken daran, dass es fast Mitternacht war, dass die Nachbarn sie hören konnten, sondern drosch weiter mit dem Kissen auf ihn ein.

Der Mann kreuzte im ersten Impuls beide Arme über seinem Kopf, um sich zu schützen. Dann entriss er ihr das Kissen und baute sich in voller Größe vor ihr auf. Doch anstatt sich nun eingeschüchtert wieder in den Sessel zu setzen, beschimpfte sie ihn weiter und wurde dabei immer lauter. Er gab ihr einen kräftigen Schub und sie landete rückwärts in ihrem Sessel. Ein paar Sekunden starrte sie ihn wortlos an, dann beugte sie sich nach vorn zum Tisch, riss den Umschlag an sich und schaute hinein.

Während sie das Geld zählte, wandte sich ihr Besucher zur Wohnungstür. Er hatte sie fast erreicht, als sie ihm hinterherrief: „Das sind ja nur 10 000! Du Drecksack! Glaub bloß nicht, dass du mit den paar Kröten davonkommst. Ich kann dich immer noch anscheißen."

Der Mann drehte sich um, schaute sie wieder mit diesem prüfenden Blick an und kam dann langsam auf sie zu. Plötzlich war die Angst wieder da. Sie drückte sich tiefer in den Sessel, als könne sie sich ihm damit entziehen. Wie gelähmt beobachtete sie, wie er sich bückte, wie er das Sofakissen aufhob und mit dem Kissen auf sie zukam. Sie versuchte, die Wodkaflasche zu greifen, um ihn abwehren zu können, aber da lag das Kissen schon auf ihrem Mund. Es wurde schwerer und schwerer, drückte sie immer tiefer in den Sessel, immer tiefer.

18

Früher hatte Jupp Schulte es als sein Privileg betrachtet, zu Besprechungen am Tagesanfang zu spät zu kommen. Es war ihm stets ein inneres Vergnügen gewesen, damit seinen Vorgesetzten auf die Palme zu bringen. Nun gab es keinen Vorgesetzten mehr und auch keine Besprechungstermine. Kein Grund mehr, zu spät zu kommen. So kam es, dass er an diesem Freitagmorgen bereits um 8:30 Uhr in der Kreispolizeibehörde herumlungerte. Auf seine neue Arbeitsstelle hatte er noch keine Lust. Er wollte lieber etwas mit den alten Kollegen plaudern, den Frust vom letzten Versuch hatte er schon wieder fast vergessen. Doch wieder spürte er die befremdliche Zurückhaltung der Menschen, die früher einmal vertrauensvoll mit ihm zusammengearbeitet hatten. Sie sprachen mit ihm, waren höflich, aber immer wieder wanderte ihr Blick von ihm weg hin zum Bildschirm, sie rutschten unruhig auf ihren Stühlen herum. Schulte war Menschenkenner genug, um die Zeichen richtig zu deuten. Man hatte keine Zeit für ihn – er störte den Arbeitsablauf. Zu Maren Köster traute er sich gar nicht mehr, die ging ihm regelrecht aus dem Weg. Deshalb hielt Schulte sich am liebsten bei Pauline Meier zu Klüt auf, die immer Zeit und ein freundliches Wort für ihn übrighatte. Er hatte gerade eine Tasse Kaffee geschnorrt und wollte es sich bei Pauline gemütlich machen, als Maren Köster in das Gemeinschaftsbüro platzte und Schulte anstarrte, als habe sie eine Erscheinung.

„Jupp, was machst du denn hier? Musst du nicht zur Arbeit?"

Schulte versuchte ein Grinsen, aber es gelang nicht richtig.

„Ich versuche nur, den kleinen Dienstweg am Leben zu halten. Man wird sich ja sonst so schnell fremd."

„Du ...", Maren Köster schnappte nach Luft, bevor sie weitersprechen konnte. „Du kannst hier nicht einfach herumstolzieren und die Leute von der

Arbeit abhalten. Das habe ich dir schon mal gesagt. Jupp, wenn wir Freunde bleiben wollen, dann musst du lernen, die neue Situation zu akzeptieren. Frag vorher, ob es passt. Sonst muss ich dir, so leid es mir tut, eines Tages verbieten, diese Räume zu betreten."

Mit einer energischen Handbewegung wischte sie Schultes Einwand beiseite. Sie wandte sich an Pauline Meier zu Klüt, als sie sagte: „Komm bitte sofort in den Besprechungsraum! Wir haben eine Leiche."

Das Wort wirkte auf Schulte wie das Trompetensignal zum Angriff bei der Kavallerie. Er sprang auf, verzog kurz schmerzhaft das Gesicht, als ein Teil des noch heißen Kaffees über seine Hand floss, und rief: „Wo? Wer?"

Maren Köster verdrehte die Augen.

„Jupp, was habe ich gerade gesagt? Lass uns unsere Arbeit machen und mach du deine. Dann kommen wir uns auch nicht ins Gehege. Pauline, kommst du?"

Als die beiden Frauen das Büro verlassen hatten, ließ Schulte sich bedröppelt auf den Besucherstuhl fallen. Er fühlte sich leer, fehl am Platz und heimatlos. Als er den Rest des Kaffees getrunken hatte, zog er seine Lederjacke an, verließ das Büro und wollte eben durch den Flur zum Ausgang gehen, als Pauline Meier zu Klüt und Maren Köster wieder aus dem Besprechungsraum herauskamen und etwas hektisch wirkten. Schulte schaute die beiden erwartungsvoll an. Offenbar konnte Maren Köster seinem Dackelblick doch nicht widerstehen. Zwar leicht genervt,

93

aber nicht unfreundlich, sagte sie: „Eine Frau in der Sprottauer Straße. Ist wahrscheinlich ein Unfall gewesen. Sturz auf der Treppe. Sie war als Alkoholikerin bekannt. Wohl kein Fall für uns, aber wir müssen erst mal hin und nachschauen."

Die Adresse elektrisierte Schulte.

„Welche Hausnummer?", fragte er atemlos.

Maren Köster nannte ihm die Nummer und erschrak ein wenig, als Schulte unerwartet heftig reagierte: „Das kann jetzt nicht wahr sein! Ich komme mit!"

Sofort baute sich Maren Köster in voller Größe vor ihm auf. Für Schulte konnte es keinen Zweifel geben, dass sie es bitter ernst meinte, als sie sagte: „Das wirst du nicht. Du fährst jetzt sofort zu deiner neuen Arbeitsstelle und gehst dort deinen Kollegen auf den Wecker. Wenn du es wagen solltest, auf eigene Faust hinterher zu kommen, dann zwingst du mich, Maßnahmen zu ergreifen, die wir beide nicht wollen. War das deutlich genug?"

Schulte zerbiss den Fluch, der ihm auf der Zunge lag. Er drehte sich um und verließ wortlos die Kreispolizeibehörde. Als er in seinem Auto saß, überlegte er kurz. Dann gab er Gas. Er musste schnell sein. Wenn der Hauseingang erst einmal polizeilich abgesperrt war, würde er nicht mehr reinkommen.

19

Schulte parkte seinen alten Landrover vor der Heinrich-Drake-Realschule und lief mit strammen Schritten etwa 200 Meter weiter bis zu dem Mehrfamilienhaus, in dem er am Mittwoch bei Natascha König gewesen war.

Er schaute sich um, sah aber weit und breit keinen Polizisten. Er ging zum Hauseingang und wunderte sich, dass die Haustür offenstand. In der untersten Etage wies nichts auf eine Leiche hin. Schulte stieg die Treppe hoch. Kurz bevor er schnaufend den Treppenabsatz des dritten Stockwerks erreichte, versperrte ihm ein rot-weißes Trassierband, das quer über die Treppe gespannt war, den Weg nach oben. Auf dem Plateau stand ein einsamer Polizeibeamter, der ihn traurig anschaute. Kurzentschlossen zog Schulte seinen Dienstausweis aus der Jackentasche und stieg über das Trassierband. Der Beamte nickte nur und ließ ihn gewähren.

Natascha König lag regungslos auf dem Treppenabsatz. Schulte erkannte sie sofort. Sie lag auf dem Rücken, Arme und Beine grotesk verrenkt, die Augen starrten ihn an. Schulte konnte seinen Blick nicht von diesen Augen lösen, war wie gefesselt. Flehten diese Augen um Hilfe? Um eine Hilfe, die er ihr versagt hatte? Klagten sie ihn sogar an? Wie ein Blitz traf ihn der Gedanke, dass sein Besuch all dies ausgelöst haben könnte. Dass er Geister gerufen hatte, die er nun nicht mehr beherrschte. Er spürte, wie ihm die Knie weich wurden, musste sich gewaltig zusammenreißen, um nicht völlig zu Boden zu gehen und klammerte sich ans hölzerne Treppengeländer.

Fast im selben Moment wurde es unten im Haus laut. Schulte hörte viele Füße die Treppe heraufpoltern, nahm das aber nur ganz am Rande zur Kenntnis, als ginge ihn das gar nichts an. Er war viel zu sehr mit sich selbst und seiner Schwäche beschäftigt. Wie durch eine Nebelwand sah er eine Gruppe Menschen, die endlich das Plateau erreicht hatte. Allen voran Maren Köster, die erstarrte, als sie ihn erkannte.

„Was machst du hier?", schrie sie ihn an. Die Frauenleiche schien in diesem Moment für sie keine Bedeutung zu haben. Sie ging um den leblosen Körper herum und stand nun direkt vor Schulte.

„Das kann doch jetzt nicht wahr sein, oder?", stieß sie fassungslos hervor. „Habe ich dir nicht eben ausdrücklich gesagt, dass du dich raushalten sollst? Meinst du, wir sind alle blöd und ohne dich geht es nicht?"

Ihr Gesicht war vor Wut fast so rot wie ihre langen Haare. Schulte wunderte sich, wie wenig ihn das alles berührte. Ihre Worte hörte er zwar, aber sie trafen ihn nicht. Offenbar machte sein leerer Blick sie vollkommen ratlos, denn nun tat sie etwas, was Schulte nie für möglich gehalten hätte.

Sie winkte einen der uniformierten Polizisten zu sich, pfriemelte dem die Handschellen vom Gürtel und ehe Schulte reagieren konnte, hatte sie ihn ans Treppengeländer gefesselt.

„Ich kann mich jetzt nicht um dich kümmern", kommentierte sie die Aktion. „Hier gibt es ernsthafte Arbeit zu tun. Glaub nicht, dass du dir alles erlauben kannst."

Schulte fühlte sich mit einem Ruck aus seiner Agonie gerissen und war wieder hellwach. Fassungslos schaute er Maren Köster hinterher, die sich längst von ihm abgewandt hatte und nun mit ernster Miene den leblosen Körper von Natascha König betrachtete. Um sie herum entfaltete sich die Ermittlungsroutine. Schulte, der genau wusste, was in einem solchen Fall zu tun war, fühlte sich wie ein Außerirdischer, der versehentlich auf der Erde gelandet war. Mitten im Geschehen, aber auch meilenweit davon entfernt. Er zerrte an seinen Handschellen, ließ das aber schnell bleiben, als ihm die Handgelenke schmerzten. Wieder und wieder ging sein Blick wie ferngesteuert zu Natascha König, deren starrende Augen nun, nachdem die Fotografen ihren Job gemacht hatten, von einem Arzt geschlossen wurden.

Schulte sah jetzt auch Renate Burghausen die Treppe heraufkommen. Die riesige Frau, Chefin der Spurensuche, keuchte, als sie oben ankam. Schulte sah, dass sie einen schnellen, routinierten Blick auf die Tote warf, dann aber blieb ihr Blick an Schulte hängen. Sie schaute nochmals, als könne sie nicht glauben, was sie sah. Aber bevor sie die Frage, die ihr wohl auf der Zunge lag, stellen konnte, unterband Maren Köster jede Einmischung: „Kein Kommentar! Die Wohnung der Toten ist ein Stockwerk höher."

20

Vor dem Mittag war alles erledigt.

Die Leiche war erkennungsdienstlich behandelt und abtransportiert worden. Oben in der Wohnung der Toten stöberte die Spurensicherung immer noch herum und suchte nach irgendetwas Brauchbarem.

Maren Köster war mit ihrer Truppe seit zwei Minuten abgezogen. Vorher hatte sie Schultes Handschellen mit den wenig versöhnlichen Worten gelöst: „Scheiß mich ruhig an! Es fällt sowieso auf dich zurück. Am besten sprichst du mit keinem Menschen darüber. Ich habe meinen Leuten Tod und Teufel angedroht, wenn auch nur einer über die Sache spricht. Die werden den Mund halten. Und jetzt komm endlich in der Realität an!"

Er rieb sich die Handgelenke, ließ innerlich ein paar Flüche los und sah wortlos zu, wie sie und ihre Leute die Treppe hinunterstiegen. Da es peinlich gewesen wäre, mit ihnen zusammen das Haus zu verlassen, beschloss er, nach oben zu gehen und zu schauen, was Renate Burghausen machte. Aber auch sie schloss gerade ihren Koffer und wollte gehen.

„Na, Kollege, Streit mit der Ex?", fragte Renate Burghausen auf ihre freundliche Art. „Soll ja ganz anregend sein, mal Handschellen einzusetzen."

Schulte brummte.

„Sie wissen ganz genau, dass Maren und ich seit vielen Jahren kein Paar mehr sind. Und das werden wir auch nie wieder sein. Jetzt erst recht nicht. Die spinnt doch, die Frau. Mich einfach anzuketten."

Die große Frau sah ihn nachdenklich an.

„Ich denke, rein formal war sie im Recht. Wenn Sie klug sind, Schulte, dann lassen Sie die Sache auf sich beruhen. Sie ziehen sonst den Kürzeren. Gut, dass ich heute allein gekommen bin. Ich werde schweigen wie ein Grab."

„Und", versuchte Schulte das Thema zu wechseln, „haben Sie irgendwas Interessantes gefunden?"

Sie schüttelte den Kopf.

„Es gibt ja auch erst mal keinen Grund, von einer Straftat auszugehen. Alles spricht für einen Unfall unter Alkoholeinfluss. Sie sollten sich mal all die leeren Schnapsflaschen in ihrer Küche anschauen. Die sprechen eine deutliche Sprache. Was mich wundert ist, dass wir keinen Wohnungsschlüssel gefunden haben. Weder bei der Toten noch in der Wohnung. Die Tür stand offen, als die Spusi kam. Seltsam."

Damit verließ auch sie das Haus.

Schulte wusste nicht recht, was er nun tun sollte. Er war durcheinander. Erst diese anklagenden Augen von Natascha, dann der Zusammenprall mit Maren. Was hatte er eigentlich hier gewollt? Da hörte er, wie sich die Tür der Nachbarwohnung öffnete. Ein alter Mann trat heraus, mit einem kleinen Hund an der Leine. Moment, dachte Schulte. Den Hund kenne ich doch.

„Sie sind bestimmt auch von der Polizei, junger Mann", sprach der Alte ihn an. „Jaja, das ist der Hund von der armen Natascha. Der lief den ganzen Morgen völlig verstört hier herum. Da habe ich ihn einfach zu mir genommen. Einer muss sich doch um das arme Tier kümmern, nicht wahr?"

Schulte lobte ihn für seine Tierliebe. Dann fragte er: „Haben Sie vielleicht den Schlüssel für die Wohnungstür? Den vermissen wir nämlich."

Der alte Mann schüttelte den Kopf.

„Keine Ahnung! Hatte Natascha den denn nicht bei sich, als der Unfall geschah?"

„Sie gehen also auch von einem Unfall aus?"

„Natürlich! Sie war ja immer spätestens gegen Mitternacht total betrunken. Wahrscheinlich hatte sie die Tür offenstehen lassen, der Hund ist rausgelaufen, die Treppe runter, sie wollte hinterher und da …"

Er schwieg, wollte sich offenbar die Szene nicht deutlicher vor Augen führen.

„Übrigens", wechselte er schnell das Thema, „mein Name ist Lehmann. Ich bin der Nachbar von Natascha. Gewesen, muss man ja nun sagen. Schrecklich, das alles. Arme Frau. Hat es wohl nicht leicht gehabt im Leben."

Einer plötzlichen Eingebung folgend, zog Schulte eine Visitenkarte aus seinem Portemonnaie und gab sie dem Alten. So was machte er nur sehr selten, er hasste Visitenkarten. Aber die waren dienstlich gestellt und irgendwie musste er sie ja mal loswerden. Und vielleicht waren sie ja für irgendwas gut.

Als Schulte ein Stockwerk tiefer ankam, stand dort eine Frau in der Tür, die noch älter war als Lehmann, und starrte ihn an. Sie hielt eine Katze auf dem Arm. Als er höflich grüßte, drehte sie sich nur wortlos um und verschwand in ihrer Wohnung. Auf dem Klingelschild las Schulte den Namen Pavlovic.

21

Auf dem Tisch standen Schnittchen. Und Rosemeier betätigte die Zapfanlage. Ein gutes Pils braucht seine sieben Minuten. Das war früher die Regel, dachte Schulte. Ob sie damals immer eingehalten wurde, bezweifelte er. Doch wenn Rosemeier das von seinem gezapften Bier behaupten würde, Schulte würde nicht eine Sekunde daran zweifeln.

Auf einer Tafel hinter der Theke stand:

Nix für lau!
Pils, 0,2, 1 Euro
1 Butterbrot, 2 Euro

Das Brot hatte Rosemeier beim Isendörper Bäcker Hallfeld gekauft. Den Schinken und die Wurst hatte Schulte bei Fritzmeier im Hofladen abgestaubt.

Selbst van Leyden hatte sich dazu gesellt und genoss das Brot aus Emmer-Korn, Dinkel und Kürbis.

Zwischen zwei Bissen gab der sonst so griesgrämige Polizist den Kommentar zum Besten: „Ich muss ja sagen, in Lippe gibt es wirklich gute Bäcker, aber der in Heidenoldendorf, das ist der Geheimtipp. Seit ich hier arbeite, hole ich mein Brot immer dort und ich sage euch, was Besseres habe ich bis jetzt noch nicht gegessen."

Als van Leyden das Wort „gearbeitet" in den Mund nahm, hatten ihn alle angesehen, doch sich einen bösen Kommentar verkniffen. Schließlich legte er hinsichtlich des guten Brotes Leidenschaft an den Tag. Unter diesen Umständen konnte jeder über die Fehlinterpretation des Begriffes „Arbeit" hinwegsehen.

Noch während der Laudatio auf das Brot vom Isendörper Bäcker hatte sich die Tür zum Schankraum geöffnet und zwei uniformierte Kollegen betraten den Raum.

„Wir haben über Funk gehört, bei euch gibt es für kleines Geld was Gutes zu essen."

Schulte war zufrieden. Kollege Volle leistete, was die Werbung anging, gute Arbeit.

„Genau Kollegen, kommt rein. Ich habe auch ein Streifenwagengedeck aufgelegt. Ein alkoholfreies

Hefeweizen, ein Schinkenbrot und ein Brot mit Mettwurst für fünf Euro."

„Das soll ein Schnäppchen sein?", brummelte einer der beiden Polizisten. Garantiert ein gebürtiger
Lipper.

Rosemeier stellte den Teller mit den Broten auf die
Theke. Daraufhin sagte der gerade noch nörgelnde
Polizist: „Na ja, dann will ich mal nichts gesagt ha-
ben. Ich nehme so einen Streifenwagenteller."

„Und nächste Woche gibt es auch noch Käsebrote
und ich grille zu den Spielen Argentinien gegen Kroatien und Frankreich gegen Peru. Könnt ihr an eure
Kollegen weitergeben."

Während Rosemeier ganz und gar in seiner Rolle
als Wirt aufging, kam plötzlich ein total verärger-
te Hubertus von Fölsen aus seinem Büro und fing
gleich an zu wettern.

„Also, das ist ja wohl das Letzte! Wir sind hier eine
Sondereinheit des Innenministeriums und Sie, Herr
Hauptkommissar Rosemeier, verkaufen auf dieser
Dienststelle Bier und Würstchen. Ja, wo sind wir
denn hier?"

„Ich würde sagen, in einer ehemaligen Kneipe",
entgegnete Schulte in aller Gemütsruhe. „So Rosemeier, jetzt schmeiß mal den Fernseher an. In zwei
Minuten spielt Marokko gegen den Iran. Spannend
wird es aber erst heute Abend. Spanien gegen Portugal, wenn das mal kein Hammer ist. Ich wette, Ro-
naldo kriegt wieder mal nichts auf die Reihe."

22

Heute würde er keinen Schluck Alkohol trinken. Schulte schenkte sich ein Glas Mineralwasser ein und bereitete sich sein Abendbrot, eine lippische Schlachteplatte. Sie bestand aus verschiedenen Wurstsorten aus Fritzmeiers Hofladen, garniert mit Gurken und Tomaten. Das waren die ersten, die es bei seiner Bio-Gärtnerei in der Klusstraße dieses Jahr gab und die er natürlich sofort gekauft hatte. Bei dieser Art Abendbrot stand ihm schon der Sinn nach einer schönen Flasche Detmolder Pilsner. Doch nein, heute nicht, heute würde er Mineralwasser trinken. Kaum hatte er sich den ersten Bissen in den Mund geschoben, da öffnete sich die Küchentür wie von Geisterhand. Im nächsten Moment schob sein Enkel Linus den Kopf ins Zimmer und einen Sekundenbruchteil später, saß er neben Schulte am Küchentisch.

„Oh, Opa, Tomaten, was für ein krasses Abendbrot. Kann ich was abhaben?"

Schulte hatte sich gerade den nächsten Bissen in den Mund geschoben. Er nickte heftig, versuchte etwas zu sagen und deutete auf einen Stapel Frühstücksbrettchen, die auf der Anrichte seines Küchenschrankes lagen.

Linus hatte verstanden, nahm sich Besteck und alles Weitere. Dabei grinste er und meinte: „Jetzt verstehe ich, wenn Mama immer sagt, ab hundert Gramm wird es undeutlich."

Schulte drohte seinem Enkel amüsiert mit dem Finger.

„Was ist, Linus, du bist doch sicher nicht nur rübergekommen, um mir mein Abendbrot wegzuessen, oder?"

„Nein Opa, ich wollte mit dir einen klarmachen, wegen Rudelgucken."

Schulte sah seinen Enkel fragend an.

„Na, du gehst doch immer zum Fußballgucken zu diesem Kuli und Omi und Konsorten, zu den Leuten, die in deiner Fußball-Tipprunde sind."

„Ja", nuschelte Schulte mit vollem Munde, um seinen Enkel zum Weiterreden zu animieren.

„Na ja", plapperte der denn auch gleich drauf los. „Ich habe neulich Camillo bei uns auf dem Schulhof getroffen, der ist an unserer Schule in der Oberstufe. Den kennst du, der geht da auch immer hin, sagt er. Und der hat gesagt, dass das bei euch echt cool ist."

„Camillo ist auch schon ein paar Jahre älter als du, mein Lieber", versuchte Schulte zu intervenieren.

„Ja, das stimmt, Opa, aber Camillo sagt, er geht da schon hin, seit er ein Baby ist. Und er sagt, dass er auch schon mal, als er noch ein kleiner Junge war, von irgend so einem Typ einen total coolen Hut geschenkt bekommen hat. Und er sagt auch, dass die Erwachsenen immer total nett zu den Kindern sind. Sogar du, sagt er."

„So, sagt er das", brummelte Schulte etwas angesäuert.

„Ja, sagt er", ereiferte sich Linus. „Und Camillo meint, dass die Erwachsenen alle keine Ahnung von Fußball haben und immer den totalen Quatsch reden. Er meint, dass dort echt mal Leute hinkommen müssten, die ein bisschen was draufhaben. Und da dachte ich, da bin ich doch genau der Richtige."

Es klingelte. Linus ignorierte es.

„Was ist nun Opa, nimmst du mich mit?"

Schulte war aufgestanden. Er war verwundert. Wer konnte das sein?

„Was ist nun Opa?", drängte Linus erneut.

Wieder betätigte jemand die Klingel an der Haustür. Schulte wurde hektisch. Zwei Dinge gleichzeitig zu regeln war nervig. Also fertigte er erst seinen Enkel ab.

„Ja, Linus, wenn deine Mutter es erlaubt, kannst du mitkommen."

Im gleichen Augenblick bereute Schulte die Zusage. Bei Kuli und Omi Fußball gucken, war eine der wenigen Möglichkeiten, mal dumme Sprüche rauszuhauen und nicht auf irgendwelche Regeln und Normen zu achten. Und jetzt war zukünftig sein Enkel dabei. Scheiß Vorbildfunktion. Doch Linus konnte sein Glück kaum fassen.

„Super Opa, das wird cool!"

Wieder drückte jemand auf die Türklingel.

„Bleib ruhig sitzen, alter Mann!", grinste Linus, „ich mache schon auf und bin dann weg."

Obwohl Schultes Enkel in Windeseile Richtung

Eingang sprintete um zu öffnen, ging Schulte dem Jungen nach und stand in der nächsten Sekunde Pauline Meier zu Klüt gegenüber.

Schulte unternahm heftigste Schluckanstrengungen, um seinen Mund leerzubekommen.

„Meier", nuschelte er. „Ich fasse es nicht! Mit deinem Besuch hätte ich nun wirklich nicht gerechnet. Ich freue mich, komm rein. Möchtest du etwas mitessen, möchtest du ein Bier, ein Glas Wein?"

„Mitessen ja, Bier und Wein nein."

Schulte stellte ein weiteres Gedeck auf den Tisch und setzte sich zu seiner ehemaligen Kollegin.

„Wieso haben Sie nicht mit mir gerechnet, Herr Polizeirat?", eröffnete die Polizistin das Gespräch. „Ich hatte mich doch angekündigt."

Schulte winkte ab. „Zwischen sagen und umsetzen liegen manchmal Welten. Das weiß keiner besser als ich." Er schob sich einen Bissen in den Mund, kaute genüsslich und fuhr fort. „Ich hatte an sich gedacht, ihr wärt froh, dass ihr mich los seid."

„Das sehen Sie nun wirklich falsch, Herr Polizeirat. Sie waren der beste Chef, den ich je hatte. Und nur weil Sie nicht mehr die gewohnte Aufmerksamkeit bekommen, die Sie seinerzeit bekamen, ist das noch lange kein Hinweis dafür, dass Sie in unserer Abteilung an Achtung verloren haben."

Schulte sah Meier ungläubig an. Die setzte ihre Ausführungen nach einem Bissen Tomatenbrot und anschließendem genüsslichen Kauen weiter fort.

„Aber Sie müssen auch verstehen, dass jetzt Maren Köster unsere Chefin ist und sie es schaffen muss, der Abteilung ihre Handschrift zu verpassen. Sie können sich doch sicher denken, dass alle Welt ihr im Moment auf die Finger schaut. Da können Sie nicht so einfach in den Laden reinschneien und so tun, als habe sich nichts verändert."

Schulte wollte aufbegehren.

„Mache ich doch gar nicht", stieß er hervor. Doch weiter kam er nicht.

„Doch machen Sie. Sie bemerken es nur nicht, weil Sie sich so geben wie Sie sich immer gegeben haben. Aber Sie haben jetzt eine andere Rolle."

Schulte schwieg eine Weile und zerkaute eine Gurke.

„Okay, Meier, was soll ich tun? Wie soll ich mich verhalten?"

Pauline Meier zu Klüt war erleichtert. Schulte war anscheinend einsichtig.

„Ich habe heute lange mit Maren Köster und dem Team darüber gesprochen und wir sind zu folgendem Schluss gekommen."

Schulte unterbrach sie.

„Wie, die anderen wissen alle, dass du hier bist und mit mir redest?"

„Genau, ich bin sozusagen die Abgesandte unseres Kommissariats", grinste Pauline Meier zu Klüt. „Und möchte Ihnen, wie schon angedeutet, folgende Wünsche und Ideen übermitteln: Erstens, Sie stehen in nächster Zeit nicht jeden Tag bei uns auf der Matte. Zweitens, Sie mischen sich nicht in unsere Arbeit ein. Nur ich bin in dienstlichen Dingen Ihre Ansprechpartnerin und wir teilen unsere Informationen. Nach außen spielen Sie in unserem Kommissariat keine Rolle. Als Gegenleistung bekommen Sie von uns punktuell Hilfe, bis Ihr Laden in Heidenoldendorf hinreichend ausgestattet ist."

Schulte schnaubte. „Dann werde ich euch wohl die letzten Jahre meiner polizeilichen Tätigkeit indirekt am Schlapp hängen. Heidenoldendorf wird immer eine Kneipe bleiben und nie ein Sonderdezernat werden. Die Düsseldorfer, und vermutlich federführend Erpentrup, haben die Abteilung nur gegründet, um uns loszuwerden."

„Dann schätzen die Düsseldorfer die zukünftige Situation eben völlig falsch ein", orakelte Pauline Meier zu Klüt.

23

Verdammter Schnaps. Adelheid Vahlhausen saß in ihrem Büro. Sie versuchte einen klaren Gedanken zu fassen, aber das wollte einfach nicht gelingen. Anfangs hatte sie geglaubt, dass die neue Abteilung eine Chance für sie sein könnte, mit anspruchsvollen Herausforderungen und neuen Kollegen. Sie hatte auf eine angenehme Atmosphäre gehofft, eine Umgebung, in der man sich gerne aufhielt und Menschen, mit denen man gut zusammenarbeitete.

Wünsche einer Trinkerin. Träume, die man sich schön saufen musste, weil sie ja sowieso nicht eintraten, schoss ihr dieser verzweifelte Gedanke durch den Kopf.

Adelheid Vahlhausen schniefte und wischte sich so ungeschickt eine Träne aus dem Gesicht, dass sich damit Lidschatten und Kajal nun auch auf ihrer weißen Bluse zeigten. Sie besah sich die Bescherung und ignorierte sie.

„Scheißegal", nuschelte sie und suchte nach dem Flachmann, der randvoll mit Wodka gefüllt war. Sie war schon im Begriff einen ordentlichen Zug zu nehmen. Doch dann ging sie zum Fenster, öffnete es und ließ den Inhalt der Flasche an der Hauswand herunterlaufen. Dabei murmelte sie: „Teufelszeug."

Nein, sie wollte das nicht mehr. Sie wollte nicht mehr trinken. Sie wollte weg von der Flasche. Dabei war ihr klar, dass dieser bescheuerte Job hier ihre letzte Gelegenheit war, ihre Sucht in den Griff zu bekommen. Trotz aller Widrigkeiten in diesem verdammten Detmold, mit diesen blöden, ignoranten Idioten, die ihre Kollegen waren. Wenn sie es jetzt nicht schaffen würde, dann nie mehr. Dann wäre der Sprung vor den nächsten Zug die naheliegende konsequente Lösung. Aber da war Adelheid Vahlhausen noch nicht. Noch lag sie nicht auf den Gleisen.

Mit großer Entschlossenheit drückte sie das windschiefe Fenster ihres Büros in den ebenso verzogenen Rahmen und straffte sich. Sie würde sich weder von diesen egozentrischen Kerlen, die ihre Kollegen waren, noch von den perfiden, hinterhältigen Ideen irgendwelcher Fuzzis aus dem Ministerium, kleinkriegen lassen. Diese Leute würden sie nicht um ihre letzte Chance bringen, ein würdiges Leben zu leben.

Mit großer Entschlossenheit ging Adelheid Vahlhausen durchs Haus. In dem ersten Büro, das sie betrat, saß Hubertus von Fölsen, vor ihm lag ein dickes Notizbuch. Im Hintergrund dudelte klassische Musik.

Empört wandte er sich der Frau zu, die so mir nichts dir nichts in sein Reich polterte. Doch er kam nicht dazu, sein Ungemach zu äußern. Noch bevor er auch nur ein Wort der Empörung hervorbringen konnte, trat ihm Adelheid Vahlhausen mit großer Beherztheit entgegen.

„Herr von Fölsen, ich erwarte Sie um Punkt 13 Uhr unten in unserem Besprechungsraum! Genauer gesagt, in der Kneipe." Dann drehte sie sich um, verließ den Raum und schloss die Tür hinter sich.

Auf der Treppe kam ihr ein völlig verschwitzter van Leyden entgegen. Auch ihm gab sie in knappen Worten zu verstehen, dass er sich nach dem Duschen unten im Gastraum einzufinden habe. Auf die Frage „weshalb" bekam er die knappe Antwort: „Erfahren Sie nachher unten."

Van Leyden schüttelte den Kopf und brummelte

so etwas wie Schnapsdrossel. Dann stürmte er, immer zwei Stufen gleichzeitig nehmend, die Treppe hinauf.

Punkt 13 Uhr waren alle Polizisten, Schulte und Rosemeier waren selbstverständlich auch informiert worden, im sogenannten Besprechungsraum zugegen. Die Stimmung der Anwesenden war alles andere als erwartungsvoll.

Vier Männer mit missmutigen Gesichtern, von denen jeder für sich glaubte, gerade etwas Besseres zu tun zu haben, hatten sich auf Stühle geflegelt und harrten der Dinge die da kommen sollten.

Adelheid Vahlhausen wusste nicht so recht, wie sie anfangen sollte. Während sie überlegte, sagte van Leyden hinter vorgehaltener Hand zu Rosemeier, aber in einer Lautstärke, dass alle ihn hören konnten: „Die Alte hat sich wirklich schon ihr Hirn weggesoffen. Erst macht sie einen Aufriss, als sei das, was sie zu sagen hat, die Rettung der Welt und jetzt steht sie da und weiß nicht mehr, was es war."

Van Leyden sah nun feixend in die Runde und machte eine Handbewegung, die bedeuten sollte, dass er gerade eine Flasche leerte. Bei dieser Geste fand er sich so toll, dass er nicht sah, wie Adelheid Vahlhausen aufstand und in seine Richtung ging. Als der Schatten ihres Körpers in van Leydens Gesichtsfeld kam, wandte er sich zu ihr um. In dem Moment verpasste die Polizistin ihrem Kollegen eine Ohrfeige, die dafür sorgte, dass van Leyden sich nur mit

Mühe auf seinem Stuhl halten konnte. Seine Wange wurde augenblicklich feuerrot. Sie brannte, als hätten ihm hunderte Wespen ihren Stachel in die Haut getrieben. Wütend sprang der Geschlagene auf und wollte sich auf die Frau stürzen. Doch Rosemeier bekam ihn an der Schulter zu fassen, hielt ihn fest und sagte: „So Junge, du setzt dich jetzt augenblicklich hin, schnaufst dreimal durch und dann entschuldigst du dich bei deiner Kollegin!"

„Einen Scheiß werde ich tun!", brüllte van Leyden, und versuchte, sich aus dem eisernen Griff, den er seinem Kollegen gar nicht zugetraut hätte, zu lösen. Nun erhob sich auch Hubertus von Fölsen. Er ging auf den wütenden Mann zu und sagte in einer Stimme, die keinen Widerspruch duldete: „Genau, Sie entschuldigen sich und zwar auf der Stelle!"

Adelheid Vahlhausen schnäuzte sich und sagte dann: „Lassen Sie es gut sein, Herr von Fölsen, der Kollege hat ja recht, ich trinke mehr als gut für mich ist. Aber ich will das nicht mehr. Ich will keinen Alkohol mehr trinken. Darum habe ich vor ein paar Monaten meiner Versetzung hierher zugestimmt. Ich dachte, eine neue Umgebung und neue Kollegen täten mir gut und hoffte auf eine Arbeit mit gemeinsamen Zielen und einen wertschätzenden Umgang. Und dann erlebe ich das! Einen Haufen frustrierter und dennoch eitler Männer. Wir haben keine gemeinsamen Ziele. Wir haben nicht mal eine Aufgabe. Wir können machen, was wir wollen. Wenn wir es genau nehmen, brauchen wir morgens nicht einmal auf der Dienststelle zu erscheinen. Wir könnten einfach zu Hause bleiben. Kein Mensch, und schon gar kein Vorgesetzter würde es merken oder etwas dagegen sagen."

Adelheid Vahlhausen nahm einen Schluck Wasser, überlegte kurz und setzte etwas resigniert ihre Rede fort: „Für mich ist dieser Zustand der Tod. Wenn ich keinen Antrieb mehr finde, morgens zum Dienst zu erscheinen, dann lebe ich nicht mehr lange. Ich habe nichts anderes als diesen Job. Doch wenn das hier so weitergeht, habe ich abends verdammt noch mal einen Grund mehr, mich dem Schnaps hinzugeben und morgens hier nicht zu erscheinen. Aber noch habe ich nicht aufgegeben. Ich werde darum kämpfen, dass ich irgendwann mal sagen kann, hier in Detmold hast du einen Job, eine Aufgabe, die du gern machst. Und du hast Kollegen. Menschen, die du schätzt und die dich schätzen. Doch von dieser Situation bin ich, sind wir alle, weit entfernt."

In dem Raum blieb es still, unnatürlich still. Doch nur wenige Sekunden, denn Adelheid Vahlhausen fuhr fort.

„Der erste Schritt für mich ist, Herr van Leyden, dass mich an meinem Arbeitsplatz niemand eine Schnapsdrossel nennt. Niemand, auch Sie nicht! Ob ich Schnaps trinke oder nicht, das geht solange niemanden etwas an, bis zu dem Zeitpunkt, an dem Sie oder ein anderer Kollege in irgendeiner Weise unter der Tatsache, dass ich eine Trinkerin bin, zu leiden hat. In Zukunft will ich von jedem, der sich in diesem Raum befindet, wertschätzend behandelt werden. Das sage ich kein zweites Mal."

Noch bevor irgendjemand etwas erwidern konnte fuhr sie fort: „So, das war meine private Nabelschau. Und jetzt komme ich zum Allgemeinen, ja, durchaus zum Dienstlichen. Herr von Fölsen, was ist Ihr Ziel in diesem Team oder besser in dieser Notgemeinschaft?"

Von Fölsen räusperte sich. Man merkte ihm an, dass er sich in seiner Haut nicht wohlfühlte.

„Na ja, ich will mein Buch zu Ende schreiben."

„Was hat Ihr Buch mit unserer Arbeit, mit unserem Team zu tun? Müssen Sie, um Ihr Privatinteresse umzusetzen, jeden Morgen nach Detmold kommen? Bleiben Sie zu Hause, da haben Sie doch bessere Arbeitsbedingungen."

Von Fölsen wollte aufbegehren. Doch Adelheid von Vahlhausen redete schon weiter.

„Ich weiß, Herr von Fölsen, es steht mir nicht zu, Ihnen das zu sagen. Ich mache es trotzdem. Ich sage Ihnen, bleiben Sie zu Hause und schreiben Sie Ihr Buch. Dies ist eine Dienststelle und kein Schreibsaal!"

Dann wandte sich Adelheid Vahlhausen, ohne dem eben angesprochenen Kollegen weitere Aufmerksamkeit zu schenken, an van Leyden.

„Und Sie Kollege, warum sind Sie hier?"

„Das geht Sie gar nichts an!", blaffte der zurück.

„Oh doch, dass geht mich sehr wohl etwas an. Ich muss Sie nämlich jeden Tag ertragen. Ihre Unzufriedenheit, Ihre miese Stimmung. Wegen Kerlen wie Sie habe ich vielleicht vor vielen Jahren angefangen zu saufen. Aber lassen wir das. Laufen Sie ruhig weiter vor Ihren Problemen weg. Noch rennen Sie jeden Tag viele Kilometer durch den Wald, aber irgendwann bringt das keine Befriedigung mehr. Dann helfen auch Ihnen vielleicht nur Schnaps oder Tabletten oder sonst etwas, mit dem Sie versuchen werden, Ihrer Realität zu entfliehen."

Adelheid Vahlhausen schwieg. Die anderen auch. Doch dann ergriff sie wieder das Wort.

„Aber wissen Sie, was das Schlimmste für mich ist?"

Die Männer schüttelten mit dem Kopf.

„Schulte und Rosemeier, waren kaum eine Woche hier, da haben sie sich etwas gesucht, an dem sie sich abarbeiten können. Sie haben sich einen alten Fall vorgenommen. Ein Mann, der im Puff einen Herzinfarkt oder etwas Ähnliches bekommen hat. Ein Tod, über den die Welt lacht. Auf den ersten Blick scheint es so, als würde die Kuriosität Grund Ihres Handelns sein. Doch wer das so sieht, liegt meiner Meinung nach falsch. Schulte und Rosemeier klären vielleicht einen Mord auf, den andere schon auf Grund des ungewöhnlichen Todesortes ins Lächerliche gezogen haben und darum womöglich Fehler gemacht haben.

Genaues weiß man natürlich nicht. Doch jetzt kommen Rosemeier und Schulte und überprüfen den Fall noch einmal."

Weiterhin sagte niemand etwas.

„Ich finde, solche Aufgabenstellungen könnten Bestandteil unserer Arbeit werden."

Adelheid Vahlhausen machte eine kurze Pause und sammelte sich.

„Doch darüber wollte ich mich gar nicht weiter auslassen. Ich wollte Ihnen erzählen, was für mich das Schlimmste an der ganzen Angelegenheit ist. Sehen Sie, von Fölsen versucht die Unsinnigkeit unseres momentanen Daseins wenigstens noch damit zu kaschieren, dass er dieses Buch schreibt und dadurch glaubt, etwas Wichtiges zu erledigen. Van Leyden hat seine sportlichen Ziele, seine Strategie, um dem Elend in dem wir hier leben, davonzulaufen. Doch ich, ich habe nicht einmal sportliche Ziele. Ich habe nichts, ich setzte mich morgens in mein Büro und starre aus dem Fenster. Und damit ist jetzt Schluss!"

Alle sahen Adelheid Vahlhausen erwartungsvoll an.

„Ich bin zwar keine Ermittlerin, ich bin Fachfrau für Verwaltung, Organisation und Psychologie. Aber ich möchte bei Schulte und Rosemeier einsteigen."

Wieder Stille.

„Und ich will diesen Laden hier auf Vordermann bringen! Wir sehen uns morgen um 13 Uhr zur nächsten Sitzung. Bis dahin überlegen Sie sich, Herr von Fölsen und Sie, Herr van Leyden, wie Sie sich in dieses Team einbringen möchten."

24

Schulte und Rosemeier hatten sich an die Theke gesetzt und tranken ihren ersten Kaffee. Schultes Laune war auf dem Nullpunkt. Der Detmolder Staatsanwalt hatte entschieden, der Tod von Natascha König war ein Unfall. Gerade eben hatte er diese Nachricht von Pauline Meier zu Klüt erfahren.

Und als Schulte lautstark interveniert hatte, war von ihr der unmissverständliche Hinweis gekommen, dass er sich nicht schon wieder in die Angelegenheiten der Detmolder Polizei einmischen solle.

Pauline Meier zu Klüt hatte ihn eindringlich an ihre gemeinsamen Absprachen erinnert.

Schulte seinerseits hatte nochmals versucht, seiner ehemaligen Kollegin zu erklären, dass die von ihm und Rosemeier gegründete Sonderkommision mit dem Arbeitstitel: „Tod im Bordell" an einem alten Fall arbeitete. Bei den Ermittlungen wären sie auf Natascha König gestoßen, als eine der damals handelnden Personen. Und darauf, dass diese neu aufgenommenen Ermittlungen unter Umständen für Natascha Königs Tod verantwortlich sein könnten.

Pauline Meier zu Klüt hatte sich alles in Ruhe angehört und erwidert, dass dies zwar alles möglich sein könne. Aber, eben nur möglich, und dass der Staatsanwalt mit diesen Argumenten wahrscheinlich nicht zu einer Meinungsänderung zu bewegen sei. Der nicht und Maren Köster wahrscheinlich auch nicht, denn das könne als Einmischung in den aktuellen Fall angesehen werden. Rosemeier, der sich alles angehört hatte, munterte Schulte nicht gerade auf.

„Wenn ich ehrlich bin, Kollege, kann ich die neue Chefin in Detmold, diese Maren Köster, sogar verstehen. Ich meine, die muss sich doch erst mal freischwimmen. Und wenn du ihr andauernd in die Quere kommst, ist es doch völlig selbstverständlich, dass sie irgendwann dichtmacht. Außerdem, und das weißt du sicher am besten, wenn so ein Staatsanwalt ‚Nein‘ sagt, dann heißt das auch ‚Nein‘, oder du musst verdammt gute Argumente haben. Und wenn du nicht 100-prozentig hinter deinen Annahmen stehst, dann hast du sowieso keine Chance."

Während Rosemeier redete, war Adelheid Vahlhausen in den Raum gekommen. Sie machte sich einen Kaffee, stellte sich zu den Männern und hörte zu. Nachdem Rosemeier mit seinen Ausführungen geendet hatte, sagte sie unumwunden: „Kollegen, ein etwas anderes Thema, aber es ist mir wichtig. Ich hatte Sie ja darum gebeten, an Ihrem Fall mitarbeiten zu dürfen. Wie stehen Sie dazu?"

Schulte sah sie mit einem frustrierten Gesichtsausdruck an und erwiderte: „Grundsätzlich habe ich nichts dagegen, dass Sie bei uns einzusteigen. Doch ich fürchte, unser schöner Fall geht gerade den Bach runter."

Als Adelheid Vahlhausen ihn fragend ansah, erläuterte er ihr die Situation, die er noch vor einigen Minuten Rosemeier dargelegt hatte. Und setzte dann nach: „Außerdem ist doch sowieso alles zum Kotzen. Ich habe neue Computer aus dem Kreishaus organisiert. Die stehen jetzt in unseren Büros herum und sind nicht zu gebrauchen. Wir haben weder irgendwelche Software noch haben wir einen Internetzugang oder sonst etwas. Die Dinger sind jetzt schon Elektroschrott. *Sondereinheit,* dass ich nicht lache", ergänzte er zynisch. Dann nahm er einen Schluck Kaffee und verzog im gleichen Augenblick angewidert den Mund wegen des kaltgewordenen Getränks.

„Okay, Leute, dann regele ich zunächst einmal die Angelegenheit mit der Staatsanwaltschaft und werde sehen, was sich hinsichtlich unserer EDV machen lässt", gab Adelheid Vahlhausen in aller Ruhe zum Besten.

Schulte und Rosemeier starrten die Kollegin an, als habe die gerade verkündet, dass ihnen allen eine ordentliche Gehaltserhöhung in Aussicht gestellt worden sei.

Als Schulte seine Fassung wiedergewonnen hatte, fragte er: „Wie, Sie klären das jetzt einfach so mit der Staatsanwaltschaft?"

Adelheid Vahlhausens Mund umspielte ein vorsichtiges Lächeln. Sie antwortete: „Frauenschiene, meine Herren, Frauenschiene. Die Generalstaatsanwältin in Hamm und ich hatten schon oft miteinander zu tun. Und meist immer gemeinsam gegen einen Haufen Männer, der uns etwas am Zeug flicken wollte. Das schweißt zusammen."

Adelheid Vahlhausens Lächeln wurde noch etwas ausgeprägter.

„Die Generalstaatsanwältin und ich sind mittlerweile sehr gute Bekannte. Um nicht zu sagen Freundinnen. Die rufe ich gleich an und erkläre ihr, dass unsere Abteilung ein unbedingtes Interesse daran hat, dass die Tote, Natascha König, obduziert wird. Danach kann der Detmolder Staatsanwalt sich auf den Kopf stellen oder außergewöhnliche Kunststücke zum Besten geben. Obduziert wird! Wir sind schließlich eine Sonderabteilung des Ministeriums. Etwas mehr Selbstbewusstsein, meine Herren!"

Schulte wollte etwas entgegnen, doch Adelheid Vahlhausen kam ihm zuvor.

„Und Sie, lieber Kollege, fuschen der Maren Köster nicht ins Handwerk. Sie sind in dieser Sache außen vor. Die Einforderung der Obduktion nehme ich auf meine Kappe und das können Sie Ihren Detmolder Kollegen auch so weitergeben."

25

Schulte sah aus dem Küchenfenster seines kleinen Häuschens auf dem Hof von Anton Fritzmeier, wie der Landwirt im Ruhestand einen Rundgang über sein Anwesen machte. Der alte Mann schien schlechte Laune zu haben. Schulte fragte sich, was ihm wohl über die Leber gelaufen sein könnte. Der reichlich missglückte WM-Auftakt der deutschen Nationalmannschaft wohl kaum, denn Fritzmeier interessierte sich nicht mehr für Fußball, seit Uwe Seeler die Nationalmannschaft verlassen hatte. Obwohl es jetzt am Abend frisch geworden war, verließ Schulte das Haus und schloss sich Anton Fritzmeier an.

„Ist was schiefgelaufen?", fragte Schulte.

„Kannse woll sagen", brummte Fritzmeier. „Heute happich Bescheid chekricht vonne Versicherung. Du weißt doch, wegen den Schäden bei dem Sturm im Winter. Ich hab doch dies kleine Wäldchen, hintere Wiese. Kennse doch, oder? Da liegen immer noch die umchefallenen Fichten rum. Konnte ja bis chetz nix machen, weil ich nich wusste, wieviel Cheld ich vonne Versicherung kriege."

„Und jetzt hast du das Geld?"

„Cheld nennse das? Almosen sage ich nur, 'n Fliegenschiss is dat. Davon kann ich jedenfalls keine Firma bezahlen, die mir dat wechmacht. Und selber chehe ich da auch nich dran, in mein Alter."

„Und jetzt?", fragte Schulte.

„Dann bleibt dat Zeuch eben liegen. Soll et doch verrotten. Mir doch echal."

Schulte wusste genau, dass es ihm nicht egal war, sagte aber nichts. Fritzmeier würde irgendwann eine Firma mit dem Abtransport der umgefallenen Fichten beauftragen, aber erst mal war rituelles Klagen angesagt.

„Friederike hammse diesen Scheißsturm chenannt", fuhr Fritzmeier fort, nachdem sie einige Meter gelaufen waren. „So'n schöner Name für so'n beschissenen Sturm. Ich kannte mal 'ne Friederike. Is schon lange her, war kurz vorm Kriege. War ein feines Mädchen. Fast 'n bissken vornehm. Und dann sowat."

Es kam selten vor, dass Anton Fritzmeier etwas aus seiner Vergangenheit durchschimmern ließ. *Vorbei ist vorbei,* war einer seiner Wahlsprüche. Und Gefühle galten ihm sowieso als Privatsache. Die gingen niemanden etwas an. Schulte kannte diese Eigenheit seines alten Vermieters und respektierte sie. Er wusste, dass Fritzmeier bei aller zur Schau getragenen Derbheit im Grunde ein mitfühlender und großzügiger Mann war. Nur eingestehen würde Fritzmeier sich dies niemals. In der nun 20-jährigen Nachbarschaft war es daher nur äußerst selten vorgekommen, dass die beiden Männer über mehr als das Offensichtliche gesprochen hatten. Trotzdem war Fritzmeier in den letzten Jahren für Schulte ein ganz wertvoller Lotse geworden, wenn er wieder einmal das Gefühl spürte, zu schwimmen, wenn die Probleme uferlos schienen.

Fritzmeier mit seiner schlichten und pragmatischen Alltagsphilosphie wusste immer, wo das rettende Ufer war.

„Hast du noch Lust auf ein Bier?", fragte Schulte, als sie ihren Kontrollgang beendet hatten.

„Immer."

Lange saßen die beiden wortlos in Schultes unaufgeräumter Küche am Tisch, mit aufgestützten Ellenbogen, eine Flasche Bier fest umklammernd. Viele Worte brauchten sie nicht. Schulte ging es nicht gut und er wusste, dass Fritzmeier das wusste. Es war der alte Bauer, der das Schweigen brach.

„Alles scheiße bei dir?"

Schulte nickte. Fritzmeier hakte nach: „Die neuen Kollegen oder die alten?"

„Beide. Aber die sind nicht das Hauptproblem."

„Oh wei!", murmelte Fritzmeier und nahm einen großen Schluck.

Schulte trank seine Flasche aus und holte zwei neue aus dem Kühlschrank. Dann berichtete er von seiner aus Langeweile und Sinnleere geborenen Idee, einen alten Fall wieder aufzugreifen. Von Bukow, von seinem Besuch bei Natascha König und von dem, was aus seiner Sicht seine Niedergeschlagenheit ausgelöst hatte.

„Sie ist tot, Anton", sagte er mit tonloser Stimme. „Und ich bin schuld."

„Hä?", fragte Fritzmeier, der die Schlussfolgerung nicht so schnell verstand.

Schulte sprang auf und umrundete heftig gestikulierend den Tisch.

„Ich bin fast 40 Jahre Polizist und ich habe ein ganz gutes Gespür dafür, wenn eine Sache stinkt. Auch wenn alle anderen sagen, es sei ein Unfall gewesen, ich glaube das keine Sekunde. In den ganzen Jahren nach dem Todesfall im Puff ist der Frau nichts passiert. Trotz des vielen Alkohols. Aber kaum war ich bei ihr, da stürzt sie die Treppe runter. Das ist doch kein Zufall. Mein Besuch hat irgendetwas ausgelöst, was dieser armen Frau das Leben gekostet hat. Das macht mich fertig. Kannst du das verstehen?"

„Die Cheister, die ich rief …", brummte Fritzmeier versonnen.

„Genau! Und jetzt verbieten mir all die Schlaumeier auch noch, nach diesen Geistern zu suchen. ‚Das ist nicht Ihre Baustelle, Herr Schulte. Kümmern Sie sich um Ihre eigene Arbeit.' Sag mal selbst, Anton, wenn das nicht meine Baustelle ist, wessen dann? Was soll ich tun?"

„Chetz setz dich erst mal wieder annen Tisch", wies Fritzmeier ihn an. „Machs mich ja chanz raschelig."

Er hatte seine Flasche nun auch geleert und griff nach der neuen.

Wieder entstand eine lange Pause. Anton Fritzmeier war nicht der Typ, der den erstbesten Gedanken laut hinausposaunte. Sein Gehirn funktionierte wie der Magen einer Kuh – in mehreren Durchläufen. Jeder Gedanke wurde durchdacht, weitergeschoben, erneut durchdacht, weitergeschoben und wieder durchgekaut, bevor er ihn endlich aussprach.

„Wenne wirklich chlaubs, dat alles deine Schuld is", sagte er schließlich im ernsten Ton, „und ich sage nich, dat es nich so is, dann bleibt dich nix anderes übrig, als die Cheister zu finden und sie ins Kittchen zu stecken. Dat bisse dieser armen Frau schuldig und dir selbst auch. Chanz egal, wat deine Chefs dazu sagen. Seit wann kümmert sich ein Jupp Schulte um Vorchesetzte?"

Als wolle er damit einen Schlusspunkt setzen und diese für ihn ungewohnt lange Rede signieren, trank er die Flasche Bier in einem Zug aus und knallte sie energisch auf den Tisch.

26

Wie konnte diese Frau es wagen, seine Entscheidung in Frage zu stellen. Söder war fest davon überzeugt, dass eine Gruppe von Frauen sich gegen ihn, den Staatsanwalt, verschworen hatte. Und je mehr er darüber nachdachte, welche Damenriege ihm da ans Zeug wollte, desto schlechter wurde seine Laune. Der Tod dieser Frau, dieser Natascha König, war ganz klar ein Unfall. Das hatte er der neuen Leiterin des Detmolder Kommissariats für Gewaltverbrechen unmissverständlich deutlich gemacht. Aber diese Frau hatte ihm widersprochen. Ihm, dem

Staatsanwalt. Diese Maren Köster, eine Rothaarige. Das waren sowieso die Schlimmsten, gefärbt oder nicht, diese Haarfarbe stand für Hexe, für knallharte Emanze. Die Maren Köster schien die besonders unangenehme Variante einer modernen Hexe zu sein, denn sie verkörperte alles, was solche Frauen gefährlich macht: Intelligenz, Eloquenz, die nötige Portion Aggressivität und dabei sah sie auch noch so verteufelt gut aus.

Das Telefon riss ihn aus seinen ermüdenden Betrachtungen. Am anderen Ende der Leitung sprach eine Frau. Sie stellte sich als Petra Mertens vor.

Mertens, Petra Mertens, nie gehört, dachte Staatsanwalt Söder.

„Herr Kollege", kam die Frau ohne Umschweife zur Sache. „Ich wurde heute Morgen von einer Polizistin aus der Sonderkommission Projektgruppe *Think-Tank* angerufen. Sie wissen, das ist diese Truppe, die direkt dem Innenminister unterstellt ist. Lange Rede kurzer Sinn, in dieser Abteilung gibt es eine Arbeitsgruppe, die ein unbedingtes Interesse daran hat, dass die Tote, Natascha König, obduziert wird. Eine Polizistin aus dieser Sondereinheit hat sich an mich gewandt, um die Tote obduzieren zu lassen. Die Ermittlerin behauptete, dass Sie eine Obduktion nicht als nötig erachten und auch nicht mit sich reden ließen."

Was war das denn für eine dumme Pute, diese Mertens. Etwa eine dieser Tanten aus Maren Kösters Weibertruppe? Staatsanwalt Söder war verärgert. Ach was, er war wütend, aber so was von wütend. Ja. waren denn diese Rothaarigen, diese ehemalige lila Latzhosenfraktion, mittlerweile überall am Drücker?

Aber der Emanze, die er da gerade am Telefon hatte, der würde er jetzt zeigen wo Bartel den Most holt. Die würde gleich merken, wer hier die Hosen anhatte.

„Genau, Frau äh, wie war doch ihr Name?", kam er aber erst mal ins Stottern.

„Mertens."

„Genau, Frau Mertens", schimpfte er fast ins Telefon. „Ich bin der Meinung, diese Obduktion ist unnötig. Und dabei bleibe ich. Basta!"

„Na ja", entgegnete diese Mertens. „Ich denke, wenn wir uns in dieser Frage etwas bewegen, vergeben wir uns nichts."

Jetzt war Söder auf 180.

„Wir uns bewegen? Was soll das denn heißen? Wir uns bewegen, bah. Noch mal, Frau Mertens, ich habe ‚Nein' gesagt!"

„Und ich sage ‚Ja'", entgegnete Petra Mertens fast amüsiert.

„So, so, Sie sagen ‚Ja'", wütete Staatsanwalt Söder. „Und wen interessiert das, was Sie sagen?"

„Sie", hörte Söder die weiterhin amüsierte Stimme dieser Frau.

„Wer sagt das?", brüllte Söder ob dieser Respektlosigkeit jetzt fast.

„Ich, Petra Mertens, Leiterin der Generalstaatsanwaltschaft Hamm", entgegnete die Frau am anderen Ende des Telefons mit immer noch belustigt klingender Stimme. „Sie bekommen die Anweisung zur Obduktion auch gleich noch schriftlich. Ihnen noch einen schönen Tag, Herr Kollege."

27

Was für eine Welt war das geworden. Söders Tag war versaut. Wenn er heute in einem Verfahren der Ankläger gewesen wäre, der Delinquent hätte für einen Ladendiebstahl lebenslänglich bekommen. Glück für die Kleinkriminellen dieser Welt, die heute der schlechten Laune des Staatsanwalts entgangen waren.

Im Gericht kannte man Söder. Wenn der in seiner ganz eigenen Haltung durch die Flure des ehrwürdigen Gebäudes schnürte, dann war es angemessen, sich hinter der nächstbesten Tür zu verschanzen. Es wurde gemunkelt, dass in solchen Augenblicken selbst auf Damentoiletten eingeschüchterte Rechtspfleger vorübergehend geduldet wurden.

Söder hatte seine Runde gedreht. Er war niemandem begegnet, an dem er seine Wut hätte auslassen können. Nun gut! Es gab auch andere Möglichkeiten. Ein kleiner Spaziergang würde ihm guttun. Also ein Ausflug zur Kreispolizeibehörde. Diese rothaarige Emanze, diese Maren Köster, das war jetzt die Person, die er sich als Opfer auserkoren hatte. Der würde er heute ganz gewaltig den Marsch blasen. Und so machte sich Söder, zum Äußerten entschlossen, auf den Weg von der Staatsanwaltschaft an der Heinrich-Drake-Straße, zur Kreispolizeibehörde. Der Marsch, den er angetreten hatte, war ein Fehler, wie Söder auf halbem Wege feststellte. Die Sonne brannte gnadenlos auf ihn herab. Als gelernter Katholik schickte er ein Stoßgebet gen Himmel, mit der Bitte um einen Sonnenstich herumzukommen.

Als er endlich die schützenden Räume der Behörde an der Bielefelder Straße erreicht hatte, wusste er, dass wenigstens diese Bitte an den Allmächtigen Gnade gefunden hatte. Der Ausflug zum Gebäude der Kreispolizei hatte ihm vermutlich lediglich einen ordentlichen Sonnenbrand eingebracht. Diese Tatsache schmälerte seine Unleidlichkeit, ach was, seine Wut in keiner Weise. Entschlossen machte er sich auf den Weg zu Maren Kösters Büro. Söder klopfte kurz an und trat dann, ohne auf eine Aufforderung zum Eintritt zu warten, beherzt in das Büro der Hauptkommissarin.

Diese saß an einem Besprechungstisch, zusammen mit zwei Kollegen. Der eine war Lindemann. Den kannte Söder, er war der Sohn eines Bielefelder Richters. Und dann saß da noch diese Frau, diese Bäuerin, wie hieß sie noch gleich? Richtig, Pauline Meier zu Klüt. Anscheinend redeten sie über Gott und die Welt.

„Frau Köster, ich muss dringend mit Ihnen spre-

chen!", mischte sich Söder ohne jede Rücksichtnah-
me in das laufende Gespräch der Polizisten ein.

Ein Fehler, wie er augenblicklich feststellen musste.

„Kein Problem", entgegnete Maren Köster dem
Staatsanwalt. „Bitte warten Sie einen Moment draußen. Wenn wir unsere Besprechung beendet haben,
nehme ich mir sofort Zeit für Sie."

Und schon stand Söder, mit einer gehörigen Portion Wut im Bauch und hochrotem Kopf, auf dem
Flur vor Maren Kösters Büro. Er fühlte sich abge-
fertigt. Und dies vor den anderen beiden Polizisten.
Söder kochte. Er setzte sich auf einen Stuhl, der auf
dem Gang vor dem Büro stand. Doch auf diesem
Platz hielt es ihn nicht einmal eine Minute. Der Ärger und die Wut trieben ihn wieder auf die Beine.
Er bewegte sich wie ein angeschossener Tiger. Drei
Schritte nach links und drei Schritte nach rechts. Immer die Bürotür Maren Kösters im Auge. Die Frau
durfte ihm auf keinen Fall entwischen. Mit der hatte
Söder gleich ein Hühnchen zu rupfen.

Und dann endlich verließen die andern beiden
Polizisten das Büro von Maren Köster. Sie lächelten
Staatsanwalt Söder zu. Freundlich oder zynisch, er
vermochte es nicht zu differenzieren.

In den nächsten Augenblicken bewies sich wieder einmal eine alte Weisheit: Wut frisst Hirn. Der
Staatsanwalt stürmte in das Büro der Polizistin und
baute sich vor Maren Köster auf. „Wie können Sie es
wagen?", giftete er die Hauptkommissarin an.

Die entgegnete, anscheinend in aller Gemütsruhe: „Wie kann ich was wagen?"

„Mir die Generalstaatsanwältin auf den Hals zu hetzen", zischelte er.

Maren Köster sah ihn fragend an.

Wie kann man nur so dämlich gucken, hätte Söder die Polizistin am liebsten gefragt. Doch er brüllte. „Wollen Sie etwa bestreiten, dass Sie bei der Generalstaatsanwältin in Hamm gedrängt haben, um die Obduktion dieser Natascha König doch noch durchzusetzen?"

„Ja, das will ich", kam es trocken von Maren Köster. „Und jetzt bitte ich Sie um einen anderen Ton, Herr Söder, sonst ist das Gespräch nach Ihrer nächsten Lautäußerung beendet."

Noch während die Polizistin diesen letzten Satz sagte, dämmerte es Söder. Hatte diese Mertens nicht eine Kollegin aus dem Team *Think-Tank* in Detmold gemeint? *Think-Tank,* was war das überhaupt? War da was an Söder vorbeigegangen? Tobte er hier an ganz falscher Stelle? Wie kam er aus dieser Nummer wieder heraus?

Dann klangen die letzten Worte von Maren Köster in seinem Kopf nach: Und jetzt bitte ein anderer Ton, sonst ist das Gespräch bei der nächsten …

„Genau", brüllte Söder. „Das Gespräch ist beendet!" Er drehte sich auf dem Absatz um, verließ den Raum und knallte die Tür hinter sich zu.

28

Schulte saß in seinem Büro. Es war spartanisch mit ein paar schäbigen Möbeln eingerichtet. Doch ein neuer Schreibtisch stand vor dem Fenster. Einer derjenigen, die er einem Hausmeister des Kreishauses abgeschwatzt hatte und die Fritzmeier vor einigen Tagen hierhergefahren hatte. Sein Stuhl quietschte bei jeder Bewegung und der neue Computer hatte weder einen Internetanschluss noch war er mit irgendeiner Software bestückt. Also lediglich ein Staubfänger. Auf den Wänden klebte eine mit Kasperlefiguren bedruckte Tapete aus den 50er Jahren. Wahrscheinlich war dies das ehemalige Kinderzimmer der Wirtsleute gewesen.

Doch Schulte nahm seine Umgebung überhaupt nicht wahr. Ihm ging die Gesamtsituation auf die Nerven. Er stand da und starrte aus dem Fenster. Es lief einfach nichts rund. Selbst seine Fußballtippergebnisse zu den WM-Spielen waren grottenschlecht. Bis jetzt hatte er immer danebengelegen. Zurzeit machte er einfach alles falsch.

Auch in dem alten Fall, den er mit Rosemeier, und seit kurzem auch mit Adelheid Vahlhausen, wieder aufrollte, kamen sie nicht wirklich weiter. Ihnen fehlte einfach die Infrastruktur, um ihre Arbeit auch nur ansatzweise zu erledigen. Als er hier in der Sonderkommission angefangen war, hatte Schulte kurzzeitig geglaubt, er könne den Apparat der Detmolder

Kreispolizeibehörde mitnutzen. Doch da hatte ihm Maren Köster schnell einen Riegel vorgeschoben.

Es klopfte. Jetzt hatte sich Schulte schon in den abgelegensten Raum zurückgezogen, um seine missmutigen Kollegen nicht den ganzen Tag erleben zu müssen. Doch auch das schien nichts gebracht zu haben.

„Ich will nicht gestört werden", maulte Schulte deshalb auch. Doch die Tür wurde trotzdem geöffnet. Im Rahmen stand Maren Köster. Einen gutgelaunten Eindruck machte die nicht gerade. Schulte versuchte es mit Small Talk.

„Das ist ja Gedankenübertragung, Maren, gerade habe ich an dich gedacht. Komm rein! Ich organisiere schnell einen Stuhl."

„Nicht nötig", entgegnete ihm seine ehemalige Kollegin mit einem Tonfall, der geeignet war die Hölle einfrieren zu lassen.

„Okay", kam es vorsichtig über Schultes Lippen. „Womit habe ich deinen Besuch verdient?"

„Das weißt du sehr genau", entgegnete die Polizistin kühl.

Schulte zuckt mit den Schultern. „Hört sich so an, als wenn du mich für irgendetwas verantwortlich machen würdest. Ich bin mir aber keiner Schuld bewusst."

„Vor einer Stunde war Staatsanwalt Söder bei mir und hat einen Aufriss gemacht, wie ich es noch nie erlebt habe."

Wieder zuckte Schulte mit den Schultern.

„Söder ist ein Blödmann. Ich hatte Gott sei Dank seit Monaten nichts mehr mit dem Kerl zu tun. Was wollte er denn?"

„Er hat mich beschimpft, weil die Leiche von dieser Natascha König jetzt doch obduziert werden soll. Anweisung von ganz oben, hat er getobt. Da steckst doch garantiert wieder du dahinter." Maren Köster schnaubte wütend.

„Aber das sage ich dir, Schulte. Natascha König fällt in den Aufgabenbereich der Kreispolizeibehörde. Mord oder nicht. Und solltest du mir auch nur einmal in die Quere kommen, dann wünscht du dir, nie geboren worden zu sein."

Schulte konnte es nicht fassen. Natürlich war er froh, dass der Anruf, den Adelheid Vahlhausen getätigt hatte, Wirkung zeigte. Aber dass Maren Köster hier so auftrat, das ging ihm mächtig gegen den Strich.

Es reichte ihm. Schulte straffte seine Schultern und machte sich gerade. Im wahrsten Sinne des Wortes.

„So, Maren, jetzt nimmst du erst mal das Messer aus der Stimme und dann hörst du mir endlich mal zu!", entgegnete Schulte mit einer Bestimmtheit, die Wirkung erzielte.

„Ich habe mich dir gegenüber in den letzten Wochen vielleicht nicht immer richtig verhalten. Doch was du hier jetzt abziehst, das geht zu weit. Auch wenn es so aussieht, als seien wir hier in diesem Laden die Deppen, wir sind immer noch eine Einheit mit weitreichenden Rechten, die direkt dem Innenminister unterstellt ist. Und wenn unsere Aufgabenbereiche sich mit deinen bedingt decken, dann erwarten wir eine gewisse Kooperationsbereitschaft."

Wenn Blicke töten könnten, dachte Schulte. Doch er ließ sich von dem zornigen Gesichtsausdruck seiner Ex-Kollegin nicht beeindrucken und setzte nach.

„Und was den Staatsanwalt angeht", Schulte sah Maren Köster jetzt seinerseits wütend an, „was den Staatsanwalt angeht, wurde es langsam wirklich Zeit, dass dem mal einer auf die Füße tritt. Wo kommen wir denn da hin, wenn so ein Kerl wie dieser Söder, der die Arbeit nicht erfunden hat, einfach aus einem Mord einen Unfall macht? Das kann nicht der Arbeitsstil einer Staatsanwaltschaft sein. In dieser Angelegenheit willst du mir doch sicher nicht widersprechen, oder?"

Nach diesem Wutausbruch ging es Schulte schon etwas besser. Doch er war noch nicht zu Ende.

„Und um das klarzustellen, ich arbeite auch in einem Team. Und nicht alles, was hier passiert, ist auf meinem Mist gewachsen. In diesem besonderen Fall hat zum Beispiel meine Kollegin Adelheid Vahlhausen die Generalstaatsanwältin eingeschaltet. Ich habe überhaupt nichts damit zu tun. Deine Paranoia, was die Abgrenzung zu mir angeht, solltest du langsam aber sicher mal in den Griff bekommen. Ich nehme mich ja schließlich auch so gut es geht zurück, was die Kreispolizeibehörde Detmold angeht. Auch wenn du das vielleicht anders wahrnimmst."

„Arschloch!", presste Maren Köster zwischen den Zähnen hervor und drehte sich auf dem Absatz um. Doch bevor sie die Tür erreichte, schob Schulte noch nach: „Ach, bitte sei so nett und lass dem Arschloch möglichst schnell die Obduktionsergebnisse zukommen. Und zwar per reitendem Boten. E-Mail und derlei technische Errungenschaften greifen in diesem Laden nämlich noch nicht."

Rumms! Maren Köster knallte die Tür hinter sich ins Schloss.

29

Aus alter Gewohnheit schaute Anton Fritzmeier besorgt in den Himmel, als er am frühen Nachmittag aus dem Haus trat, um seinen Hofladen zu öffnen. „Könnten chut mal wieder 'n bissken Regen chebrauchen", murmelte er vor sich hin. Auch wenn er selbst keine Landwirtschaft mehr betrieb, war die uralte Abhängigkeit des Bauern vom Wetter doch immer noch felsenfest in seinem Denken und Fühlen verwurzelt. Langsam schlurfte er über den staubigen Hofplatz bis zu dem kleinen Fachwerkhäuschen, in dem Fritzmeier vor vielen Jahren einen Hofladen eröffnet hatte. Aus Langeweile begonnen, hatte sich der Hofladen im Laufe der Zeit zu einem lebendigen Treffpunkt im Dorf Heidental gemausert. Es gab nichts anderes mehr, keine Kneipe, keinen Lebensmittelladen, nichts, wo man sich hätte treffen können. Fritzmeiers Hofladen stieß in eine Bedarfslücke, mit der er selbst nie gerechnet hatte. In den ersten Jahren hatte Ina, eine der beiden Töchter Schultes, den Laden geführt und Fritzmeier hatte fast nichts tun müssen. Nun war Ina, obwohl sie noch immer mit ihrem Sohn Linus auf dem Hof lebte, beruflich derart eingespannt, dass ihr für den Laden keine Zeit mehr blieb. Da Fritzmeier zu knauserig war, eine Verkäuferin einzustellen, blieb ihm nichts anderes übrig, als sich selbst hinter die Ladenkasse zu setzen.

Eine halbe Stunde verging, ohne das auch nur ein einziger Kunde sich hätte blicken lassen.

„Iss ja auch viel zu heiß heute", brummte Fritzmeier. „Da cheht doch keiner aussen Haus."

In diesem Augenblick bimmelte die kleine Glocke über der Eingangstür und eine stattliche, mittelalte, teuer gekleidete Frau trat ein. Sie schaute sich um, trat näher an eines der Regale heran und machte wieder einen Schritt zurück. Die Frau schien sich völlig andere Vorstellungen vom Hofladen gemacht zu haben, denn sie wirkte enttäuscht. Die Enttäuschung schlug offenbar schnell um in Ärger, denn sie fragte mit viel Gift in der Stimme: „Aber Sie haben ja auch Fleisch im Angebot. Wieso das denn?"

Fritzmeier war perplex, er verstand die Frage nicht.

„Wat wieso das denn? Natürlich habbich Fleisch

138

im Anchebot. Und zwar richtig chutes. Alles von Viechern aussen Dorf und alles chut chekühlt. Wat brauchen Se denn?"

Die Frau starrte ihn angewidert an und fragte: „Haben denn wenigstens veganen Käse?"

„Vechanen Käse? Nee, sowat kauft hier im Dorf keiner. Und warum auch? Kann ja die Vechetarier noch irgendwie verstehen, wenn ich nich will, dat 'ne Kuh für mein Essen stirbt. Aber für Käse muss doch 'ne Kuh nich sterben. Die chibt doch nur die Milch."

„Nur die Milch?" Die Kundin konnte offenbar gar nicht fassen, wie viel Ignoranz ihr hier entgegenschlug. „Ein Tier ist doch keine Maschine, die nur funktionieren soll. Es ist doch keine artgerechte Haltung, wenn ich einer Kuh jeden Morgen ihre Milch abzapfe. Die Milch ist für die Kälber da, nicht für die Menschen. Ich betone noch einmal: Das ist nicht artgerecht. Das ist ..."

„Nich artcherecht?", hakte Fritzmeier ein. „Wissen Se, junge Frau, 70 Jahre lang musste ich jeden Morgen bei Sonnenaufchang ausse Federn und mich um die Viecher kümmern. Winters wie Sommers. Chlauben Se bloß nich, dat hätte mir Spaß chemacht. Hat mich keiner nach chefragt. War dat etwa artcherecht? Wenn ich noch zwei Stunden liegencheblieben wäre, dat wäre artcherecht gewesen. 70 Jahre hab ich voll chegen mein Bio-Rhythmus, oder wie dat heißt, chelebt. Und dat alles füre Viecher. Da kann so 'ne Kuh doch auch mal 'n bissken wat für mich tun, oder? Is doch 'n Cheben und Nehmen."

Nun fiel der Frau offenbar nichts mehr ein, denn sie starrte ihn eine Weile nur ratlos an. Dann holte sie tief Luft und sagte: „Ich fasse es nicht. Sie haben ja gar nichts verstanden. Und das soll ein Hofladen sein? Wissen Sie was, Sie Tierquäler? Mich werden Sie hier nie wiedersehen. Und ich werde das auch anderen Leuten vorschlagen. Wundern Sie sich nicht, wenn Sie morgen auf Facebook das große Thema sind."

Mit dieser Drohung rauschte sie hinaus.

30

„Sie rufen außerhalb unserer Öffnungszeiten an", säuselte eine weibliche Stimme im Telefon. „Sie erreichen uns von Donnerstag bis …"

Wütend drückte Schulte auf die Unterbrechungstaste. Es war Mittwoch, früher Nachmittag, allgemeine Behörden-Siesta in Deutschland. Er hätte es wissen müssen. Schultes schöner Schlachtplan war damit bereits im Keim erstickt.

Nach dem Gespräch am Vormittag mit den alten Kollegen in der Kreispolizeibehörde hatte Schulte sich in sein neues, winziges Büro mit der Dachschräge zurückgezogen und sich überlegt, wie er vorgehen musste.

Oberste Priorität galt der Aufgabe, den Arzt herauszufinden, der vor rund zehn Jahren den Totenschein für Hans Kaiser ausgestellt hatte. Als erfahrener Polizist wusste Schulte, dass bei der Polizei nur Kopien von Totenscheinen abgelegt werden, wenn es verdächtige Todesumstände gab. Eigentlich hätte der Todesfall Kaiser dieses Kriterium erfüllt, aber Schulte konnte sich erinnern, dass dieser Tod seinerzeit zu seiner großen Verwunderung als ganz normaler, natürlicher Todesfall bewertet worden war. Also musste er den Totenschein, der ja auch den Namen des ausstellenden Arztes enthielt, woanders suchen. Er wusste, dass sowohl die Gesundheitsämter als auch die Standesämter diese Scheine zu den Akten nahmen. Da Hans Kaiser in Lemgo gestorben war, wollte Schulte beim Standesamt Lemgo vorsprechen. Aber das klappte nun mal nicht wegen der Öffnungszeiten.

Das Gesundheitsamt war zwar zu dieser Zeit im Dienst, aber da kannte man den alten Polizisten Schulte, der schon oft für Konfrontationen gesorgt hatte, zu gut. Es würde sofort zu Maren Köster durchdringen, wenn er dort anfragte. Und die alles andere als dumme Ex-Kollegin würde schnell zwei und zwei zusammenzählen und wissen, mit welchem Thema Schulte sich beschäftigte. Das würde ihr kaum gefallen. Also musste er irgendwie an das Standesamt in Lemgo kommen. Über die Stadtverwaltung konnte er auch nicht gehen, denn die war ebenfalls geschlossen. Wenn es telefonisch nicht ging, dann eben persönlich. Irgendjemand würde ihm, wenn er erst mal vor der Tür stand, schon weiterhelfen, da war er zuversichtlich. Als er die Treppe hinunterhastete, rief ihm Adelheid Vahlhausen hinterher: „Herr Schulte, Sie denken doch daran, dass wir um 17 Uhr eine Teambesprechung angesetzt haben, oder? Bitte seien Sie pünktlich."

Eine halbe Stunde später stand Schultes alter Landrover in Lemgo auf dem Parkplatz Langenbrücker Tor und er selbst hastete im kalten Nieselregen durch die Breite Straße Richtung Marktplatz. Eigentlich hatte er durchfahren wollen, am liebsten bis direkt vor die Stadtverwaltung, aber schon hinter der Bega-Brücke stand der erste Bagger und riss die Straße auf. Kein Durchkommen für Schulte. Er musste wenden und mit einem Parkplatz vorliebnehmen, der ihm eigentlich viel zu weit von seinem Ziel entfernt lag. Auf Höhe des Hexenbürgermeisterhauses fiel ihm siedend heiß ein, dass er vergessen hatte, am Parkautomaten einen Zettel zu ziehen. Zu spät, er schlug den Kragen seiner Lederjacke hoch, biss die Zähne zusammen und lief im Slalom um die verschiedenen Straßenbaustellen herum. Als er vor dem Gebäude der Stadtverwaltung an der Kramerstraße stand, waren nicht nur die Haare klatschnass, auch seine Jeans war feucht und schwer geworden. Für die Schönheit des Lemgoer Marktplatzes hatte

Schulte keinen Blick übrig. Seine Laune war so garstig wie das Wetter.

Natürlich war die Tür zur Stadtverwaltung verschlossen, aber Schulte fand eine Klingel. Die bearbeitete er, als gäbe es einen Großbrand zu melden. Irgendwann kam ein Mann in Schultes Alter von innen zur Tür geschlurft und zeigte auf ein Schild, das links neben der großen Glastür hing und auf dem die Öffnungszeiten standen. Schulte zog seinen Dienstausweis aus der Jacke und hielt ihn so an die Glasscheibe, dass der Mann ihn lesen konnte. Mit sichtlich geringer Begeisterung entriegelte dieser dann die Tür, ließ Schulte eintreten und schloss gleich hinter ihm wieder zu.

„Zum Standesamt", erklärte Schulte dem städtischen Angestellten. Der schaute ihn von oben bis unten prüfend an und sagte: „Was wollen Sie denn da so eilig?"

Schulte verdrehte die Augen. Er hatte wenig Lust, dem Mann die ganze Geschichte zu erzählen.

„Jedenfalls nicht heiraten", brummte er. „Das habe ich schon mal gemacht. War ein totaler Reinfall. Mache ich nie wieder."

Offenbar konnte sein Gegenüber dies gut nachvollziehen, denn er sagte nur: „Zweites Obergeschoss. Treppe oder Lift, wie Sie wollen."

Schulte entschied sich für die Treppe und stand nach wenigen Stufen in einem geräumigen, hellen Foyer mit roten Wänden. Er nahm die nächste

Treppe und fand ein Hinweisschild zum Standesamt. Da gleich die erste Bürotür einen Spalt offenstand, klopfte Schulte dort an und betrat gleichzeitig den Raum.

31

Die junge Frau hinter dem Schreibtisch zuckte vor Schreck zusammen, als Schulte so plötzlich vor ihr auftauchte. Er versuchte sich an einem schiefen, schuldbewussten Grinsen. Aber seine Billigversion einer Entschuldigung kam offenbar nicht gut rüber, denn die Frau raunzte ihn an: „Am Mittwochnachmittag ist das Standesamt für die Öffentlichkeit geschlossen. Kommen Sie bitte morgen wieder."

Schulte schluckte den Impuls, noch ruppiger zu antworten, mit einiger Mühe hinunter. Trotz seiner schlechten Laune versuchte er, nun sein liebenswürdigstes Lächeln aufzusetzen, was ihm alles andere als leichtfiel. Aber ihm war klar, dass er sich mit seinem überfallartigen Eintritt danebenbenommen hatte. Außerdem gefiel ihm die junge, hübsche Frau, die trotz ihrer strengen Worte eigentlich einen offenen und freundlichen Eindruck machte. Ihr Anblick ließ etwas von dem Eis in seiner Seele schmelzen.

„Ich möchte Sie um Amtshilfe ersuchen", erklärte er. „Mein Name ist Schulte, Kreispolizeibehörde."

Bei diesen Worten legte er seinen Dienstausweis

auf ihren Tisch. Streng genommen stimmte seine Aussage mit der Kreispolizeibehörde nicht, aber Schulte konnte in diesen Dingen sehr großzügig sein. Er erklärte ihr, was ihn hergeführt hatte. Sie überlegte kurz und erwiderte: „Die Standesbeamtin ist gerade in einer längeren Besprechung. Ich bin nur eine Sachbearbeiterin und weiß nicht recht, ob ich Ihnen weiterhelfen kann. Haben Sie denn bei der Polizei diese Unterlagen nicht abgelegt?"

Schulte ertappte sich dabei, dass er die Frau ein paar Sekunden zu lange angestarrt hatte. Er riss sich zusammen und versuchte, ihr die Vorgehensweise der Polizei bei dieser Art von Unterlagen zu erklären.

„Das leuchtet mir ein", unterbrach sie ihn, als er etwas ausschweifend wurde. „Aber Sie können nicht erwarten, dass ich nun alles stehen und liegen lasse und mich um Ihr Anliegen kümmere. Es gibt hier Dringendes zu tun."

Er versuchte, sich seine Ungeduld nicht anmerken zu lassen und sagte mit einer entschuldigenden Geste: „Kann ich mir denken. Aber wir brauchen diese Information so schnell wie möglich. Polizeiarbeit eben, Sie verstehen? Bei uns sind manchmal Minuten entscheidend. Können Sie nicht doch was machen? Ich wäre Ihnen äußerst dankbar."

Die junge Dame lachte bereits wieder. Es war ein so strahlendes, offenes Lachen, dass Schulte förmlich dahinschmolz.

„Jetzt sagen Sie bloß nicht, es ginge um Leben und Tod. Das nehme ich Ihnen nicht ab."

Auch Schulte lachte. Dafür musste er sich nicht einmal anstrengen. Nichts hilft besser gegen schlechte Laune als das fröhliche Lachen einer hübschen Frau, stellte er fest. Doch dann wurde ihre Miene wieder ernst.

„Es geht jetzt wirklich nicht", erklärte sie. „Die Amtsleiterin braucht die Unterlagen, die ich gerade bearbeite, für die Besprechung. Ich kann Ihnen nur anbieten, die Todesbescheinigung morgen früh zu suchen. Wenn Sie wollen, rufe ich Sie an, sobald ich sie habe. Okay?"

Enttäuscht verließ Schulte das Standesamt und wartete wortlos unten am Haupteingang, bis der Mann ihn hinausließ. Schulte schaute auf die Uhr. Er hatte noch eine Viertelstunde Zeit bis zur Teambesprechung. Er würde sich verdammt beeilen müssen, um rechtzeitig dort zu sein.

32

Dienstbesprechung! Maren Köster hatte das Gefühl, dass ihre Kollegen nur mit größtem Widerwillen zu dieser Besprechung gekommen waren. Sie kauerten auf ihren Stühlen und hatten die Köpfe zwischen ihre Schultern gezogen, so als erwarteten sie jeden Augenblick ein mächtiges Donnerwetter.

Die Hauptkommissarin knallte eine Aktenmappe auf den Tisch, heftiger als sie gewollt hatte.

Alle anderen Kollegen im Raum zuckten zusammen, als erwarteten sie, dass dieser rosa Pappdeckel im nächsten Moment auf ihre Häupter gedroschen würde.

Die devote Körpersprache der Polizisten hatte jedoch einen anderen Effekt, als erhofft. Diese zur Schau getragene Unterwürfigkeit machte Maren Köster noch wütender als sie sowieso schon war.

„Was ist los, Leute?", blaffte Maren Köster in die Runde. „Habe ich euch etwas getan?"

Betretenes Schweigen. Dann drückte Hartel seinen Rücken durch und nahm eine aufrechte Haltung an. Ausgerechnet Hartel, dachte Maren Köster. Was kommt jetzt wohl?

„Nein, Maren, du hast uns nichts getan. Aber die Stimmung, die hier bei uns herrscht, macht uns schwer zu schaffen."

„Was ist? Wollt ihr Schulte zurückhaben?" Die Polizistin spürte, wie ein Kloß im Hals anschwoll.

Wieder antwortete Hartel. Von dem hätte sie am wenigsten erwartet, dass er Verantwortung übernahm. Der traf sich doch neuerdings mit Schulte, um mit ihm zu saufen. Sie wollte gar nicht erst wissen, was Hartel dem dann erzählte. Wie der sich bei seinem alten Chef einschleimte. Früher waren die beiden wie Hund und Katze. Jetzt kroch Hartel Schulte anscheinend in den Hintern.

„Nein, Maren, wir wollen Schulte nicht wieder-
haben. Ich meine, Jupp war okay, aber jetzt bist du
unsere Chefin und das ist auch okay. Wir haben
nichts gegen dich und stehen voll hinter dir."

Donnerwetter, dachte Maren Köster. Mit dieser
Antwort hätte sie nicht gerechnet.

„Okay", entgegnete sie. „Wenn ihr hier alle nichts
gegen mich habt, wenn ihr mich also als Chefin ak-
zeptiert, warum ist dann eine Stimmung im Büro, als
wenn jemand gestorben wäre?"

Lindemann räusperte sich. Für Maren Köster war
er immer so etwas wie ein Lehrling gewesen. Sie hatte
ihm die ersten praktischen Kenntnisse der Polizeiarbeit beigebracht.

„Zunächst einmal", sagte er in seinem üblichen
sachlichen Ton. „Wir haben weder was gegen Schulte noch haben wir etwas gegen dich. Wir sind der
Meinung, dass Schulte sich in der letzten Zeit nicht
immer korrekt benommen hat. Er ist immer wieder
hier aufgelaufen und hat so getan, als sei es immer
noch sein Kommissariat. Verstehen kann man das,
aber es war dir gegenüber nicht in Ordnung. Dagegen hast du dich ja auch richtigerweise gewehrt."
Lindemann machte eine bedeutungsschwere Pause.
„Aber Schulte hat es begriffen. Ihm ist mittlerweile
klar, dass er sich hier ab und zu wie der alte Platz-
hirsch aufgeführt hat, obwohl er das nicht mehr ist.
Und du hast ihm das unmissverständlich klarge-
macht. Das fanden wir gut und richtig. Aber jetzt,

wo Schulte sich zurückgenommen hat, sollte der Fokus auf Zusammenarbeit gesetzt werden."

„Maren", ergriff Pauline Meier zu Klüt jetzt das Wort. „Wir fühlen uns sowohl dir verbunden als auch Schulte. Und wir wollen, dass das auch so bleiben kann. Aber dir gehört unsere Loyalität. Du bist unsere Chefin. Schulte ist für uns auch eine Art Vaterfigur, verstehst du das?"

Die Polizisten schwiegen eine Zeit lang und jeder tat etwas, um die schwierige Situation zu überbrücken. Hartel polierte seine Fingernägel, Pauline Meier zu Klüt begann damit, sich imaginäre Haare vom Ärmel zu zupfen. Maren Köster wusste, dass sie am Zuge war.

„Okay, Leute, ich habe euch verstanden. Aber ich brauche Zeit. Ich muss meine Rolle finden. Habt noch etwas Geduld mit mir."

Hartel nickte. „An uns soll es nicht liegen. Wir kriegen das schon hin." Dann wechselte er das Thema. „Aber was ist nun? Warum hast du uns zusammengetrommelt?"

Er wollte wieder auf die Sachebene. Diese emotionalen Komponenten der Teamstruktur mied Hartel so gut es ging. Das, was er heute zugelassen hatte, war verblüffend genug gewesen.

Wieder pfefferte Maren Köster die rosa Aktenmappe auf den Tisch. Diesmal zuckte niemand.

„Die aus der Kneipe haben Söder Druck gemacht. Der wollte die Tote, Natascha König, nicht obduzieren lassen. Aber das wisst ihr ja alle. Ich hatte auch meine Bedenken ihm gegenüber geäußert, aber da ist der Staatsanwalt einfach drüber hinweggegangen. Aber die Stammtischtruppe aus Heidenoldendorf, die hat Druck gemacht. Die hat an den Strippen gezogen. Und zwar an den richtigen und so kräftig, dass Söder zurückrudern musste. Der muss die Leiche im Nachhinein doch noch obduzieren lassen. Seine Wut darüber hat er an mir ausgelassen. Wahrscheinlich, weil er die Kneipencombo gar nicht auf dem Schirm hatte. Und ich dumme Kuh wollte Schulte dann dafür langmachen, weil ich glaubte, er würde dahinterstecken."

Maren Köster räusperte sich. Sie versuchte den riesigen Kloß, den sie immer noch im Hals spürte, loszuwerden.

„Außerhalb des Protokolls glaube ich im Übrigen immer noch, dass Schulte das angezettelt hat. Ich kenne doch Jupp." Maren Köster schien etwas einzufallen. Denn sie schob den Satz hinterher: „Vielleicht ist das ja mein persönliches Problem, das ich mit dem Kerl habe. Ich kenne ihn einfach zu gut." Wieder ein paar Sekunden, die sie sich Zeit zum Überlegen nahm. „Was soll ich euch sagen? Ihr kennt die Antwort wahrscheinlich schon." Wieder machte sie eine Pause.

„Richtig, Schulte hat mal wieder recht gehabt! Es gibt eindeutige Hinweise, dass Natascha König ermordet worden ist. Wir haben also einen Mord an der Backe und ich fürchte, wir kommen nicht drum herum, mit den Leuten aus der Kneipe zu kooperieren."

Maren Köster holte tief Luft. „Leute, ich muss zugeben, das fällt mir im Moment verdammt schwer."

33

Keine Sekunde zu früh betrat Schulte seine neue, ungeliebte Dienststelle. Die Kollegen saßen bereits in einer Art Stuhlkreis im Schankraum beisammen. Schulte schaute sich die Gruppe an, einen nach dem anderen. Manfred Rosemeier saß entspannt auf seinem Stuhl und schien an ganz was anderes zu denken als an Polizeiarbeit. Hubertus von Fölsen wirkte ebenfalls innerlich abwesend. Marco van Leyden aber saß aufrecht, als habe er einen Stock verschluckt, mit vor der Brust verschränkten Armen da und schaute ebenso zornig wie abschätzig in die Runde. Schulte nahm sich vor, diesem unverschämten Kerl demnächst einmal den Marsch zu blasen. Adelheid Vahlhausen schien die Einzige im Raum zu sein, die diese Teambesprechung ernst nahm. Sie schaute immer wieder in die Runde und lächelte jedem, selbst van Leyden, aufmunternd zu. Aber als Schulte genauer hinsah, erkannte er, wie es in ihren Mundwinkeln nervös zuckte und sie immer wieder schlucken musste. Doch trotz dieser offensichtlichen Anspannung übernahm sie die Leitung des kleinen Gesprächskreises. Niemand machte ihr diese Führung streitig, aber es schien auch keiner der anderen an dieser Runde interessiert zu sein. Nach zehn Minuten meldete sich Schultes Handy. Verlegen entschuldigte er sich und verließ den Raum. In der Leitung war zu Schultes Erstaunen die junge Frau vom Lemgoer Standesamt.

„Ich habe die Todesbescheinigung Kaiser gefunden. Sie können sie abholen, wenn sie wollen. Aber erst morgen, denn ich habe nun Feierabend und werde keine Überstunden machen, um auf Sie zu warten."

Schulte überlegte kurz. Dann schlug er vor: „Können Sie die Bescheinigung nicht mitnehmen und ich hole sie bei Ihnen zu Hause ab? Ich brauche sie wirklich dringend."

Die Frau lachte.

„Das könnte Ihnen so passen. Aber ich mache Ihnen einen anderen Vorschlag. Kennen Sie das *Café Stadtlicht*, direkt gegenüber? Dahin gehe ich jetzt für etwa eine Dreiviertelstunde. Das ist ihre Chance. Wenn Sie rechtzeitig hier sind, können Sie die Kopie ihrer Bescheinigung mitnehmen. Sonst, wie gesagt, erst morgen. Was meinen Sie?"

Schulte eilte zurück in den Schankraum, setzte sich aber erst gar nicht, sondern rief von der Tür aus: „Ich muss ganz dringend los. Dienstlich. Erkläre ich alles morgen."

Er wartete nicht, bis ihm das erlaubt wurde, drehte sich um und ging. Nur mit einem Ohr hörte er den leicht verzweifelten Ruf von Adelheid Vahlhausen: „Aber das können Sie doch nicht machen!" Ebenso den saftigen Fluch von Marco van Leyden, der ihn unter anderen Umständen die Beherrschung hätte verlieren lassen. Dafür war jetzt keine Zeit. Der Berufsverkehr würde ihm noch genug zu schaffen machen.

Er schaffte es gerade rechtzeitig. Wieder ging ihm das Herz auf, als er sie sah. So jung, so frisch, so anziehend. Und so einladend lächelnd, als er eintrat. Schulte hatte keinen Blick für die aufwändige und gemütliche Einrichtung des Cafés. Wie magnetisch angezogen, ging er auf sie zu und setzte sich auf einen freien Stuhl neben ihr. Lächelnd schob sie ihm einen braunen A4-Umschlag zu und sagte, mit einem derart kecken Unterton in der Stimme, dass ihm ganz schummrig wurde: „Bitteschön! Sind Sie nun mit mir zufrieden?"

Beinahe hätte er ihr gestanden, dass er schon von der ersten Sekunde an mit ihr mehr als zufrieden gewesen war. Aber das behielt er für sich. Er nickte wortlos, während seine Fantasie gerade Purzelbäume schlug. Dass sie mindestens 25 Jahre jünger war als er, tauchte in diesen Fantasien nicht auf. Beschwingt bestellte er sich ein Bier. Den Umschlag ließ er unbeachtet auf dem Tisch liegen, der erschien ihm nun wenig reizvoll. Als sein Bier gerade kam, bemerkte er zu seinem Erstaunen, wie sie plötzlich aufstand und jemandem zuwinkte. Schulte schaute zum Eingang des Cafés und sah einen großen, sportlich gekleideten Mann von Ende 30 auf sich zukommen. Der Mann beachtete Schulte mit keinem Blick, sondern ging direkt auf die Frau vom Standesamt zu, umarmte sie und gab ihr einen Kuss. Strahlend vor Glück zeigte sie auf den jungen Mann und erklärte: „Darf ich vorstellen? Mein Lebensgefährte. Einmal in der Woche treffen wir uns immer hier nach Dienstschluss. Danach gehen wir essen."

Schulte verschluckte sich fast an seinem Bier und konnte nicht antworten, als sie nun ihre Handtasche nahm und sich mit den Worten verabschiedete: „Ich hätte gar nicht gedacht, dass Polizeibeamte so nett sein können. Die jüngeren vielleicht noch, aber gerade die Älteren sind ja oft so brummig. Mein Vater, der ist auch so in ihrem Alter, der geht gar nicht. Viel Glück bei Ihrer Ermittlung."

Schulte hatte lustlos sein Bier ausgetrunken und das Café verlassen. Es bot, der schönen Inneneinrichtung zum Trotz, für ihn keinen Reiz mehr. Zur Dienststelle zurückzufahren wäre sinnlos gewesen, da die Teambesprechung sicher schon lange beendet war. Er würde dort niemanden mehr vorfinden. Also fuhr Schulte direkt nach Hause. Unterwegs stoppte er bei einem großen Detmolder Supermarkt und kaufte eine Tiefkühlpizza, die er zu Hause in den Ofen schob. Während die zweifelhafte Köstlichkeit ihrer Fertigstellung entgegenbrutzelte, fütterte Schulte zuerst seinen Hund und alberte ein wenig mit ihm herum. Dann nahm er die Kopie der Todesbescheinigung aus dem braunen Umschlag und begann zu lesen.

Oben stand *Todesbescheinigung NRW – Nichtvertraulicher Teil,* darunter der Name *Hans Kaiser* und weitere Angaben zur Person. Unter dem Punkt Feststellung des Todes war *Eigene Angaben* angekreuzt. Nun kamen Angaben zum Sterbeort und Auffindungsort, die aber für Schulte nichts Neues enthielten. Spannender wurde es bei der Frage nach der Todesart. Hier war bei der Frage, ob es Anhaltspunkte für eine äußere Einwirkung gäbe, *Nein* angekreuzt.

Lümmel, der schwarze Riesenschnauzer-Labrador-Mischling, machte laut auf sich aufmerksam. Schulte schnaubte ungeduldig laut durch die Nase, stand auf und ließ ihn raus. Er holte sich eine Flasche Bier aus dem Kühlschrank, öffnete sie und las weiter. Über dem zweiten Blatt stand *Vertraulicher Teil.* Bei *Sichere Zeichen des Todes* war *Totenflecke* angekreuzt. Darunter stand die Frage, wer die Todesursache festgestellt hatte. Schulte war enttäuscht, als hier nicht der Name des Arztes auftauchte, sondern nur das Feld *Nichtbehandelnder Arzt* ohne Angaben des behandelnden Arztes ein Kreuz hatte. Ungeduldig las er weiter. Bei *Unmittelbare Todesursache* stand *Herzinsuffizienz* und noch ein paar lateinische Wörter, die Schulte nicht verstand. Erst ganz zum Schluss kam das, wonach er gesucht hatte. Die, natürlich völlig unleserliche, Unterschrift des Arztes und sein Stempel. Der Stempel verriet, dass Dr. med. Hans-Werner Waltermann mit Praxis in Lemgo, Rampendal die Todesbescheinigung am 21. November 2008 ausgestellt hatte. Glücklich nahm Schulte einen großen Schluck Bier. Mochten sowohl seine alten wie seine neuen Kollegen auch an ihm herumnörgeln, er wusste jetzt jedenfalls, welcher Schritt als nächstes folgen musste. Mit diesem guten Gefühl trank er die Flasche leer, tauschte die leere Flasche gegen eine volle und holte die Pizza aus dem Backofen.

Als die Pizza halb aufgegessen war, wollte der Hund wieder hereinkommen. Schulte stand auf, ließ ihn herein und suchte nach dem Telefonbuch. Während er weiter aß, blätterte er im Telefonbuch und suchte nach Dr. med. Waltermann. Als er keinen Eintrag mit diesem Namen fand, fiel ihm ein, dass der Mann vielleicht schon 2008 nicht mehr jung gewesen war und nun, nach zehn Jahren, sicherlich keine Praxis mehr führte und sonst wo wohnen konnte. Wenn er überhaupt noch lebte. Das herauszufinden, war klassische Polizeiarbeit. Dummerweise konnte er auch hier nicht einfach Pauline bitten, ihm zu helfen. Er würde morgen versuchen müssen, mit seinen stark begrenzten Möglichkeiten den Arzt zu finden. Wenn der denn noch lebte.

34

Die Stimmung war wie erwartet frostig, als Schulte die Dienststelle betrat. Dass er gestern die Teambesprechung einfach eigenmächtig verlassen hatte, nahm man ihm krumm. Schulte konnte das sogar verstehen. Andererseits war er gestern einen Schritt weitergekommen, während die Teambesprechung vermutlich nichts gebracht hatte. Um wieder zu den Guten zu gehören, erbot er sich, ein zweites Frühstück als Wiedergutmachung auszugeben. Murrend und brummend, mehr lustlos als begeistert stimmten die anderen seinem Angebot zu. Als die Gruppe später zusammen im Schankraum saß und frühstückte, berichtete Schulte, warum er gestern so eilig wegmusste. Rosemeier zeigte sich einigermaßen interessiert, die anderen blieben kühl und verhalten. Adelheid Vahlhausen wirkte heute noch nervöser als gestern, ihre Finger trommelten ununterbrochen auf den Tisch, die Augen huschten hektisch hin und her. Außerdem schien sie auch heute ständig schlucken zu müssen. „Ich habe immer so einen trockenen Mund", erklärte sie, als Schulte sie vorsichtig darauf ansprach. Die Symptome kamen Schulte bekannt vor. Er hatte sie vor Jahren bei einem guten Bekannten, der einen Alkoholentzug gemacht hatte, beobachten können. Aufgrund dieser Erinnerung betrachtete er seine Kollegin, die ihm nicht unsympathisch war, aus einer ganz neuen

Perspektive. Er nahm sich vor, sie weiter genau zu beobachten.

Hubertus von Fölsen ging nach seinem zweiten Brötchen ohne Dank und ohne einen Kommentar aus dem Raum und verschwand in seinem Büro im Obergeschoss. Es war das weitaus größte Zimmer in dieser seltsamen Dienststelle. Er hatte es von Anfang an mit einer atemberaubenden Selbstverständlichkeit in Beschlag genommen. Niemand machte es ihm streitig.

„Er schreibt wieder an seinem scheiß Buch", kommentierte van Leyden den Abgang seines älteren Kollegen.

„Auf das Buch bin schon jetzt gespannt", lästerte Schulte.

„Unser blaublütiger Kollege will nicht mehr und nicht weniger als die gesamte Polizeiarbeit umkrempeln", lachte van Leyden auf seine bissige, humorfreie Art. „Er sammelt Fälle, in denen die Polizei versagt hat. Bei ihm sind das aber nie Zufälle oder einfach Fehlerketten. Nein, da sind immer gleich große Verschwörungen im Spiel. Immer stehen finstere Mächte im Hintergrund. Nur er allein hat das erkannt und nur er weiß, wie man es richtig macht. Mit seinem Buch will er jetzt der ganzen Welt zeigen, dass er der Klügste und überhaupt Beste ist."

„Woher weißt du das?", fragte Schulte und vergaß völlig, dass man sich in dieser Dienststelle siezte.

„Ich habe zwar nur ein *van* vor dem Namen und

158

kein *von*", verbesserte ihn van Leyden sofort, „aber deswegen lasse ich mich noch lange nicht von jedem duzen. Wir sollten gar nicht erst versuchen, hier einen auf Kumpel zu machen. Das wird nicht funktionieren."

„Und warum nicht?", fragte Adelheid Vahlhausen vorsichtig.

Marco van Leyden warf die Arme in die Luft, als wolle er himmlische Mächte um Beistand anrufen.

„Weil wir überhaupt nicht zusammenpassen. Soll ich mal aufzählen, warum nicht? Nein? Egal, ich mach's trotzdem. Da oben sitzt nun dieser alte Besserwisser, ist stolz auf sein aristokratisches Gehabe, trägt teure Uhren und schicke Klamotten. Macht aber sein eigenes Ding und interessiert sich für niemanden hier. Hier unten neben mir", er zeigte dabei auf Manfred Rosemeier, „sitzt einer, dem alles scheißegal ist, der es sich nur gemütlich machen will bis zur Pension. Was willst du mit so einem anfangen?"

„He", rief Schulte dazwischen, „lass gut sein. Du bist hier nicht der Oberschlaumeier."

„Bin ich nicht?", rief van Leyden, nun noch aggressiver. „Sind Sie das vielleicht? Der Herr Polizeirat, dem ein legendärer Ruf vorauseilt. Der Provinzheld, vor dem die Verbrecher zittern. Der Schrecken der Unterwelt und seiner Vorgesetzten. Ich lach mich tot. Oder diese feine Dame hier, die morgens immer so lecker nach Gin oder Martini duftet. Ist die vielleicht ..."

„Halt dein Maul!", schrie Schulte ihn an. „Was glaubst du denn, wer du bist? Der große Durchblicker? Der coole Hund, der ungestraft alle anpinkeln darf?"

„Jetzt hört doch auf!", rief Adelheid Vahlhausen mit leicht überkippender Stimme dazwischen. „Das ist ja nicht auszuhalten. Keiner von uns ist freiwillig hier. Aber deshalb müssen wir uns doch nicht gegenseitig das Leben zur Hölle machen."

Als sie spürte, dass die Männer ihr zuhörten, fuhr sie fort: „Das wäre den Leuten, die uns das hier eingebrockt haben, gerade recht. Dann ist das nämlich wirklich eine Strafkolonie. Wir müssen uns zusammenraufen, ob wir wollen oder nicht."

„Von mir aus", sagte van Leyden betont flapsig, als sei überhaupt nichts gewesen. „Ich bin immer für gute Zusammenarbeit zu haben. An mir soll's nicht liegen."

Schulte war vorübergehend sprachlos ob dieser Kaltschnäuzigkeit. Auch Adelheid Vahlhausen starrte van Leyden ungläubig an. Aber Manfred Rosemeier sah nun eine Chance zu vermitteln.

„Prima", schwärmte er, „die Gelegenheit, um gemeinsam diesen Arzt zu finden, den Kollege Schulte sucht. Das wäre doch ein schöner Anfang für eine vernünftige Zusammenarbeit. Was meint Ihr?"

Marco van Leyden zog geräuschvoll die Nase hoch.

„Von mir aus. Ich bin dabei. Ich helfe gern, wenn ich kann. Vor allem ältere Kollegen muss man ja unterstützen, wenn's bei denen nicht mehr so klappt."

Schulte fragte sich, was er darauf antworten sollte, aber van Leyden kam ihm zuvor: „Obwohl ich diesen sogenannten Fall ehrlich gesagt für eine Art von Selbstbefriedigung halte. Aber was soll's? Manchmal ist Selbstbefriedigung besser als nichts."

35

Die neue Teamarbeit hatte schnell Früchte getragen. Es war kein Zauberwerk gewesen, die Adresse des Arztes herauszufinden. Dr. med. Hans-Werner Waltermann war inzwischen fast 80 Jahre alt, praktizierte schon seit vielen Jahren nicht mehr und lebte im *Augustinum,* einer komfortablen Seniorenresidenz im Detmolder Ortsteil Hiddesen. Schulte und Rosemeier beschlossen, sofort dorthin zu fahren.

Es war kälter geworden, aber immerhin regnete es nicht mehr. Schulte parkte den Landrover vor der wie ein Hochhaus anmutenden Luxuswohnanlage und schaute sich um. Gepflegte Grünanlagen, elegante alte Damen mit oder ohne Rollator, aber auch Hinweistafeln auf Kulturveranstaltungen im Haus machten deutlich, dass Altersarmut hier offenbar ein Fremdwort war.

„Klar", brummte Schulte, in einem leichten Anflug von Sozialneid, „so ein Doktor hat natürlich Geld genug verdient, um sich so was im Alter leisten zu können."

„Na ja", meinte Rosemeier, „Wir haben als Polizeibeamte doch auch eine ganz anständige Pension zu erwarten. Und ein bisschen was gespart haben wir doch auch alle."

„Gespart?" Schulte stieß ein ungläubiges Lachen aus. „Ich habe nichts gespart. Wie denn wohl? Scheidung, Unterhaltszahlung für die Ex, Alimente für zwei Töchter, die dann auch noch beide studiert haben. Und eine Lebensführung wider jede Vernunft. Nee, mein Lieber, ich werde mir so was wie das hier nicht leisten können. Ich bleibe aber sowieso lieber auf dem Hof von Anton Fritzmeier und hoffe, dass der noch lange lebt. Hier müsste ich mir ja auf meine alten Tage noch eine Krawatte kaufen. Kommt gar nicht in Frage."

Im Foyer fanden sie eine Rezeption und meldeten sich an. Die Dame hatte aber Einwände: „Es ist gerade Mittagsruhe. Ich kann Sie jetzt nicht nach oben lassen. Da werden Sie schon warten müssen, oder Sie kommen noch mal wieder."

Schulte schnappte nach Luft und wollte gerade pampig werden, als Rosemeier mit seiner ruhigen Art in die Bresche sprang.

„Vielleicht können Sie jemanden zu Herrn Dr. Waltermann schicken und nachschauen lassen, ob er tatsächlich ruht. Wenn nicht, dürfte er kein Problem damit haben, mit uns zu sprechen. Wir können uns ja mit ihm hier unten oder in ihrem Café treffen."

Die Frau dachte kurz nach, dann griff sie zum Telefon. Kurz darauf sagte sie: „Warten Sie bitte noch einen Moment. Meine Kollegin schaut nach."

Zehn Minuten mussten sie auf der gemütlichen Sitzecke im Foyer verbringen, dann meldete sich die Frau an der Rezeption wieder: „Herr Dr. Waltermann wird gleich herunterkommen. Haben Sie bitte noch einen Moment Geduld."

Wieder warten. Schulte schaute sich das Kommen und Gehen in der großen Halle an. Alles Leute, die älter waren als er. Aber waren sie viel älter? Jedenfalls nicht alle. Siedend heiß wurde Schulte bewusst, dass er in zehn Jahren auch schon 70 und damit in einem Alter sein würde, mit dem er hier nicht auffiel. Wo würde er dann leben? Es war ja kaum zu erwarten, dass Anton Fritzmeier dann noch lebte und über seinen Hof bestimmte. Was würde passieren, wenn Fritzmeier starb und der Hof an seinen Sohn Egon ging? Vermutlich würde Egon, der in einen viel größeren Bauernhof im Extertal eingeheiratet hatte, den Hof verkaufen. Und was dann? Was würde dann aus ihm, aus Schulte? Zum Glück wurde er aus diesem Gedankenstrudel herausgerissen, denn nun kam ein alter Mann aus dem Fahrstuhl und ging direkt auf ihn zu. Schulte erschrak ein wenig, denn einen Arzt im Ruhestand hatte er sich ganz anders vorgestellt. Dieser Mann wirkte im edlen Ambiente des *Augustinums* so fehl am Platz wie der Papst in einem Freudenhaus. Es war nicht die Kleidung des Mannes, die war nachlässig, aber in Ordnung. Es war die schlaffe, resigniert wirkende Körperhaltung und dieses ausgemergelte, zerfurchte Gesicht mit Augen, in denen jede Vitalität ausgetrocknet war. Offenbar hatte Dr. Waltermann einmal volles, rotes Haar gehabt. Dünn war es geworden, in einem schmutzigen Grauton, aber immerhin war es noch überall dort, wo Haare hingehören. Schulte stand auf, ging auf den alten Mann zu und bot ihm die Hand. Waltermann zögerte, beäugte Schulte prüfend, bevor er ihm eine ebenso faltige wie schlaffe Hand zum Gruß reichte.

„Wie ist Ihr Name?", fragte Waltermann mit einer Stimme, die aus dem Grab zu kommen schien. Schulte stellte sich und seinen Kollegen Rosemeier vor. Wieder überzog er Schulte mit einem prüfenden Blick. Schulte betrachtete diesen Mann nun noch genauer. Buschige Augenbrauen über müde wirkenden, trüben Augen mit gewaltigen faltigen Tränensäcken. Eine dicke rote Nase, die auf den ehemaligen Trinker hinwies, saß über einem nikotingefärbten Schnurrbart. Aber immerhin schien Waltermann ein gutes, teures Aftershave zu besitzen. Das war allerdings so kräftig aufgetragen worden, dass es Schulte fast den Atem nahm.

„Und was will die Polizei von mir?", fragte der Arzt, ohne sich die geringste Mühe zu geben, entgegenkommend oder sogar freundlich zu wirken. „Habe ich meinen Rollator falsch geparkt?"

„Ich hoffe, Sie können mir weiterhelfen", erklärte

Schulte. „Wir arbeiten an einem Todesfall aus dem Jahre 2008. Ist lange her, zugegeben, aber die Umstände waren damals etwas … pikant. Und deshalb ist es gut möglich, dass Sie sich daran erinnern."

Schulte schaute sich um und schlug dann vor: „Können wir uns irgendwo in Ruhe unterhalten? Gibt es hier ein Café? Ich lade Sie auf Kaffee und Kuchen ein."

Waltermann nickte.

„Oben, im neunten Stock gibt es ein Café. Da können wir ungestört reden. Die meisten Leute hier hören sowieso schlecht und im Moment ist da oben nicht viel Betrieb. Kommen Sie, wir können den Aufzug nehmen."

Die Aussicht auf Kaffee und Kuchen schien den alten Herrn beflügelt zu haben, denn er ging nun etwas munterer vor ihnen her zum Fahrstuhl. Oben angekommen, betraten sie einen schlicht, aber stilvoll eingerichteten Raum mit einer atemberaubenden Aussicht auf den Ortsteil Hiddesen.

„Hier kann man's aushalten", kommentierte Rosemeier. Schulte hingegen hatte wenig Sinn für gemütliche Plauderei und wollte zum Thema kommen. Das war aber nicht so einfach, denn Waltermann orderte in aller Ruhe für sich und seine Besucher Kaffee und Kuchen. „Geht auf Rechnung dieses Herrn", erklärte er dem Kellner und zeigte auf Schulte. Erst als alles auf dem Tisch stand, war er bereit zu reden. Vorsichtig begann Schulte, das Thema einzukreisen.

Der Arzt legte die sowieso schon stark gefurchte Stirn in noch tiefere Falten und schüttelte den Kopf.

„Das ist so lange her", winkte er ab. „Daran kann ich mich nicht erinnern. Wissen Sie eigentlich, wie viele Todesbescheinigungen ich in meinem Berufsleben ausgestellt habe?"

Wusste Schulte natürlich nicht, es interessierte ihn auch nicht.

„Aber ein noch junger Mann, der ohne äußerlich erkennbare Verletzungen tot in einem Bordell aufgefunden wird, das wird auch in Ihrer Berufspraxis nicht alltäglich gewesen sein. So was vergisst man doch nicht."

„Nein? Tut man nicht?" Waltermann war offensichtlich angefressen. „Woher wollen Sie das denn wissen? Kommen Sie mal in mein Alter, mit meinen Krankheiten. Und dann kommt so ein junger Schlaumeier und fragt Sie nach einem uralten Fall, den Sie mal bearbeitet haben. Da wüsste ich gern, was Sie dem Kerl antworten."

Schulte hielt kurz inne. Er fragte sich, warum der alte Doktor nun so erregt war. War ihm das Thema unangenehm? Er beschloss, weiter zu bohren, zu provozieren, auch wenn dies unhöflich sein mochte.

„Ehrlich gesagt", fuhr er fort, „hatte ich damals Zweifel an Ihrer Todesbescheinigung. Für mich passte vieles nicht zusammen. Aber wir hatten zu der Zeit bis über beide Ohren zu tun und als auch die Staatsanwaltschaft keinen Grund sah, diese Ungereimtheiten weiter zu verfolgen, haben wir den Fall zu den Akten gelegt. Jetzt hat es aber Ereignisse gegeben, die diesen Fall in einem ganz anderen Licht erscheinen lassen. Deshalb haben wir ihn wieder aufgegriffen. Und deshalb sind wir hier."

Waltermann schaute ihn finster an.

„So, Sie unterstellen mir also Fahrlässigkeit. Oder sogar Absicht? Hätte ich das vorher gewusst, dann hätten Sie sich Ihren Kuchen sonst wo hinschieben können, Sie Schnüffler. Kommt hierher, tut ganz freundlich und wenn man sich auf ihn einlässt, dann wird er beleidigend. So nicht, Herr Schulte. Danke für den Kuchen, aber ich gehe jetzt auf mein Zimmer und nehme eine Beruhigungstablette. Auf Wiedersehen!"

Er stand ächzend auf und wollte gerade den Tisch verlassen, als Schulte leise, wie beiläufig sagte: „Die Leiche von Hans Kaiser wurde ganz normal beerdigt, nicht etwa verbrannt. Das heißt, es ist auch heute noch jederzeit eine Obduktion möglich. Wenn Sie sich nicht mehr erinnern können, wird uns nichts anderes übrigbleiben, als ihn wieder aus dem Grab zu holen."

Der alte Mann schaute ihn wieder prüfend an. Die vorher so müden Augen wirkten nun ganz anders, durchdringend und auf der Hut. Dann sprach er, mit einer Stimme, die noch tiefer und brüchiger war als vorher: „Wir gehen zusammen in mein Zimmer. Hier können wir nicht vertraulich sprechen. Kommen Sie mit!"

Das Zimmer Dr. Waltermanns war geräumiger als Schulte gedacht hatte. Auch die Möbel stammten nicht von der Resterampe. Wenn dieser alte Arzt so gut betucht war, warum lief er dann herum wie ein Stadtstreicher? War das nur eine Marotte? Eine ganz spezielle Form von Überheblichkeit? Allen zu zeigen, dass man nicht auf äußere Formen angewiesen ist, um bedeutend zu sein? So was soll es geben, wusste Schulte, denn so ganz weit davon entfernt war er selbst auch nicht. Auch Schultes Eitelkeit bestand in der Überzeugung, keinerlei Eitelkeit nötig zu haben. Waltermann bat Schulte, vom Flur einen Stuhl mitzunehmen, da in seinem Zimmer nur zwei Stühle standen. Das hätte Schulte sich aber schenken können, denn der alte Arzt setzte sich nicht, er blieb vor dem Fenster zu seiner Loggia stehen und drehte ihnen den Rücken zu, während er sprach. Wollte er seine Gefühle nicht zeigen, ein Pokerface bewahren? Oder hatte er Angst, seine Mimik könnte etwas verraten, was die Polizisten nicht sehen sollten?

„Was ich Ihnen jetzt erzähle, werde ich auf gar keinen Fall vor einem Gericht wiederholen. Schminken Sie sich das gleich ab. In maximal einem Jahr werde ich auf Grund meiner Krankheiten sterben. Danach können Sie mit meinem Andenken machen, was Sie wollen. Aber jetzt bleibt alles, was ich sage, unter uns. Kann ich mich auf Sie verlassen?"

Schulte und Rosemeier schauten sich verblüfft an. Dann antwortete Schulte: „Ich werde Ihre Aussage für mich nutzen, aber ich werde weder gegen Sie ermitteln noch Ihren Namen ins Spiel bringen. Können wir uns darauf einigen?"

„Ja", murmelte Waltermann, als sei er mit den Gedanken ganz woanders. Eine Weile schaute er wortlos aus dem Fenster.

„Ich bin schon seit meiner Jugend spielsüchtig", begann Dr. Waltermann sein Geständnis. „Sportwetten, Poker, Roulette, Black Jack, einarmiger Bandit, das ganze Spektrum. Alles, was irgendwie riskant war. Bereits während des Studiums habe ich mir ständig Geld von meinen Kommilitonen leihen müssen. Lange nicht allen konnte ich das Geld zurückzahlen. Ich habe mir damit natürlich keine Freunde gemacht. Nach dem Studium habe ich geheiratet und mir eine Praxis aufgebaut. Das war dann mein Spiel. Aber es wurde schnell langweilig und ich wurde Dauergast in den großen Spielbanken. Bad Oeynhausen, Hohensyburg, Bad Pyrmont. Alles, was nach einem langen Arbeitstag in der Praxis in Lemgo noch einigermaßen gut zu erreichen war. Die Praxis lief ziemlich gut und so fiel der eine oder andere Verlust nicht ins Gewicht. Nur meine Ehe blieb dabei völlig auf der Strecke. Ich kann es meiner Ex-Frau nicht mal übelnehmen, dass sie sich einen anderen gesucht hat. Ich hatte zwischendurch auch meine Affären. Die Scheidung war teuer, wie sie sich denken können. Danach lief es nicht mehr rund mit mir. Zum Spiel kam der Alkohol, ich wurde Kettenraucher, leistete mir teure

Escort-Ladys und fuhr ein edles Auto. Mitte 2007 war ich praktisch zahlungsunfähig. Ich musste meine Praxis verkleinern und Praxispersonal entlassen. Dadurch kam noch weniger Geld rein und meine Situation wurde immer bedrohlicher."

Nun drehte Waltermann sich um und ging langsam, mit schlurfenden Schritten, kreuz und quer durch das Zimmer. Er holte einen Aschenbecher aus einem Schrank und stellte ihn auf die Fensterbank.

„Rauchen Sie?", fragte er die beiden Polizisten. Als beide den Kopf schüttelten, kramte er für sich eine Zigarette aus einer Packung, die ebenfalls in dem Schrank lag und zündete sie an. Es ist sein Zimmer, dachte Schulte, er darf hier rauchen, ob mir das passt oder nicht. Gierig sog Waltermann den Rauch ein, atmete laut wieder aus und setzte seine Wanderung durch das Zimmer fort.

„In der Zeit der allergrößten Not habe ich … ich sage mal, einen alten Bekannten wiedergetroffen. Er hat mir mit einer verdammt großen Summe ausgeholfen. Das Geld konnte ich natürlich nie zurückzahlen, versteht sich. Aber er hat nie gedrängt, war geduldig und großzügig. Doch insgeheim war mir klar, dass ich irgendwann einmal den Preis dafür bezahlen musste. Niemand, nicht einmal der beste Freund, gibt solche Summen ohne Gegenleistung. Und dann war es soweit. Es kam ein Anruf. Dreimal dürfen Sie raten, von wem der kam. Ich sollte mich sofort auf den Weg in dieses Bordell machen, dieses ... ach, den Namen habe ich vergessen. Ein Todesfall, der möglicherweise etwas kurios erscheinen mochte. Ein anderer Arzt würde vielleicht falsche Schlüsse ziehen, meinte mein Bekannter, daher sollte ich kommen und eine natürliche Todesursache bescheinigen. Auch, wenn mir das unlogisch erscheinen sollte. Ich protestierte natürlich. Ein kleiner Rest an Berufsehre war doch noch geblieben, aber Widerstand hätte meinen sofortigen Ruin bedeutet, das machte mir mein Sponsor mehr als deutlich. Also hielt ich den Mund und bezahlte meinen Preis. Das Geld musste ich bis heute nicht zurückzahlen. Eine echte Win-win-Situation, könnte ein Zyniker sagen."

Schulte musste das erst mal verdauen. Dann fragte er: „Was glauben Sie denn, was die wirkliche Todesursache war?"

„Warten Sie", antwortete Waltermann. „Ich habe damals so was wie doppelte Buchführung betrieben. Einmal der offizielle Bericht und einmal einer für meine persönlichen Unterlagen. Lassen Sie mich mal schauen. Irgendwo habe ich das doch abgelegt."

Er hob eine Ledermappe aus einem anderen Schrank, setzte sich und begann, darin zu blättern. Als Schulte bereits fürchtete, der alte Mann habe sich an irgendetwas Nebensächlichem festgelesen, sprach Waltermann plötzlich wieder: „Hier ist es. Ich wusste, dass ich es noch habe."

Gespannt warteten die Polizisten, bis Waltermann weitersprach.

„Genau, jetzt erinnere ich mich wieder."

Schulte wurde langsam zappelig, aber der alte Mann las in aller Ruhe seine Unterlagen durch. Endlich, nachdem er sich umständlich geräuspert hatte, begann er: „Der Mann ist tatsächlich an Herzversagen gestorben. Soweit stimmte meine Diagnose. Nur, für Herzversagen bei einem so jungen Mann, der allem Anschein nach kerngesund war, musste es einen Grund geben. Es gab einige Anzeichen, die auf eine Vergiftung hinwiesen."

Er hob die Augen von seinen Unterlagen und schaute Schulte an. Sein Blick war ein einziger Selbstvorwurf. Er schluckte mehrmals.

„Ich war ein guter Arzt", sagte er leise, mit brüchiger Stimme. „Ob Sie es glauben oder nicht. Aber ich war auch immer ein schwacher Mensch. Jahrelang habe ich mich damit herumgequält, wollte diesen Fehltritt bekennen. Hatte aber letztendlich doch nie den Mut dazu. Verstehen Sie mich bitte, meine Position in der Gesellschaft war durch meinen Beruf definiert. Ich war jemand, weil ich Arzt war. Ein Halbgott in Weiß. Bei dem ganzen Scheiß, den ich gebaut habe, der Spielsucht, der Sauferei, war mir dieser Status immer noch geblieben. Ein versoffener Arzt ist immer noch ein Arzt und damit etwas Besonderes. Ein Geständnis hätte mir auch dies genommen."

Schulte schluckte den Einwand, er habe wahrscheinlich auch aus Angst vor seinem Auftraggeber geschwiegen, runter. Stattdessen fragte er: „Näheres

172

über die Art des Giftes und die Verabreichung können oder wollen Sie mir vermutlich nicht sagen, oder?"

„Nein, mehr erfahren Sie von mir nicht", Dr. Waltermann schüttelte energisch den Kopf. „Mit Sicherheit sagen kann ich aber, dass dies kein natürlicher Todesfall war. Und dass ich vielleicht dazu beigetragen habe, einen Mord zu vertuschen. Ich bin also auch ein Verbrecher."

Wieder schaute er Schulte lange an. Dann kam erneut diese brüchige Stimme: „Ich glaube, es war ganz gut, dass Sie mich gezwungen haben, dies zu beichten. Jetzt ist es wenigstens raus. Vielleicht kann ich nun die letzten Monate dieses verpfuschten Lebens wieder etwas freier atmen."

36

Am nächsten Morgen kam Schulte zu seiner eigenen Überraschung nicht als Letzter zum Dienst. Er hatte sich schon beim Aufstehen gewundert, wie leicht ihm das, als lebenslanger Morgenmuffel, fiel. Irgendetwas hatte sich verändert, irgendein Knoten schien geplatzt zu sein. Das war schon immer so gewesen, erinnerte er sich. Immer, wenn bei einem Fall plötzlich ein roter Faden erkennbar wurde, wenn sich der nächste Schritt abzeichnete, schaltete Jupp Schulte in den Jagdmodus und war kaum wiederzuerkennen.

Sowohl Rosemeier als auch von Fölsen kamen

später als er, was Schulte ihnen mit einem besonders fröhlichen „Guten Morgen" quittierte. Rosemeier hatte eine Entschuldigung, denn er war an diesem Freitagmorgen für das Frühstück zuständig und hatte noch einkaufen müssen.

Als Schulte seine erste Tasse Kaffee in der Hand hielt, berichtete er den anderen von Rosemeiers und seinem Besuch bei Dr. Waltermann. Er war überrascht, dass es keinen einzigen spöttischen Kommentar dazu gab. Offenbar hatten alle nun erkannt, dass diese alte Geschichte mehr zu bieten hatte, als nur Beschäftigungstherapie für unterforderte Polizeibeamte zu sein. Sogar Marco van Leyden stellte sachliche Fragen. Allerdings konnte er sich nicht verkneifen, anschließend die Zurechnungsfähigkeit des alten Arztes in Frage zu stellen.

„Der Mann ist heruntergekommen, er ist alt und er ist krank", sagte Schulte. „Und er ist mit sich selbst überhaupt nicht im Reinen. Ganz und gar nicht. Aber im Kopf ist er völlig klar. Das Einzige was sein Ego noch auf den Beinen hält ist der Mythos vom Gott in Weiß. Hat er selbst so gesagt. Das ist der Strohhalm, an den er sich klammert. Und ich fürchte, als wir gestern zu ihm kamen mit dieser alten Geschichte, da haben wir genau diesen Strohhalm abgeknickt. Es war notwendig, aber im Ergebnis behagt mir das nicht."

„Jetzt werden Sie mal nicht weinerlich, Schulte", brummte von Fölsen. „Es gehört nun mal zu unserem Job, Leuten, die was ausgefressen haben, auf die Füße zu treten."

Schulte hörte ihm gar nicht zu, denn etwas anderes beschäftigte ihn.

„Ich frage mich schon seit gestern, wie dieser Mann, der doch nach eigenen Angaben keinen roten Heller in der Tasche hat, sich eine Wohnung im *Augustinum* leisten kann. Das kostet doch richtig was. Vielleicht gibt uns das einen Hinweis auf seinen dubiosen Auftraggeber. Wir sollten in dieser Richtung mal nachforschen. Was kostet so eine Wohnung? Das rauszufinden wird einfach sein. Aber wie finden wir heraus, wer das alles bezahlt? Wir können ja nicht über die offiziellen Kanäle gehen. Ich habe da gerade keine Idee."

„Kein Problem", tönte die Bassstimme von Hubertus von Fölsen. „Ich kenne da jemanden. Lasst mich das mal machen."

Kurz vor Mittag bekam Schulte einen Telefonanruf, mit dem er überhaupt nicht gerechnet hatte.

„Horst Bukow hier!"

Für einen Moment konnte Schulte mit dem Namen nichts anfangen, doch dann war er plötzlich hellwach. Als hätte Bukow Schultes Zögern mitbekommen, erklärte er sich noch einmal: „Bukow, der Mann aus dem *Club Orchidee* in Bad Salzuflen. Mensch, Schulte, was haben Sie denn für einen Scheiß gebaut?"

Schulte war überrascht. Mit Vorwürfen aus dieser

Ecke hatte er nicht gerechnet. Als er nachfragte, worum es gehe, fuhr Bukow fort: „Ich habe jetzt erst vom Tod Nataschas gehört und bin völlig von der Rolle. Wie passt das denn zusammen? Sie kommen zu mir und fragen mich, welche Dame vor zehn Jahren den Mann bedient hat, der in meinem Haus zu Tode gekommen ist. Ich nenne Ihnen, weil ich ein netter und kooperativer Mensch bin, der keinen Ärger mit der Polizei haben will, den Namen und kurz darauf ist die Frau tot? Und jetzt höre ich, dass die Polizei nicht von einem Unfall ausgeht. Wem wollen Sie das denn unterjubeln? Mir jedenfalls nicht. Die Sache stinkt doch zum Himmel. Ich werde …"

„Moment!", rief Schulte energisch dazwischen. „Kann ich alles gut verstehen. Mir selbst geht es mit dieser Sache auch nicht besser."

Dann berichtete er, so lückenlos wie er das verantworten konnte, von seinem Besuch bei Natascha König. Bukow hörte ihm zu, ohne ihn zu unterbrechen.

„Ich kann nicht erkennen, dass ich was falsch gemacht habe", schloss Schulte seine Ausführungen, „aber ganz offensichtlich habe ich mit dem Besuch, ohne es zu ahnen und ohne es gewollt zu haben, etwas in Gang gesetzt, was schreckliche Folgen hatte. An einen Unfall glaube ich persönlich auch nicht."

Bukow antwortete, nun in einem etwas ruhigeren Tonfall.

„Ich behaupte ja nicht, dass Sie der Schuldige sind, Schulte. Aber mir geht das verdammt an die Nieren.

Ich kannte Natascha gut und irgendwie mochte ich sie auch. Und jetzt so was. Vielleicht haben Sie die ganze Sache ja etwas ungeschickt angefasst, was meinen Sie?"

„Glaube ich nicht", widersprach Schulte. „Aber vielleicht wissen Sie mehr über die Hintergründe als ich."

„Ich?", rief Bukow, in echter oder gespielter Empörung, das konnte Schulte am Telefon nicht erkennen. „Was habe ich damit zu tun? Ist das der Dank für die Zusammenarbeit, dass Sie mich nun in die Sache reinziehen? Schulte, ich dachte immer, Sie wären ein anständiger Kerl. Einer der wenigen Bullen, mit denen man vernünftig umgehen kann. Da habe ich mich wohl getäuscht."

„Halt!", rief Schulte. „Stopp! Das bringt uns beiden nichts. Lassen Sie uns in Ruhe überlegen. Irgendwer aus der Vergangenheit von Natascha König, so viel steht für mich fest, hat sich durch meinen Besuch bedroht gefühlt. Warum auch immer. Und die Schnittstelle von all dem kann nur in Ihrem Club im Jahre 2008 liegen. Sie wissen, wer damals dort eine Rolle spielte, ich nicht. Wenn Ihnen etwas daran liegt, Nataschas Tod aufzuklären, dann helfen Sie mir. Sagen Sie mir, wer damals vor Ort war. Wer wann und wo Dienst hatte. Vielleicht auch, welche anderen Kunden noch im Club waren."

„Geht's noch?", rief Bukow verblüfft. „Nach zehn Jahren? Ist ja nett, dass Sie mir so ein Gedächtnis zutrauen, aber da muss ich Sie enttäuschen. Ich bin doch kein Computer."

„Dann versuchen Sie es wenigstens", bat Schulte.

Bukow schwieg einige Sekunden, dann sagte er: „Ich habe damals eine Zeit lang so etwas wie ein Bordbuch meines Betriebes geführt. Eine Mischung aus Dienstplan und Notizbuch. Kann sein, dass da was Interessantes drinsteht. Aber ich habe keine Ahnung, wo dieses Heft herumliegt. Oder ob ich es überhaupt noch habe. Da muss ich erst mal auf die Suche gehen und das dauert. Mehr kann ich im Moment nicht anbieten. Reicht das?"

„Ja", sagte Schulte, obwohl er wenig Hoffnung hatte, „das wäre großartig."

37

19 Uhr. Eigentlich hätte Jupp Schulte längst den Feierabend einläuten können. Alle Kollegen hatten die Dienststelle bereits verlassen. Alle? Nein, Adelheid Vahlhausen war noch im Haus und betrat eben Schultes Büro.

„Ich habe eben mit der Witwe von Hans Kaiser gesprochen", sagte sie, noch im Türrahmen stehend. „Sie ist mit einem Besuch einverstanden. Am besten fahren Sie jetzt gleich los."

„Großartig!", lobte Schulte. Dann überlegte er kurz und fragte: „Haben Sie nicht Lust mitzukommen? Vielleicht ist es für Frau Kaiser angenehmer, wenn eine Frau dabei ist."

Die Kollegin schien dadurch in Verlegenheit zu kommen, was Schulte verwunderte.

„Ich weiß nicht." Sie murmelte mehr als sie sprach. „Ich bin eigentlich nicht der Typ für die Feldarbeit. Meine Arbeit war immer sehr theoretisch. Mehr Wissensvermittlung als Wissensnutzung, Sie verstehen? Mit dieser direkten Konfrontation habe ich keine Erfahrung. Vielleicht versaue ich alles."

„Kann ich mir nicht vorstellen", sagte Schulte beschwichtigend. „Im Gegenteil, Sie haben etwas, was den Leuten Mut macht, sich zu öffnen. Keine Ahnung, wie Sie das machen, aber es klappt. Es ist natürlich Ihre Entscheidung, aber ich würde mich freuen, wenn Sie dabei wären. Ich fahre auch."

Adelheid Vahlhausen nickte, schien aber immer noch Bedenken zu haben.

Eine halbe Stunde später klingelten sie an der Wohnungstür eines sehr gepflegten Reihenhauses in Oerlinghausen. Frau Kaiser war lässig mit Jeans und T-Shirt bekleidet, wirkte dabei aber erstaunlich elegant. Die blonde Kurzhaarfrisur betonte die sportliche Gesamterscheinung der schlanken Frau. Wäre Adelheid Vahlhausen nicht an seiner Seite gewesen, dann hätte Schulte vielleicht noch länger diese anmutige Erscheinung angestarrt. So riss er sich zusammen und stellte sich und seine Kollegin der Frau vor.

Bianca Kaiser zeigte wenig Neigung, die beiden

Polizisten freundlich zu begrüßen. Es wirkte eher wie eine unangenehme Pflichtübung, als sie die beiden in das geschmackvoll eingerichtete Reich bat. Schulte, der in solchen Situationen ein deutlich dickeres Fell hatte als seine Kollegin, ließ sich mit einem wohligen Seufzer in einen der bequemen Sessel fallen. Adelheid Vahlhausen stand eine ganze Weile unsicher im Raum, wusste offenbar nicht recht, wie sie sich verhalten sollte. Bianca Kaiser musste sie zweimal auffordern, Platz zu nehmen.

„Ich kann nicht sagen, dass ich mich über Ihren Besuch freue", begann Bianca Kaiser das Gespräch. Dieser unerwartet unhöfliche Gesprächseinstieg verblüffte Schulte und ließ Adelheid Vahlhausen noch mehr in sich zusammensinken. Keiner von beiden sagte etwas, bis Frau Kaiser fortfuhr: „Zehn Jahre lang hat sich die Polizei einen Dreck um den Tod meines Mannes gekümmert. Ihr habt mich einfach hängen lassen. Können Sie sich vorstellen, wie das ist, wenn der eigene Ehemann im Puff stirbt? Ein junger, kerngesunder Mann kippt einfach so um und stirbt und niemand macht sich die Mühe, das genauer zu untersuchen. Herzversagen, hieß es. Darüber kann ich nur lachen. Wissen Sie, was ich glaube? Das war ein Komplott. Alle, der Staatsanwalt, die Polizei, der Arzt, die Bordellleute, alle steckten sie unter einer Decke. Ich weiß nicht, in wessen Interesse sie gehandelt haben, aber sie haben funktioniert wie Marionetten."

„Warum haben Sie denn nichts unternommen,

wenn Sie nicht an einen natürlichen Tod geglaubt haben?", provozierte Schulte, um die Frau weiter zum Sprechen zu bringen.

„Nichts unternommen?", rief Bianca Kaiser mit leicht überkippender Stimme. „Dann lesen Sie doch mal die Akte. Die muss Ihnen doch vorliegen. Ich weiß nicht mehr, wie viele Eingaben ich gemacht habe, was ich alles unternommen habe, um die Ermittlung endlich in Schwung zu bringen. Aber ich bin gegen eine Wand gelaufen. Nicht gegen eine harte Wand, versteht sich. Es war mehr wie eine Wand aus Watte. Ganz weich, man federte immer wieder zurück und zuletzt verhedderte man sich in den weichen Fusseln. Man war freundlich zu mir, rücksichtsvoll, nachsichtig. Aber ernst genommen hat man mich nicht. Irgendwann habe ich aufgegeben."

„Darf ich fragen, wie alt Sie beim Tod Ihres Mannes waren?", fragte Adelheid Vahlhausen.

„Ich war gerade 30 geworden. Das reichte wohl nicht aus, um für voll genommen zu werden."

„Das kann ich mir vorstellen", gab ihr Vahlhausen recht. „So was habe ich früher, als Berufsanfängerin, auch dauernd erleben müssen. Und wahrscheinlich hatten Sie dabei nur mit Männern zu tun, stimmt's?"

„Stimmt genau", bestätigte Bianca Kaiser bitter.

Schulte, der das Gefühl hatte, dass dieses Gespräch in die falsche Richtung ging, wollte eine Frage einwerfen, aber Adelheid Vahlhausen kam ihm zuvor.

„Frau Kaiser, wir kommen leider nicht ganz daran vorbei, über den Ort beim Tod Ihres Mannes zu sprechen. Glauben Sie, das hat mit dazu beigetragen, dass man Sie so abgewimmelt hat?"

„Ganz bestimmt! Die sind davon ausgegangen, dass mir dieser Zusammenhang derart peinlich war, dass ich die Sache schon deshalb nicht an die große Glocke hängen würde. Ich wollte natürlich auch nicht, dass die Leute mehr über den Puffbesuch als über den Tod meines Mannes redeten. Ach, es war einfach schrecklich."

Sie schlug kurz die Hände vor dem Gesicht zusammen, gab sich aber schnell wieder einen Ruck und schaute ihren Besuchern in die Augen. Schulte stellte mit Erstaunen fest, dass der Tonfall plötzlich ganz anders geworden war. Offenbar hatte Adelheid Vahlhausen es in kürzester Zeit geschafft, das Eis zu brechen. Er gratulierte sich selbst dazu, die Kollegin mitgenommen zu haben.

„Frau Kaiser, meine Kollegin und ich haben den Fall nach zehn Jahren wieder aufgegriffen, weil wir davon überzeugt sind, dass hier etwas vertuscht wurde." Er sah keine Notwendigkeit, ihr das wirkliche, äußerst banale Motiv zu nennen. „Das hier ist nicht die offizielle Linie von Polizei und Staatsanwaltschaft. Wir ermitteln in eigener Verantwortung, praktisch ohne Netz und sind auf Ihre Mithilfe angewiesen. Sind Sie bereit, trotz allem, was Sie erleben mussten, mit uns zu sprechen?"

Nachdem Bianca Kaiser kurz überlegt hatte, nickte sie wortlos.

38

„Er stand unter großem Druck", begann Bianca Kaiser. „Keine Ahnung, was da los war, aber der Druck war offensichtlich. Hans hat mir nie Interna aus seiner Firma erzählt. In dieser Hinsicht war er ziemlich komisch, fand ich. Schließlich war ich seine Ehefrau, aber offenbar hatte er wenig Vertrauen zu mir. Vielleicht glaubte er auch, das sei alles viel zu kompliziert für mich. Ich habe irgendwann aufgegeben, ihn danach zu fragen. Schließlich war ich gerade aus dem Studium gekommen, war Berufsanfängerin und restlos ausgelastet mit mir selbst."

„Dann haben Sie vermutlich nicht viel Zeit miteinander verbringen können", mutmaßte Adelheid Vahlhausen.

„Stimmt! Wir haben eine dieser typischen Karriere-Ehen geführt. Tagsüber hat jeder seinen Job gemacht, abends haben wir uns beim Italiener zum Essen getroffen. Dabei haben wir über unsere Jobs gesprochen, Kollegenschelte und so. Zuhause, hat jeder noch ein bisschen am Laptop gearbeitet und danach ging es ins Bett. Viel gesprochen haben wir nicht miteinander. Wenn ich ehrlich bin, habe ich Hans gar nicht richtig kennengelernt."

„Wie haben Sie denn von seinem Druck im Job erfahren?", fragte Schulte.

„Na ja, man muss kein großer Menschenkenner sein, um das zu sehen", sagte Bianca Kaiser. „Hans war viel fahriger als sonst. Als ich ihn kennenlernte, war er ein cooler Typ, immer lässig, geradezu tiefenentspannt. Aber das hat sich schnell geändert. Er ist erstaunlich schnell aufgestiegen in dieser Firma, war zum Schluss das jüngste Vorstandsmitglied. Aber ebenso schnell wie er aufgestiegen ist, hat er sich als Mensch verändert. Sein Humor war wie weggeblasen, er wirkte, als hätte er immer einen Finger in der Steckdose. Es war manchmal kaum auszuhalten mit ihm und ich fürchte, das habe ich ihn auch spüren lassen. Vielleicht war das der Grund, warum er immer wieder ins Bordell gegangen ist. Trotzdem …"

„Wie haben Sie davon erfahren?", fragte Adelheid Vahlhausen. „Davon hat er doch bestimmt nicht selbst erzählt."

„Nein, davon habe ich erst nach seinem Tod erfahren. Es war ein ziemlicher Schock für mich, das können Sie mir glauben. Ich habe natürlich die Schuld bei mir gesucht, dachte, ich sei nicht mehr attraktiv genug für ihn gewesen. Dann habe ich auch noch hören müssen, dass er dort als Masochist bekannt war. Er hat sich immer wieder anbinden und auspeitschen lassen. Da wir zum Schluss kaum noch Zeit miteinander verbracht haben, ist mir das nie aufgefallen. Ich meine, es hätte ja sichtbare Zeichen geben müssen, Striemen und so. Er muss ein kleines Vermögen dort gelassen haben. Aber da ich nie wusste, was er verdient, ist mir auch das nicht aufgefallen."

„Können Sie uns ein bisschen mehr über seine Arbeit sagen?", bohrte Schulte nach. Die sexuellen Präferenzen Hans Kaisers waren ihm bekannt, ihn interessierte mehr der berufliche Hintergrund.

„Die Firma heißt *Faktor Haus* und handelt mit Immobilien. Aber nicht mit der Vermittlung von Wohnungen, sondern im ganz großen Stil. Sie arbeiten mit riskanten Immobilienfonds zusammen, kaufen ganze Straßenzüge und kümmern sich um die Vermarktung. Viel weiß ich darüber nicht, aber es ging dabei um gewaltige Summen. Wie gesagt, stieg Hans ganz erstaunlich schnell auf und kam in den Vorstand. Er war dort mit Abstand der Jüngste. Und wahrscheinlich der Ehrgeizigste. Am Anfang lief alles grandios. Hans kam immer freudestrahlend nach Hause, wenn er wieder mal einen großen Deal gemacht hatte und brachte Champagner mit. Aber im Sommer 2007 änderte sich das. Er wurde zusehends nervöser, war angespannt, regelrecht verbissen, und kaum noch für die schönen Dinge des Lebens zu haben. Das wurde immer schlimmer. Jetzt, im Nachhinein, ist mir klar, dass der Grund dafür wohl in der beginnenden weltweiten Finanzkrise, vor allem im Immobiliensektor, zu suchen war. Sie werden sich sicher auch noch erinnern können. Das war ja damals ein großes Thema."

„Was ist aus der Firma geworden?", fragte Adelheid Vahlhausen. „Ich komme ja nicht aus der Region."

„Die Firma gibt es noch", antwortete Schulte, der sich im Gegensatz zu seiner Kollegin schon früher mit diesem Fall beschäftigt hatte. „Die sind zwar in der Finanzkrise ordentlich durchgeschüttelt worden, mussten auch große Teile ihres Portfolios verkaufen, haben aber überlebt. Wie es der Firma heute geht, weiß ich allerdings auch nicht."

„Es scheint ganz gut zu laufen", ergänzte Bianca Kaiser. „Die haben sich mir gegenüber sehr anständig verhalten. Sie haben mir nach dem Tod von Hans eine kleine Rente zugestanden und die wird bis heute regelmäßig überwiesen. Wenn es finanzielle Schwierigkeiten gäbe, dann wären die Zahlungen sicher längst unter einem Vorwand eingestellt worden."

„Haben Sie nach seinem Tod vielleicht irgendetwas gefunden, was uns weiterhelfen könnte?", fragte Schulte abschließend. „Briefe, Tagebuch, E-Mails, Handynachrichten oder so was?"

„Nein", antwortete Bianca Kaiser. „Überhaupt nichts. Selbst sein Handy war total unauffällig. Er muss seine Termine irgendwie anders geführt haben. Vielleicht mit einem altmodischen Terminkalender, der in der Firma geblieben ist oder vielleicht mit einem zweiten Handy, von dem ich nichts wusste. Keine Ahnung. Das hätte man alles ermitteln können, wenn die Polizei damals ernsthaft gesucht hätte. Aber nun ist es wohl zu spät."

39

„Rein mit Ihnen!", rief Horst Bukow jovial. „Wir gehen gleich in mein Büro."

Es war Sonntagabend, 21 Uhr. Eigentlich hatte Schulte an diesem Abend etwas ganz anderes vorgehabt. Aber vor einer Stunde hatte Bukow angerufen und ihn gebeten, zu ihm zu kommen. Er habe eine Liste mit den Leuten zusammengestellt, die vor Jahren in seinem alten Lemgoer Club beschäftigt waren.

„Nichts am Telefon, nichts schriftlich", hatte er gesagt. „Die Szene ist ein Dorf. Hier kennt doch jeder jeden. Und wenn rauskommt, dass ich Namen an die Polizei gebe, dann bin ich erledigt. Nein, entweder Sie kommen hierher und ich nenne Ihnen die Namen mündlich, oder wir lassen das Ganze."

Schulte, dem nichts anderes übrig geblieben war, hatte sich in seinen Landrover gesetzt und war nach Bad Salzuflen gefahren.

Als Bukow vor ihm durch den schmalen Flur ging, wunderte sich Schulte wieder einmal, wie jemand derart breite Schultern haben konnte. Schulte selbst war alles andere als zierlich, aber neben Bukow kam er sich vor wie ein kleiner Junge. Im Büro schloss Bukow schnell hinter sich die Tür, als wolle er vermeiden, mit Schulte zusammen gesehen zu werden. Als beide Männer saßen, begann Bukow zu erzählen.

„Ich habe lange gesucht, aber ich habe diese Kladde tatsächlich wiedergefunden. Ich nenne Ihnen jetzt die Namen der Damen, die damals am Freitag, den 21. November 2008 Dienst hatten. Wie gesagt, schriftlich kriegen Sie von mir nichts. Aber Sie dürfen gern mitschreiben."

Bukow ratterte nun fünf Frauennamen so schnell herunter, dass Schulte Mühe hatte, sie mitzuschreiben. Einen der Namen kannte er bereits, den von Natascha König.

„Mehr Frauen haben da nicht gearbeitet?", fragte Schulte und fing sich einen bösen Blick von Bukow ein.

„Was soll das heißen?", schnappte der zurück. „Reicht Ihnen das nicht? Es war Freitagnachmittag, da ist normalerweise fast nichts los. Klar, am Abend brennt die Hütte, aber nachmittags ist überall Ruhe im Puff. Da hatte man mit fünf Frauen schon reichlich Auswahl."

„Schon gut", besänftigte Schulte grinsend. „Ich kenne mich damit nicht aus. Bin schließlich ein treusorgender Großvater. So einer geht nicht in den Puff."

„Ha!", lachte Bukow. „Haben Sie eine Ahnung. Wenn ich jeden Großvater rausschmeißen würde, dann wäre mein Laden ziemlich leer."

„Wer war denn sonst noch im Club, als Kaiser gestorben ist?"

Bukow schaute in seine Unterlagen.

„Eigentlich war da noch Charly, der Barmann.

Sein richtiger Name ist Karl-Heinz Zischler. Er muss so in unserem Alter sein. Charly war eine Art Faktotum im Haus, war für so ziemlich alles zuständig. Neben dem Barbetrieb hat er tagsüber Glühbirnen ausgewechselt, kaputte Wasserhähne repariert, hat den Damen Zigaretten geholt … einfach alles, was so anfiel. Aber aus meinen Aufzeichnungen geht nicht hervor, ob Charley an diesem Tag da war. Am besten fragen Sie ihn einfach selbst. Dann war da immer einer, der für Ruhe und Ordnung zu sorgen hatte. Aber das waren nicht meine Leute, hätte ich mir gar nicht leisten können. Ich habe mit einem Sicherheitsdienst zusammengearbeitet. Die haben mir immer wechselnd Leute geschickt. Das fand ich gut. Es war billiger als eigene Leute, außerdem ist es nicht gut, wenn sich die Damen allzu sehr mit ihren Beschützern anfreunden. Das kann zu Verwicklungen führen, Sie verstehen?"

Schulte nickte, fragte aber gleich weiter: „Also immer andere Männer. Wissen Sie denn, wer an diesem Tag Dienst geschoben hat?"

„Nein", murmelte Bukow bedauernd. „Kann ich echt nicht sagen. Da müssen Sie unseren alten Sicherheitsdienst fragen. Den Namen der Firma suche ich Ihnen gleich raus."

„Und sonst?"

„Die Putzkolonne. Das waren zwei Polinnen. Die Namen weiß ich nicht mehr, die beiden haben schwarzgearbeitet. Ich hoffe, das bleibt unter uns. Ja, und dann war da auch noch mein Sohn. Der war damals 15 Jahre alt. Er hat an diesem Nachmittag in meinem Büro seine Hausaufgaben gemacht. Das kam häufiger vor, weil der Club nicht weit von seiner Schule entfernt lag, und weil Karola, eine der Damen, mal studiert hatte und ihm bei den Matheaufgaben helfen konnte."

Schulte schaute ihn verblüfft an, unsicher, was er von dieser Art, seine Kinder mit dem Berufsleben vertraut zu machen, halten sollte.

„Das war's?"

„Das war's."

Als Schulte aufstand und Bukow die Hand zum Abschied reichte, fiel dem offenbar noch etwas ein.

„War verdammt stressig damals. Erst der Schock, hier einen Toten zu haben, dann der ganze Rummel mit Polizei und Arzt und später dem Bestatter. Ich war ganz schön mit den Nerven runter. Dabei hatte ich sowieso immer mit zu hohem Blutdruck zu tun. Und ausgerechnet an diesem Tag waren meine Blutdruck-Tabletten weg. Einfach futsch. Ich habe gesucht und gesucht. Eigentlich hätte noch ein fast volles Päckchen da sein müssen. Beta-Blocker, echte Hammerdinger. Ich hatte die eigentlich immer in der Schreibtischschublade. Ich glaube, mein Blutdruck ist an dem Tag bis ins Weltall geschossen. Deshalb habe ich das damals wohl auch in mein Tagebuch geschrieben. Hat mich stark beunruhigt."

Als Schulte bereits im Türrahmen stand, rief ihm

Bukow hinterher: „Ich hoffe, Sie finden die Dreck-
sau, die Natascha auf dem Gewissen hat. Wenn ich
noch irgendwas dazu beitragen kann, dann sagen Sie
mir Bescheid."

40

Am Montagmorgen warf Schulte als erste Handlung
in der Dienststelle seinen Kaffeeautomaten an. Gestern Abend war es spät geworden. Nach seinem Besuch bei Horst Bukow in Bad Salzuflen war Schulte
noch auf einen Absacker in der *Braugasse* gelandet.

Nun gähnte er seine Kollegen an, die kaum weniger müde um den größten Tisch herumsaßen, den
es in der ehemaligen Kneipe gab. Der Kaffeeauto-
mat zischte wie ein wütender Feuerdrache, bevor
Schulte eine Tasse füllen und die nächste unterstellen konnte.

Nun setzte sich auch Schulte. Van Leyden hatte
heute Frühstücksdienst gehabt und er war selbstverständlich der Meinung, dass großartigste Frühstück
auf die Beine gestellt zu haben, das jemals in diesen
Räumen stattgefunden hatte. Zu Schultes Entsetzen
gab es Müsli und Vollkornbrot anstelle von Brötchen.

„Das ist was Korrektes für den Wochenanfang",
dozierte van Leyden gerade, als Schulte den ersten
Schluck Kaffee nahm. „Das gibt Dampf auf die Maschine."

Es lag nicht in seiner Natur, die genervten Blicke seiner Kollegen wahrzunehmen. Marco van Leyden war sich Kollege und Kumpel genug. Er brauchte niemanden um sich herum. Er war der Fels in der Brandung, ein Leuchtturm in einem Meer von desorientierten Weicheiern. Fand er jedenfalls. Auch wenn er sich in den letzten Tagen ein bisschen zusammengerissen hatte, war doch keiner der Kollegen mit ihm warm geworden. Immer, wenn niemand damit rechnete, kam wieder eine seiner bösartigen Spitzen.

„So Schulte, Sie waren gestern Abend im Puff? Klappt's denn überhaupt noch? Oder mussten die Mädels ein bisschen nachhelfen?"

Adelheid Vahlhausen warf ihm einen Blick zu, der jeden anderen beschämt hätte. Aber nicht Marco van Leyden. Hubertus von Fölsen, Schultes Altersgenosse, griff das Thema aus seiner Perspektive auf.

„Kommen Sie erst mal in unser Alter, van Leyden. Sie werden auch ruhiger. Und vielleicht sogar etwas kultivierter, obwohl ich mir das bei Ihnen nicht so richtig vorstellen kann. Da fehlt einfach die Basis."

Anstatt beleidigt zu sein, lachte van Leyden nur. Er war in seinem Element, hatte provoziert und eine Reaktion hervorgerufen. Bingo!

Schulte schüttelte resigniert den Kopf und sagte ruhig: „Das Gespräch mit dem Inhaber war recht ergiebig. Ich habe jetzt den Namen des Mannes, der damals für die Drinks zuständig war. Ihr erinnert Euch, dass Kaiser vermutlich an einem Drink gestorben ist.

Ich werde heute noch versuchen, diesen Mann ausfindig zu machen und mit ihm zu sprechen. Eigentlich wäre es jetzt notwendig, die Leiche von Kaiser zu exhumieren und untersuchen zu lassen. Aber dafür müssen wir erst mehr in der Hand haben."

„Das war alles?", fragte van Leyden und goss Milch auf seine zweite Portion Müsli.

„Nein", erwiderte Schulte und atmete tief durch, um sich nicht provozieren zu lassen. „Bukow brauchte natürlich auch kräftige Männer, die in der Lage waren, für die Sicherheit des Etablissements zu sorgen. Die hat er von einem Sicherheitsunternehmen bekommen. Dummerweise haben diese Kerle in Wechselschichten gearbeitet, sodass wir nicht wissen, wer an dem fraglichen Tag vor Ort gewesen ist."

„Aber das muss dieser Sicherheitsdienst doch noch in den Akten haben", warf Adelheid Vahlhausen ein. „Da sollten wir mal nachfragen."

„Eben", bestätigte Schulte. „Das wäre die zweite Aufgabe, die sich aus dem gestrigen Besuch ergibt. Ich kümmere mich um den Barmann, schlage ich vor. Wer nimmt Kontakt mit der Sicherheitsfirma auf?"

Als sich niemand meldete, sagte Hubertus von Fölsen: „Das hört sich doch nach einer schönen Aufgabe für unseren Jüngsten an. Damit kennt er sich doch aus. Muskelbepackte Kerle mit großer Klappe. Ist das nichts für den Sportler unter uns?"

„Was soll denn der Scheiß?", fragte van Leyden mit vollen Wangen. „Mit diesen Testosteronmonstern habe ich nichts zu tun. Und überhaupt: Nur, weil andere lieber ihr Alter vorschieben und sich um ihr Hobby kümmern, Bücher schreiben und so weiter, soll ich mich abrackern? Nee, liebe Leute. Macht euren Kram alleine."

„Was heißt hier euren Kram?", fragte Adelheid Vahlhausen, mit viel unterdrückter Wut in der Stimme. „Wir haben doch über diese Dinge gesprochen und festgelegt, dass wir Schultes Fall unterstützen werden. Es ist also unser aller Kram. Da kann man nicht bei der erstbesten Gelegenheit wieder aussteigen."

Man konnte fast sehen, wie sich bei van Leyden die kleinen Rädchen im Gehirn drehten. Er nahm einen weiteren großen Löffel von seiner Müslipampe, kaute lange, schluckte und sagte dann: „Okay, ich mach's. Sonst wird das ja sowieso nichts. Wie heißt denn dieser Laden und wo finde ich ihn?"

Schulte nannte ihm Namen und Adresse der Sicherheitsfirma. Dann wandte er sich an von Fölsen: „Konnten Sie schon herausfinden, wer dem alten Doktor das *Augustinum* finanziert?"

Hubertus von Fölsen tat empört: „Was denken Sie denn? Zaubern kann ich auch nicht. Aber ich arbeite dran."

Schulte wechselte einen vielsagenden Blick mit Adelheid Vahlhausen, schüttelte fast unmerklich den Kopf und fragte in die Runde: „Noch jemand einen Kaffee?"

41

Karl-Heinz Zischler, genannt Charly, wohnte derart bieder, dass Schulte schon an eine Verwechslung glaubte. Reihenhäuser wie aus dem Immobilienkatalog – blitzsauber, mit liebevoll gestalteten Vorgärten, exakt geschnittenen Hecken und aufwändig dekorierten Fenstern. Der ganze Straßenzug im Lemgoer Ortsteil Brake atmete Solidität und Verwurzelung. Eine Frau in Schultes Alter beugte sich, mit einer Rosenschere bewaffnet, über ein Blumenbeet und schnippelte mal hier, mal dort.

„Frau Zischler?", fragte Schulte, der vorher sicherheitshalber die Hausnummer überprüft hatte. Die Frau schrak hoch, wischte sich mit dem Handgelenk etwas Schweiß von der Stirn und blickte den Besucher kritisch an. Schulte setzte sein charmantestes Lächeln auf, oder zumindest das, was er dafür hielt, und fragte weiter: „Ist Ihr Mann wohl zu sprechen?"

Anstelle einer Antwort stellte die Frau eine Gegenfrage: „Wer will das wissen?"

„Mein Name ist Josef Schulte, Polizeirat Schulte, genauer gesagt. Wir arbeiten an einem Fall, bei dem Ihr Mann uns vielleicht weiterhelfen kann. Keine Sorge, gegen ihn liegt nichts vor. Er soll nur helfen."

So richtig überzeugt schien er die Frau nicht zu haben. Denn sie lockerte ihre abwartende, angespannte Körperhaltung nur langsam. Während sie einen Schritt in Richtung Haus machte, sagte sie: „Ich schaue mal nach, ob Sie ihn sprechen können. Er hält um diese Zeit immer seinen Mittagsschlaf."

Schulte blieb nichts anderes übrig, als im Vorgarten zu warten. Er schaute sich um und bemerkte, dass in den anderen Vorgärten ebenfalls Leute arbeiteten, oder jedenfalls so taten. Alles ältere Leute. Zwei davon hatten sich aufgerichtet und schauten ihn neugierig an. Schulte kam sich vor wie ein Alien, ganz allein auf einem fremden Planeten. Endlich kam Frau Zischler zurück und winkte ihn ins Haus.

„Mein Mann ist gerade aufgestanden und kommt gleich runter. Möchten Sie einen Kaffee? Ich mache sowieso welchen."

Schulte wurde ins Wohnzimmer geleitet und durfte sich auf einen großen, sehr weichen Sessel setzen, in dem er fast versank. Er hatte viel Zeit, sich einen Eindruck vom Lebensstil Zischlers zu verschaffen. Die Einrichtung war nicht edel, wirkte aber auch nicht billig. Ordentlich eben. Schulte dachte mit einem Seufzer daran, wie wohl ein Besucher bei ihm zu Hause die Wohnungseinrichtung bewerten würde. Ließ das Chaos in der Schulteschen Wohnung eigentlich Rückschlüsse auf das Naturell des Bewohners zu? Wie immer, wenn Schulte sich in einem derart biederen, sauberen, liebevoll gepflegten Umfeld befand, spürte er eine Mischung aus Widerwillen und Faszination. Er konnte sich diese Ambivalenz nicht erklären, vermutete aber, dass er eine tiefere

Sehnsucht nach Ruhe und Behaglichkeit hatte, als er sich dies eingestehen konnte.

Schulte war noch ganz in seine Betrachtungen versunken, als Karl-Heinz Zischler durch die Tür trat. Nur etwas älter als Schulte, aber völlig kahl, rundlich, pausbäckig, unscheinbar gekleidet. Die personifizierte Anständigkeit. Kaum zu glauben, dass dieser Mann große Teile seines Berufslebens in einem Bordell verbracht hatte, dachte Schulte. Er erhob sich aus dem Sessel, was ihm etwas Mühe bereitete, gab Zischler die Hand und stellte sich vor. Zischler nickte wortlos und setzte sich auf ein Sofa. Zwischen ihm und Schulte befand sich nur noch ein kleiner Couchtisch, auf dem eine kleine Schale mit Obst stand.

„Womit kann ich Ihnen helfen?", eröffnete Zischler das Gespräch.

Schulte holte in seiner Erklärung weit aus, begründete das neuerwachte Interesse an diesem alten Fall mit angeblichen neuen Erkenntnissen und wollte gerade zum Kern seines Anliegens kommen, als Frau Zischler mit einem Tablett mit Kaffee und drei Tassen ins Wohnzimmer kam. Schulte schaute Zischler irritiert an, wusste nicht recht, wie er sich nun verhalten sollte.

„Ich habe vor meiner Frau keine Geheimnisse", interpretierte Zischler Schultes Bedenken richtig. „Sie kennt mein Vorleben."

Seine Frau setzte sich neben ihn auf das Sofa, eng angeschmiegt, als wolle sie ihn beschützen.

Schulte musste sich konzentrieren, um nicht den Faden zu verlieren. Dann fuhr er fort: „Nach Aussage der Frau, die seinerzeit mit Hans Kaiser im Séparée war, hatte Kaiser einen Drink bestellt. Dieser Drink wurde ihm während seiner Behandlung, wenn ich das so sagen darf, ins Séparée geliefert. Kurz darauf starb er. Die neuen Erkenntnisse gehen in die Richtung, dass Kaisers Herzversagen durch irgendein Gift ausgelöst worden war. Da Sie ihm den Drink gebracht haben, liegt es nahe, Sie zu fragen, woraus der Drink bestand. Ich weiß, es ist fast zehn Jahre her, aber es war ja auch eine außergewöhnliche Situation, da erinnert man sich leichter."

Zischler musste nicht lange nachdenken, bevor er antwortete: „Ich erinnere mich sehr gut an diesen Fall", sagte er. „Diese Sache hat damals für verdammt viel Aufsehen gesorgt. Auch an diesen Kaiser erinnere ich mich. Er hieß bei uns aber nur Hans. Kam immer freitags. War ein netter Kerl. Hans trank immer verschiedene Drinks. Aber immer irgendwas Teures und oft Hochprozentiges. Aber ich muss Sie enttäuschen, denn ich war ausgerechnet an diesem Tag krank und konnte nicht arbeiten. Ich weiß nicht, wer mich an der Bar vertreten hat, ich habe nie danach gefragt. Tut mir leid."

Schulte musste sich mächtig zusammenreißen, um seine Enttäuschung nicht zu zeigen.

„Woher wissen Sie das denn noch so genau nach all der Zeit?"

„Weil es äußerst selten vorkommt, dass ein Kunde im Séparée stirbt. Wir haben darüber viel gesprochen, vor allem die arme Natascha, die das miterleben musste. Ich konnte dann nie mitreden, weil ich ja nicht da war. Aber für uns war es trotz allem ein natürlicher Todesfall. Wir wären nie auf die Idee gekommen, dass was anderes dahinterstecken könnte."

„Haben Sie denn keine Vorstellung davon, wer an diesem Tag die Bar übernommen haben könnte?"

„Nee, keine Ahnung. Vielleicht eine der Damen, die gerade nichts zu tun hatte. Die beiden Putzfrauen auf gar keinen Fall. Und Bukow selbst hatte von so was überhaupt keine Ahnung. Der trank immer nur Bier. Sonst war da nur noch, wie immer, einer dieser Muskelmänner vom Sicherheitsdienst. Aber auch da bezweifle ich, dass so einer einen vernünftigen Drink mixen kann. Und in dieser Hinsicht war Hans pingelig. Noch einen Kaffee?"

42

Schulte kam gerade wieder in die Dienststelle zurück, als Marco van Leyden an ihm vorbei ins Haus stürmte. Er schien in der üblichen schlechten Laune zu sein. Als er mitten in der alten Kneipe war, stoppte er, drehte sich zu Schulte um und sagte: „Gut, dass ich Sie treffe, Schulte. Mit diesem Sicherheitsdienst haben Sie mich ja ganz schön gelinkt."

Schulte war verwirrt. Wovon redete der Kerl? Van Leyden half ihm auf die Sprünge, indem er sagte: „Ich sollte doch nach diesem Sicherheitsdienst suchen. Das hatten Sie mir doch aufs Auge gedrückt. Sagen Sie bloß, Sie erinnern sich nicht mehr."

Jetzt fiel der Groschen bei Schulte.

„Und? Gibts was Neues?"

Van Leyden ließ sich auf einen Stuhl fallen und legte die Füße auf einen Tisch.

„Wenn Rosemeier das sieht, bringt er Sie um", lachte Schulte, obwohl ihm nicht zum Lachen zumute war. Van Leyden machte eine Handbewegung, die wohl ausdrücken sollte, dass Rosemeier nicht in seiner Liga kämpfte.

„Von dieser Firma wird nichts Neues mehr kommen. Die sind nämlich schon seit mehreren Jahren pleite. Die Firma ist 2011 erloschen. Nicht lange danach ist der Inhaber gestorben. Es gibt nichts mehr, keine Adresse, keine Dienstpläne, keine Mitarbeiterlisten. Nichts, nix, niente. War ein Schuss in den Ofen. Und dafür telefoniere ich mich wund und laufe mir die Hacken ab. Vielen Dank auch, Herr Kollege."

Schulte musste sich zusammenreißen, um nicht den erstbesten schweren Gegenstand zu greifen und ihn diesem unverschämten Kerl an den Kopf zu werfen. Stattdessen sagte er nur: „Aber das hat sich doch wenigstens mal wieder wie Polizeiarbeit angefühlt, oder? Sie sollten mir dankbar sein. Andere Leute bezahlen viel Geld für so eine Art von Motivation.

Verpasst haben Sie hier jedenfalls nichts. Und ganz unter uns, van Leyden, aber nicht weitersagen: Vermisst hat Sie hier auch niemand."

43

„Wer wissen will, wer dem alten Doktor die Wohnung finanziert, der soll herkommen!"

Hubertus von Fölsen stand im Türrahmen seines Büros und rief so laut, dass Schulte, der ein Stockwerk höher unterm Dach hauste, dies hören konnte.

„Unverschämtheit", brummte Schulte missmutig. „Was glaubt der eigentlich, wer er ist?"

Aber da Schulte am Ergebnis der Nachforschungen von Fölsens interessiert war, stand er auf, ging ein Stockwerk hinunter und betrat das große Büro. Hubertus von Fölsen thronte wie ein kleiner König hinter seinem Schreibtisch und freute sich sichtbar, dass Schulte seinem Ruf gefolgt war.

„Ich habe auch ein Telefon", sagte Schulte mit leichtem Vorwurf in der Stimme. „Sie brauchen nicht das ganze Haus zusammenzuschreien."

Von Fölsen schien etwas mehr Begeisterung erwartet zu haben, denn er antwortete pampig: „Wollen Sie nun was wissen oder nicht?"

Schulte zog sich wortlos einen Stuhl heran, setzte sich und grinste von Fölsen an.

„Natürlich will ich das. Ich werde hier untertänigst warten, bis der Herr von und zu geruht, einen kleinen Teil seines reichhaltigen Wissens an mich Unwürdigen weiterzugeben."

Bevor von Fölsen empört reagieren konnte, betraten Adelheid Vahlhausen und Manfred Rosemeier das Büro.

„Wer schreit denn hier so?", fragte Rosemeier, ausnahmsweise mal schlecht gelaunt. „Wir sind doch nicht in einer Kaserne."

„Jetzt fehlt nur noch van Leyden", bemerkte Schulte. „Ist der überhaupt im Haus?"

„Nein", antwortete Adelheid Vahlhausen. „Der ist unterwegs."

„Hat der kein Telefon?", fragte Rosemeier schnippisch, was gar nicht seine Art war. Aber die einzige Frau unter ihnen zuckte nur wortlos mit den Achseln. Währenddessen war Hubertus von Fölsen immer unruhiger geworden. Er schien sich diesen Auftritt anders vorgestellt zu haben und fand sich nun vermutlich nicht ausreichend beachtet.

„Will jetzt einer was wissen, oder nicht?"

Als niemand widersprach, räusperte er sich umständlich und legte los: „Ich habe meine Beziehungen spielen lassen und die haben auch funktioniert. Aber ich muss schon sagen, der Berg kreißte und gebar eine Maus, wie man so schön sagt. Ein Riesenaufwand, aber ein Ergebnis, das so wenig spektakulär ist wie diese sogenannte Dienststelle. Der Geldgeber ist ganz schlicht und einfach sein Sohn. Also nichts

Aufregendes. Da fühlt sich einer für seinen Vater verantwortlich, das war es. Wohl nichts, mit dem Kollege Schulte etwas anfangen kann, oder?"

Schulte war tatsächlich enttäuscht. Er musste sich eingestehen, dass er mehr erwartet hatte. Irgendeinen geheimnisvollen Geldgeber, der sich die Kostenübernahme der Wohnung als Schweigegeld leistete oder der dem alten Arzt sonst wie verpflichtet war. Eine echte Spur halt, die ihn weiterführen würde. Aber der Sohn? Das war derart banal, dass er diesen Ansatz am besten gleich vergaß. Der zweite Reinfall an diesem Tag. Erst die Sackgasse beim ehemaligen Barkeeper, dann dies. Kein guter Tag für Jupp Schulte. Es war Zeit, Feierabend zu machen und diesen tristen Montag abzuschließen. Er schlug resigniert mit beiden Händen auf seine Oberschenkel, seufzte, stand auf und verließ wortlos das Büro. Im Türrahmen drehte er sich noch einmal um, schaute von Fölsen an und sagte: „Vielen Dank für Ihre Mühe, Herr Kollege. Hätte ich fast vergessen."

44

„Irgendwas hat Bianca Kaiser zurückgehalten", sagte Adelheid Vahlhausen, als sie mit Schulte in dessen Büro saß. Die ergebnislose Spur nach dem Sponsor des Dr. Waltermann hatten sie abgehakt, nun galt ihr Interesse wieder Hans Kaisers Witwe.

„Warum glauben Sie das?", fragte Schulte. „Mir ist bei ihrer Aussage kein Widerspruch aufgefallen."

Adelheid Vahlhausen lächelte, als sie sagte: „Ihnen ist vermutlich mehr die Frau als solche aufgefallen. Die kann einem Mann schon den Kopf verdrehen, das kann ich mir vorstellen. Umso wichtiger, dass auch der unbestechliche Blick einer Frau dabei war."

Schulte gab zu dieser, wie er hoffte, nicht ernst gemeinten Unterstellung keinen Kommentar ab. Seine Kollegin kam wieder zum Thema zurück und sagte: „Eine Frage zuerst. Sie waren ja damals schon im Geschäft. Hatte sie wirklich diese Eingaben gemacht? Oder spielt sie im Nachhinein die wütende Witwe?"

Schulte überlegte kurz, sagte dann reichlich unsicher: „Daran kann ich mich nicht erinnern. Aber es kann auch an mir vorbeigelaufen sein. Können wir ja überprüfen. Warum?"

Adelheid Vahlhausen schüttelte die elegant zu einem Bob geschnittenen grau-blonden Haare und antwortete: „Ich will nur die Glaubwürdigkeit dieser Frau einschätzen können. Wenn mein Ehemann unter merkwürdigen Umständen ums Leben gekommen wäre und ich das Gefühl gehabt hätte, es wird etwas unter den Tisch gekehrt, dann hätte ich Himmel und Hölle in Bewegung gesetzt. Besonders viel hat Frau Kaiser jedenfalls nicht unternommen, denn dann könnten Sie sich vermutlich erinnern. Ein verständlicher Grund dafür, dies nicht zu tun, wären für mich aber die Bordellbesuche ihres Mannes gewesen. Das muss sehr demütigend gewesen sein und ich könnte verstehen, wenn sie versucht haben sollte, dieses Drama aus ihrem Leben zu verbannen."

Sie machte eine Pause, um ihre Gedanken zu ordnen.

„Was Konkretes habe ich auch nicht im Kopf, machen Sie sich besser keine Hoffnungen. Aber mir hat nicht eingeleuchtet, dass sie angeblich so wenig über den Beruf ihres Mannes weiß. Die Frau ist immerhin Produkt-Managerin bei einer ziemlich großen Softwareschmiede in Bielefeld, das heißt, sie ist weder blöd noch an so etwas wie Karriere uninteressiert. Eine Frau wie sie will doch wissen, was ihr Ehemann beruflich macht. Dieses Desinteresse stieß mir auf. An dieser Stelle glaube ich ihr nicht. Da sollten wir noch mal nachforschen."

Schulte überlegte. Dann sagte er: „Okay, das leuchtet mir ein. Wir sollten auch mal überprüfen, wie hoch diese sogenannte ‚kleine Rente' ausfällt. Und warum die Firma *Faktor Haus* der Witwe einer ihrer Mitarbeiter eine Rente gewährt. Oder ist so was in der freien Wirtschaft üblich?"

„Üblich sicher nicht", antwortete sie. „Aber auch nicht völlig abwegig. Das kommt schon mal vor. Insbesondere, wenn der Verstorbene in einer Führungsposition war."

Ohne sich weiter zu erklären, stand sie auf und öffnete das Fenster sperrangelweit. Ein ungewöhnliches Verhalten im Büro eines Kollegen, fand Schulte. Jedem anderen hätte er dies übelgenommen, aber er spürte, dass er diese Frau, die nur zwei Jahre jünger war als er selbst, zunehmend mehr schätzte. Ihm gefiel ihre ruhige, sachliche Art, er bewunderte ihre in die Jahre gekommene, aber immer noch gut sichtbare Schönheit, ihre ausgleichende Rolle im Team und die Tapferkeit, mit der sie sich in diesem reinen Männerteam aufrecht hielt. Als sie wieder saß, lächelte sie und sagte: „Sauerstoff. Wegen der Konzentrationsfähigkeit. Außerdem ist mir aufgefallen, mit welchem Abscheu Frau Kaiser kurz das Thema Masochismus erwähnte. Das scheint sie ganz besonders abgestoßen zu haben. Leider haben Sie, Herr Kollege, ihr dann mit der Frage nach der Firma des Mannes eine Steilvorlage gegeben, das Thema zu wechseln. Das hat sie natürlich dankbar angenommen."

Schulte spürte eine leichte Verlegenheit, versuchte aber, sie zu überspielen.

„Und Sie glauben, da wäre mehr für uns drin gewesen?"

„Ja", sagte Adelheid Vahlhausen bestimmt. „Ich hatte den Eindruck, dass sie uns etwas verheimlicht. Vielleicht was völlig Banales, dass ihr aber peinlich ist. Vielleicht aber auch etwas, das uns weiterhilft. Was meinen Sie, soll ich Frau Kaiser anrufen und einen neuen Termin mit ihr ausmachen?"

Schulte nickte, wandte aber ein: „Sie wird tagsüber natürlich arbeiten. Vielleicht können wir ein Treffen in ihrer Arbeitsstelle ausmachen."

Er stand auf, steckte sein Handy ein und suchte nach seiner Lederjacke. „Feierabend, ab nach Hause. Heute Abend spielen Spanien gegen Marokko und der Iran gegen Portugal. Ich habe meinem Enkel Linus versprochen, dass er das Spanien-Spiel bei mir gucken kann. Ich muss auch noch Cola und Chips kaufen. Hätte ich fast vergessen. Bis morgen!"

45

„Wo treffen wir uns mit Frau Kaiser?", fragte Schulte nun schon zum zweiten Mal.

„Bielefeld, Detmolder Straße, im *Subway*", antwortete Adelheid Vahlhausen geduldig.

„Und warum gerade da?"

„Weil Frau Kaiser da immer ihre Mittagspause verbringt und sie das vorgeschlagen hat. Spricht irgendetwas dagegen?"

„Nein", brummte Schulte. „Was kann man denn da essen?"

„Leckere, frische Baguettes", sagte seine Kollegin und wusste gleichzeitig, dass sie damit nicht Schultes Geschmack treffen würde.

„Mmh …", Schulte wusste nicht recht, was er dazu sagen sollte, ohne unhöflich zu werden und beschleunigte seinen Landrover, weil er nun hinter Leopoldshöhe auf der Schnellstraße angelangt war, die nach Bielefeld hineinführte.

„Gestern beim Fußball bin ich eingeschlafen", erzählte er, während er mit zu hoher Geschwindigkeit überholte. „Mein Enkel hat mich ausgelacht. ‚Du wirst langsam alt, Opa', hat er gesagt. Muss ich mir das bieten lassen?"

„Das werden Sie wohl müssen", lachte Vahlhausen.

„Morgen gibt es das Schicksalsspiel, Deutschland gegen Südkorea. Dürfte wohl kein Problem sein."

„Keine Ahnung", entgegnete Adelheid Vahlhausen zu Schultes Überraschung.

„Wie, keine Ahnung?", fragte er verblüfft. „Interessiert Sie das gar nicht?"

„Nein, tut es nicht. Hat es noch nie und wird es wohl auch nie."

Es lag völlig außerhalb seiner Vorstellungskraft, dass es irgendeinen Menschen in diesem Land geben könnte, den das Schicksal der deutschen Nationalmannschaft kaltließ. Selten hatte sich Schulte einem anderen Menschen gegenüber derart fremd gefühlt. Wie war so was möglich? Um nichts Falsches zu sagen, hielt er den Mund, bis sie in der Detmolder Straße vor dem *Subway* anhielten. Bianca Kaiser war noch nicht anwesend. Da Schulte großen Hunger hatte, beschloss er, nicht auf sie zu warten und ging zur Theke. Als er endlich die Aufmerksamkeit des jungen Mannes mit dem grünen T-Shirt und dem gelb-weißen Schriftzug darauf bekommen hatte, bestellte er fröhlich: „Ein Baguette, bitte!"

Der junge Mann lächelte und sagte: „Welches

208

Brot hätten Sie denn gern? Cheese Oregano, Italian, Honey Oat oder Vollkorn?"

„Hä?", Schulte konnte das so schnell gar nicht alles erfassen.

„Darf ich einen Vorschlag machen?", flötete der junge Mann. „Vielleicht Italian, das ist eine kalorienärmere Variante."

„Warum?", fragte Schulte, dann sah er an sich herunter und brummte: „Von mir aus."

„Hätten Sie gern das 15-cm-Sub oder unser 30-cm-Footlong-Sub?"

Schulte verspürte einen leichten Schwindel. Was zum Teufel wollte dieser Kerl von ihm?

„Er will wissen, welche Baguette-Größe Sie wollen, Herr Schulte."

Schulte schaute erstaunt neben sich und sah Bianca Kaiser neben sich stehen.

„Oh, hallo", stammelte er, nun verwirrt. Dann riss er sich zusammen und bestellte: „Das große."

„Getoasted oder ungetoasted?"

„Ist mir doch egal", langsam wurde Schulte ungeduldig. „Machen Sie damit, was Sie wollen!"

„Sehr gern, der Herr", erwiderte die Thekenkraft freundlich. „Und welchen Käse hätten Sie gern? Wir haben Monterey Jack, Frischkäse und Cheddar."

Schulte konnte fühlen, wie sein Blutdruck anstieg. Ein leichter Druck auf den Ohren kündigte eine baldige Explosion an.

„Der Kerl macht mich fertig", sagte er wütend zu

Bianca Kaiser, die immer noch neben ihm stand. „Ich will doch nur ein stinknormales Baguette. Eigentlich wäre mir 'ne Currywurst sowieso lieber."

Sie schien sich köstlich zu amüsieren. Doch der junge Mann zündete bereits die nächste Eskalationsstufe: „Als Gemüsebeilage können Sie wählen zwischen Salat, Gurken, grüner Paprika, roten Zwiebeln, Tomaten, Oliven oder, wenn Sie ein ganz feuriger sind, auch Jalapeños."

„Ich wähle hier gar nichts", bellte Schulte, der am Ende seiner Kraft war. „Packen Sie von mir aus von allem was drauf. Machen Sie irgendwas, aber stellen Sie keine Fragen mehr, sonst drehe ich durch."

Offenbar war Schulte lauter geworden als geplant, denn der junge Mann wirkte sichtlich eingeschüchtert. Sehr vorsichtig stellte er aber doch eine weitere Frage: „Es tut mir leid, aber welche Soße soll …"

Schulte knurrte wie ein Kettenhund und auch sein hochrotes Gesicht trug dazu bei, dass der bedauernswerte Baguetteverkäufer sich zurücknahm und einen Vorschlag zur Güte machte: „Ich denke, dazu passt am besten eine schöne BBQ-Soße, was meinen Sie?"

Bevor Schultes Blutdruck durch die Schädelplatte schießen konnte, antwortete Bianca Kaiser an seiner Stelle: „Ja, das ist eine gute Idee. Machen Sie das. Und um ihrer nächsten Frage zuvorzukommen, bitte auch Salz und Pfeffer."

Schweißgebadet setzte sich Schulte mit seinem

Tablett an den kleinen Tisch, an dem Adelheid Vahlhausen bereits die ganze Zeit über gesessen hatte. Sie empfing ihn mit einem beinahe mütterlich nachsichtigen Lächeln.

„Das ist ja Wahnsinn", murmelte Schulte, noch ganz aufgebracht. „Hätten Sie mir das nicht eher sagen können? Dann hätte ich mir von zu Hause 'ne Stulle mitgenommen."

„Aber dafür sind die Baguettes lecker", lachte sie. „Wenn nicht, dann haben Sie die falsche Zusammenstellung gewählt."

„Ach ja?", rief Schulte, „Dann bin ich auch noch selbst schuld, wenn's nicht schmeckt? Große Klasse. Ich habe schon gar keinen Hunger mehr. Essen Sie nichts?"

„Doch, aber ich wollte warten, bis der junge Mann hinter der Theke seine Nerven wieder im Griff hat. Den haben Sie ja fix und fertig gemacht."

Als auch die beiden Frauen ihr Essen vor sich hatten und Schultes Erregungspegel wieder im normalen Bereich war, stellte Bianca Kaiser die Frage: „Was möchten Sie denn noch von mir wissen? Ich habe Ihnen alles gesagt, was ich weiß."

Schulte, der sich vorgenommen hatte, seiner Kollegin den Vortritt zu lassen, kaute und schwieg. Adelheid Vahlhausen schob ihr Baguette zur Seite und sagte: „Das glauben wir Ihnen auch. Es ist mehr so, dass wir uns einfach einen tiefergehenden

Eindruck verschaffen möchten. Da ist vor allem das berufliche Umfeld Ihres Mannes. Sie haben selbst gesagt, dass Ihr Mann unter einem gewaltigen Druck gestanden habe. Dafür muss es Ursachen gegeben haben. Sicher, die sich anbahnende Finanzkrise ist eine Möglichkeit, aber davon hätten viele andere in dieser Firma auch betroffen sein müssen. Oder hatte ihr Mann irgendeine besondere Funktion, die ihn besonders anfällig für Druck gemacht hat? Wir werden natürlich auch in seiner Firma vorstellig werden, aber davon erwarten wir nicht mehr als Allgemeinplätze. Interna werden die nicht preisgeben. So sind Sie unsere wertvollste Quelle. Vielleicht fällt Ihnen ja doch noch etwas ein."

Bianca Kaiser schüttelte den Kopf.

„Nein, tut mir leid."

„Oder kann es doch etwas Privates gewesen sein", fragte Schulte, der mit seinem Baguette bereits fertig war.

„Woher soll ich das wissen?", antwortete sie, nun erkennbar genervt. „Wenn Hans nebenbei etwas am Laufen gehabt hätte, eine Liebschaft zum Beispiel, dann wäre ich ja wohl die Letzte gewesen, der er das erzählt hätte."

Adelheid Vahlhausen räusperte sich und fragte vorsichtig: „Sie haben am Freitag sehr deutlich werden lassen, dass Sie die masochistischen Sexualpraktiken Ihres Mannes nicht akzeptieren konnten. Wäre …?"

„Nicht akzeptieren ist eine großartige Untertreibung", fuhr Bianca Kaiser ihr dazwischen. „Ich finde es widerlich! Abstoßend! Aber ich weiß trotzdem nicht, was das die Polizei angeht."

Wieder räusperte sich Adelheid Vahlhausen, die wusste, auf welch dünnem Eis sie sich bewegte.

„Wir haben den Eindruck, als wäre da noch was. Als würden Sie uns etwas vorenthalten, was für unsere Ermittlungen wertvoll sein könnte. Wie gesagt, nur ein Eindruck. Rein intuitiv. Ich möchte Sie wirklich bitten, einmal in sich zu gehen, sich zu fragen, wo Sie helfen könnten."

Bianca Kaiser straffte den Rücken, ihre Miene wurde streng.

„Ich wüsste nicht, warum ich das tun sollte", sagte sie. „Es ist eine alte Geschichte, aus und vorbei. Die Polizei hat damals nicht geholfen. Ich kann nicht erkennen, warum ich nun der Polizei helfen sollte."

Ihre Stimmlage unterstrich die Entschlossenheit, dichtzumachen. Als sie das erst halb gegessene Baguette zur Seite schob und nach ihrer Handtasche griff, war beiden Polizisten klar: Ihre wertvollste Quelle drohte auszufallen. Als Schulte dies erkannte, schaltete er auf Angriff um.

„Wissen Sie, dass wegen dieser alten Geschichte erst vor einer Woche eine Frau umgebracht wurde?" Er machte eine Kunstpause, um ihre Reaktion zu testen. Sie schaute ihn überrascht an, zeigte also immerhin etwas Interesse. Schulte fuhr fort: „Sie können das nicht wissen, weil nichts davon in den Medien zu finden war. Die Gründe dafür spielen hier keine Rolle. Es handelt sich um die Prostituierte, mit der Ihr Ehemann zusammen war, als er starb."

Er hatte nun die volle Aufmerksamkeit der Frau.

„Es kann natürlich Zufall sein. Aber solche Zufälle sind seltener als man glaubt. Frau Kaiser, dies ist keine alte Geschichte, die man abheften und vergessen kann. Hier ist Zündstoff drin und der kann uns jeden Moment um die Ohren fliegen."

„Mag sein", sagte Bianca Kaiser trotzig und stand auf. „Aber ich sehe nicht, wie ich Ihnen dabei helfen könnte. Guten Tag!"

Als sie den ersten Schritt in Richtung Ausgang machen wollte, sagte Schulte so leise, dass nur sie das hören konnte: „Auch Sie sind vielleicht in Gefahr, Frau Kaiser. Denken Sie mal darüber nach. Meine Telefonnummer haben Sie ja."

Anstelle einer Antwort warf sie den Kopf in den Nacken und stolzierte zur Tür.

46

Es war an diesem Abend lange hell geblieben. Aber nach Sonnenuntergang war es auch recht frisch geworden. Von einer lauen Sommernacht konnte noch keine Rede sein. Trotzdem klopfte Dr. Hans-Werner Waltermann eine Zigarette aus der Schachtel und ging damit auf den Balkon. Von ganz unten, aus dem

Foyer, hörte er munteres Geplapper und die unverkennbar hektische Stimme eines Fußball-Kommentators. Unten war eine große Leinwand aufgespannt worden, auf der die WM-Spiele übertragen wurden. Waltermann hatte sich gewundert, wie viele Bewohner des *Augustinums* sich dafür interessierten. Für ihn selbst stellte Fußball keinen Reiz dar, hatte es auch früher nie getan. Sicher, an die eine oder andere Fußballwette hatte er sich schon gewagt, aber für einen echten Spieler wie ihn war das nichts. Da kam keinerlei Erregung auf.

Waltermann sog gierig den Rauch seiner Zigarette ein. Er schaute auf die Lichter des unter ihm liegenden Detmolder Ortsteils Hiddesen. Auch wenn er einer von denen war, denen man nichts recht machen konnte, musste er sich doch eingestehen, dass er mit seinem Altersruhesitz Glück gehabt hatte. Es hätte auch ganz anders kommen können. Eigentlich hätte er seinem Sohn dafür dankbar sein müssen, denn schließlich bezahlte er seit Jahren diese feudale Unterkunft. Aber er mochte ihn nicht, und der Sohn hatte nichts für seinen Vater übrig. Mit der Kostenübernahme hatte er sich nur freigekauft von allen weiteren, vor allem emotionalen Verpflichtungen, die ein alter Vater nach Meinung Waltermanns von seinem Sohn erwarten kann. Außerdem tat ihm die Summe bestimmt nicht weh, er war äußerst gut situiert.

Es war einsam um ihn geworden. Dieser Sohn war sein einziger Angehöriger und er hatte ihn schon seit Jahren nicht mehr gesehen. Bekannte von früher waren entweder tot oder hatten sich von ihm abgewandt. Freunde im engeren Sinn hatte er nie gehabt, er war nie gut in solchen Dingen gewesen. Zu den Bewohnern der Seniorenresidenz fand er auch keinen Zugang. Er war einfach ein Solitärgewächs, war sich selbst genug, tröstete er sich. Hans-Werner Waltermann war auf niemanden angewiesen. Allein war er durchs Leben gegangen, allein würde er es beenden.

Er stand an der Balkonbrüstung, mit dem Rücken zu seiner Wohnung. Unten auf der Friedrich-Ebert-Straße fuhr ein Krankenwagen mit Blaulicht und Martinshorn. Der Lärm drang ungefiltert bis hoch zu ihm. Wahrscheinlich hat sich wieder mal so ein verrückter Fußballfan derart aufgeregt, dass er einen Schlaganfall bekommen hat, grinste Waltermann. Das Martinshorn verhinderte, dass er das leise Quietschen der Wohnungstür hörte. Auch die vorsichtigen Schritte hinter ihm vernahm er nicht. Erst, als auch die Balkontür geöffnet wurde, erschrak er und drehte sich um.

Vor ihm stand ein bulliger Mann, bekleidet mit Jeans und einem grauen Kapuzenpullover. Auf dem Pullover war ein großes, gelbes Zeichen aufgedruckt. Die Kapuze hatte sich der Mann über den Kopf gezogen, sodass von seinem Gesicht fast nichts zu erkennen war. Trotz des Schocks nahm Waltermann noch zur Kenntnis, dass der Mann Handschuhe trug, was extrem ungewöhnlich war in dieser Jahreszeit.

„Was wollen Sie?", rief der alte Mann in höchster Not. „Wer sind Sie?"

„Das soll Sie nicht mehr interessieren", antwortete der Mann. „Für Sie spielt das jetzt keine Rolle mehr."

Waltermann wäre gern einen Schritt zurückgegangen, aber die Balkonbrüstung hinter ihm ließ das nicht zu. Sein Entsetzen nahm zu, als ihm die Bedeutung dessen, was der Mann gesagt hatte, klar wurde. Er schaute hilfesuchend um sich, die unsinnigsten Fluchtgedanken schossen ihm durch den Kopf. Aber sie waren alle zwecklos. Er war diesem Eindringling mit der Türsteherfigur hilflos ausgeliefert. Aber in diesem Augenblick, in dem ihm die ganze Aussichtslosigkeit seiner Situation bewusst wurde, in dem er sich eingestehen musste, dass es vorbei war, fand er sich damit ab. Eine große Ruhe, wie er sie schon lange nicht erlebt hatte, legte sich um ihn wie ein weicher, warmer Mantel. Dann sollte es eben so sein, sagte er zu sich. Lange hätte es eh nicht mehr gedauert. Und dann spielte sogar ein leichtes Lächeln um seine schlecht rasierten Wangen.

47

Schulte stellte die leere Bierflasche auf den Kühlschrank und knipste das Licht in der Küche aus. Es war kurz vor Mitternacht, Zeit ins Bett zu gehen. Er hatte in den letzten Stunden sämtliche WM-Spiele

dieses Tages entweder live oder in der Zusammenfassung gesehen, hatte die Kommentare und Analysen von ehemaligen Spielern dazu gehört und nun
brannten ihm die Augen vor Müdigkeit. Es war für
ihn kein erfolgreicher Spieltag gewesen. Zwei seiner
Lieblingsmannschaften, die Isländer und die Ni-
gerianer, waren an diesem Tag rausgeflogen. Na ja,
tröstete er sich. Morgen musste Deutschland gegen
Südkorea ran, das sollte ja wohl zu schaffen sein. Da
machte er sich keine Sorgen.

Er hatte eben das Licht im Schlafzimmer gelöscht,
als sein Handy brummte. Wütend griff er nach dem
Gerät. In der Leitung war, zu Schultes großem Erstaunen, seine ehemalige Kollegin Pauline Meier zu Klüt.

„Meier", begrüßte Schulte sie auf gewohnt
schnoddrige Art. Sein Ärger war wie weggeblasen,
denn diese Frau schätzte er sehr. „Je später der Abend,
du weißt schon. Was gibt's?"

„Es gibt einen Toten", antwortete sie. „Ich habe
heute Spätschicht und eben kam die Meldung rein,
dass im *Augustinum* in Hiddesen ein alter Mann vom
Balkon gestürzt ist. Wahrscheinlich Suizid. Aber ich
weiß, dass Sie erst vor ein paar Tagen bei diesem
Mann waren und dachte mir, es würde Sie vielleicht
interessieren. Ich weiß, dass …"

„Was sagst du da?", rief Schulte und sprang aus
dem Bett. „Sprichst du von Dr. Waltermann?"

„Ja", sagte Pauline Meier zu Klüt. „Um den geht
es. Ich habe nicht viel Zeit, eigentlich darf ich Sie gar

nicht anrufen, wie Sie wissen. Wenn Maren Köster das mitbekommt, gibt es drei Wochen Straflager für mich. Also verpetzen Sie mich nicht. Ich habe nichts gesagt."

Schulte schlüpfte so schnell er konnte in seine Kleidung, rannte die Treppe hinunter, raus aus der Wohnung und stieg in sein Auto. Eine Viertelstunde später hielt er vor dem *Augustinum,* das in der Dunkelheit wie ein riesiger Klotz aus der Umgebung herausragte. Vor dem Haupteingang standen zwei Polizeiautos, ein großer Krankenwagen und das Auto des Notarztes. Schulte stieg aus und lief um das Gebäude herum. Jetzt nach Mitternacht war es kühl geworden und Schulte ärgerte sich, keine warme Jacke mitgenommen zu haben. Auf der Rückseite gab es einen regelrechten Auflauf. Eine große, aufgeregt schnatternde Menschenmenge stand in einem Pulk zusammen. Alles alte Leute, wie Schulte mit einem schnellen Blick erkannte. Er drängte sich robust durch und stand vor einem rotweißen Trassierband. Zwei Rettungssanitäter standen diskutierend herum, einer von ihnen rauchte. Offenbar gab es für sie nichts mehr zu tun.

Neben ihnen deckte jemand gerade ein großes weißes Tuch über einen leblosen Körper. Als Schulte zu dem Toten gehen wollte, hörte er eine sehr gut bekannte weibliche Stimme: „Jupp, verdammt noch mal, was machst du hier?"

Maren Köster schien wenig erfreut zu sein über Schultes Anwesenheit.

„Mich hat jemand aus dem Wohnheim informiert", log Schulte.

Sie schaute ihn lange prüfend an. Offenbar hatte sie Zweifel an dieser Behauptung, aber sie äußerte sie nicht.

„Du kanntest diesen Mann, das habe ich mitbekommen", sagte sie stattdessen. „Wie gut, das spielt keine Rolle. Nur so viel: Wir haben ein Auge auf dich und sind ganz gut im Bilde, wo du dich herumtreibst. Sein Hausarzt ist hier und der meint, es sei ein Suizid. Was denkst du?"

Schulte zuckte resigniert mit den Schultern.

„An Suizid glaube ich keine Sekunde. Ich habe offenbar die Pest an den Hacken. Es ist jetzt das zweite Mal innerhalb weniger Tage, dass ich mit jemandem über diese alte Geschichte spreche und kurz darauf ist dieser Jemand tot. Was ist das nur? Mache ich plötzlich alles falsch?"

Schulte wirkte so aufgewühlt, dass Maren Köster ihn kurz in den Arm nahm. Dass sie dabei von einer großen Menschenmenge gesehen wurde, war ihr gleich.

„Jupp, das sind leider Begleiterscheinungen unseres Jobs. Man kann nicht überschauen, was man auslöst."

Dann wurde sie wieder streng, ganz die Leiterin der Mordkommission.

„Aber du hast eine Kettenreaktion ausgelöst, das steht fest. Und wir wissen nicht, was noch auf uns zukommt. Ich verlange von dir, dass du deine Karten offenlegst. Das hier ist nicht dein privater Feldzug. Wenn noch mehr passiert, dann haben wir alle ein Problem."

Schulte schwieg und starrte auf das weiße Tuch, unter dem sich die Konturen eines Körpers abzeichneten, der bis vor einer Stunde noch der lebende Dr. Hans-Werner Waltermann gewesen war. Und der vielleicht noch leben würde, wenn Schulte ihn nicht aufgesucht hätte. Er schüttelte sich, aber das bedrückende Gefühl von Schuld und Versagen blieb an ihm haften. Endlich riss er sich zusammen, blickte Maren Köster in die Augen und sagte: „Du hast recht. Ich werde dir alles erzählen. Aber jetzt hast du wahrscheinlich keine Zeit. Schließlich leitest du den ganzen Krempel hier und bist eine gefragte Person. Ich kenne das ja noch von früher."

Aus seiner Stimme klang so viel Resignation, dass Maren Köster ihm kurz und unauffällig die Hand drückte. Sie wusste genau, dass auch er gern eine gefragte Person gewesen wäre. So, wie er es gewohnt war.

„Ich komme am Vormittag zu dir in deine Dienststelle, oder wie du das nennst. Dann sprechen wir. Aber über alles, es wird nichts verheimlicht, okay?"

Schulte nickte wortlos, drehte sich um und ging.

48

Schultes Kaffeevollautomat hatte an diesem Vormittag Schwerstarbeit zu leisten. Nach dem gemeinsamen Frühstück tauchte, wie verabredet, Maren Köster auf. Als Verstärkung hatte sie Oliver Hartel mitgebracht. Schulte und Hartel begrüßten sich augenzwinkernd. Spätestens seit ihrer gemeinsamen Sauftour in der *Braugasse* war auch die kleinste Aversion im Alkohol ertränkt worden.

Interessiert beobachtete Schulte nun die erste Begegnung zwischen Hartel und van Leyden. Die beiden Männer waren ähnliche Typen und konnten ihre Spontan-Abneigung nicht verbergen. Während Hartel sich zusammenriss und zumindest formal höflich blieb, gab van Leyden sich keinerlei Mühe. Als er merkte, dass er damit keinen Blumentopf gewinnen konnte, brummte er: „Ich werde ja wohl nicht gebraucht, oder? Dann gehe ich besser. Ich habe zu tun."

Als er den Gastraum verlassen hatte, verdrehte Schulte genervt die Augen und machte zwei Tassen Kaffee für seine Gäste. Niemand kommentierte van Leydens Abgang. Als alle saßen, hielt Schulte ein kurzes Referat. Offen und schonungslos. Angefangen mit seinem Frust, keine Aufgabe zu haben. Dann die beiläufige Erzählung Rosemeiers, der Schock, als Natascha König ermordet wurde und nun der Tod Waltermanns.

Maren Köster, die bislang nur mit dem Tod Natascha Königs zu tun hatte, aber die Zusammenhänge mit dem alten Todesfall Hans Kaiser nicht kannte, wirkte beeindruckt, als Schulte seine Ausführungen beendete.

„Da habt ihr ja richtig gut gearbeitet", sagte sie freundlich, wurde dann aber sofort sehr ernst. „Jupp, du wirst mir hoffentlich recht geben, dass hier viel zu viel kreuz und quer gelaufen ist. Ihr habt Zeit und Energie verplempert, weil ihr uns nicht eingebunden habt. Und wir sind mit dem Fall König keinen Schritt weitergekommen, weil uns dafür diese Informationen fehlten und wir am falschen Ende gesucht haben. Ich kann nur hoffen, dass dies in der Öffentlichkeit nicht bekannt wird, denn wir haben uns alle nicht mit Ruhm bekleckert. Die Frage ist nun, wie geht's weiter? Streng genommen müsstet ihr euch nun raushalten, denn nichts von all dem, was Kollege Schulte berichtet hat, gehört in den Aufgabenbereich dieses Teams hier. Es ist eindeutig Hoheitsgebiet der Kreispolizeibehörde Detmold."

„Okay, dann kann ich ja weiter in Ruhe Bier zapfen", brummte Rosemeier sarkastisch. „Denn sonst gibt's hier nichts zu tun. Ich werde dann wohl mal in Werbung für die Kneipe investieren, damit auch die Leute aus Heidenoldendorf kommen."

Schulte stand auf und lief eine Runde durch den Raum.

„Maren", sagte er dann in beschwörendem Tonfall, „das ist ja alles richtig, was du sagst. Aber wo stündest du jetzt ohne unseren Beitrag? Wärst du ohne uns einen Schritt weiter? Nein, wärst du nicht. Im Gegenteil. Jetzt aber, nachdem wir unser Wissen zusammengeworfen haben, bist du auf der Höhe des Geschehens. Natürlich können wir uns jetzt zurückziehen und in dieser Abschiebeanstalt Däumchen drehen. Niemand kennt mich so gut wie du, Maren. Du weißt, dass ich dies auf gar keinen Fall tun werde. Also sei klug und lass uns im Spiel. Du kannst davon nur profitieren."

„Wie das?", fragte Hartel, aber nicht unfreundlich.

„Weil wir hier Narrenfreiheit haben", antwortete von Fölsen an Schultes Stelle. „Wir haben keine Aufgabenbeschreibung, ergo auch keinerlei Beschränkungen in unserer Arbeit. Formal sind wir eine Spezialeinheit, so wurde es uns verkauft. Ob das nun ernst gemeint war oder ob uns das nur einlullen sollte, ist dabei völlig egal. Gesagt ist gesagt. Wir nehmen uns einfach alle Privilegien, die solche Spezialeinheiten üblicherweise haben. Solange, bis wir von ganz oben gestoppt werden."

Schulte staunte und hätte diesem bislang so desinteressiert und blasiert auftretenden Kollegen am liebsten applaudiert.

„Besser hätte ich es auch nicht ausdrücken können", ergänzte er begeistert. „Genau das ist unser Plus, Maren. Du musst dich eng an deine Vorschriften halten, versteht sich. Aber wir ... wir haben ja keine Vorschriften. Wir können also Dinge tun, von denen du offiziell nichts wissen musst und für die du nicht verantwortlich gemacht werden kannst."

Maren Köster schien lange mit sich und ihrem Berufsethos zu kämpfen. Dann sagte sie: „Okay! Wir verfahren folgendermaßen: Meine Truppe übernimmt die beiden Todesfälle. Da können wir nun ganz anders rangehen, weil wir die Hintergründe besser kennen. Jupp, ihr bleibt an dem Fall Kaiser dran. Der ist ja offenbar der Ausgangspunkt für alles. Wir stimmen unser Handeln ab, aber die Kreispolizeibehörde Detmold hat bei allem, was hier geschieht, den Hut auf. Das muss klar sein. Kannst du, oder besser, können Sie alle hier, damit leben?"

Schulte nickte.

„Okay? War's das jetzt?", fragte Maren Köster sicherheitshalber noch.

„Wo gucken wir heute Nachmittag Fußball?", fragte Rosemeier. „Hier haben wir ja keinen Fernseher. Leute, Deutschland gegen Südkorea – wir müssen gewinnen, sonst droht das Aus. Das muss man sich einfach anschauen. Also, ich bitte um Vorschläge."

49

Nichts lief mehr in Deutschland. Das ganze Land saß jetzt vor dem Fernseher. Bianca Kaiser hatte mit all dem nichts im Sinn. Auch ein Meeting, auf das sie sich lange und intensiv vorbereitet hatte, war kurzfristig wegen dieses Spiels abgesagt worden. Die ganze Firma hatte frei genommen, nichts ging mehr. Also räumte auch sie ihren Arbeitsplatz und fuhr deutlich früher als sonst nach Hause. Die Straßen waren frei und um Punkt 16 Uhr parkte sie das Auto vor ihrem Reihenhaus in Oerlinghausen. Sie ging hinein und warf gerade ihre Kaffeemaschine an, als es an der Haustür klingelte. Sie seufzte, als sie ihren Nachbarn, einen Rentner, der vor Langeweile fast umkam, vor der Tür stehen sah. Auf den hatte sie jetzt gar keine Lust, aber da ihr Auto vor der Tür stand, konnte sie nicht so tun, als sei sie nicht zu Hause. Der Mann war anders als sonst, aufgeregter, ernsthafter. Die Worte sprudelten förmlich hinaus, als er berichtete: „Frau Kaiser, ich dachte, ich sag es Ihnen besser. Man weiß ja nie, heutzutage."

Sie zog die Stirn kraus, wollte das Gespräch möglichst schnell beenden.

„Was weiß man nie?"

Der Nachbar riss sich zusammen und sagte: „Da war ein Mann. Der saß erst ganz lange in seinem Auto und hat immer auf dieses Haus hier geschaut. Ich habe mir natürlich nichts dabei gedacht. Hätte ja ein Bekannter von Ihnen sein können, der auf Sie wartet. Geht mich ja nichts an. Ich sag immer, Herbert, sag ich, steck deine Nase nicht in Dinge, die dich nichts angehen."

„Ja, und dann?" Langsam wurde aus ihrem leichten Unwillen echter Ärger.

„Ich bin dann in den Garten gegangen. Wollte mir den Kerl mal aus der Nähe anschauen. Habe aber so getan, als würde ich Unkraut jäten. Dabei gibt's in meinem Garten gar kein Unkraut. Ja, und plötzlich stieg er aus dem Auto und kam auf mich zu. Ich hab mich natürlich ziemlich erschrocken, als er so plötzlich vor mir stand. Er sagte, er hätte gehört, dass das Haus, also Ihr Haus, Frau Kaiser, zu verkaufen sei. Deshalb hätte er es sich so lange angeschaut."

„Was?", Bianca Kaiser verstand nun gar nichts mehr.

„Ja, so war es. Und dann wollte er noch wissen, wann Sie immer so nach Hause kommen. Ich habe ihm gesagt, das kann spät werden, die Frau arbeitet ja immer so viel. Dann hat er noch gesagt, er würde sich mal kurz den Garten hinterm Haus anschauen, nur so interessehalber. Und schon ist er bei Ihnen um die Hausecke in den Garten gegangen."

„Und Sie haben ihn einfach so machen lassen? Warum haben Sie ihn nicht aufgehalten?"

Der gute Mann schnappte empört nach Luft.

„Aufgehalten? Bin ich denn verrückt? Das war ein Bulle von Mann. Groß, Schultern wie einer von diesen Türstehern. Außerdem 30 Jahre jünger als ich. Also früher, klar, da hätte ich …"

„Und was war dann? Ist er wieder weggefahren?"

„Tja", antwortete der Nachbar, plötzlich sehr kleinlaut. „Als er gerade hinter dem Haus verschwunden war, da ist meine Frau rausgekommen. Ich habe ihr alles erzählt. Dann hat sie mich ausgeschimpft. Du kannst den Kerl doch nicht einfach so bei Frau Kaiser in den Garten gehen lassen, hat sie gesagt. Dann geh du doch hinterher und sag ihm das, habe ich geantwortet. Und das hat sie dann auch gemacht."

„Und dann?"

„Sie hat den Kerl gesehen, wie er auf der Terrasse stand und ins Haus geguckt hat. Sie kennen ja meine Frau, die wollte ihm gerade kräftig die Meinung sagen, da drehte er sich schon um und ging an ihr vorbei, raus aus dem Garten. Ohne was zu sagen, als wenn sie gar nicht da gewesen wäre. Als er wieder beim Auto war, hat er mir noch zugerufen, dass er nicht wiederkommen würde. Das Haus sei doch nicht so, wie er sich das vorgestellt hätte. Dann fuhr er weg."

Bianca Kaiser ließ den Nachbarn vor der Tür stehen, rannte durchs Haus und durch die Terrassentür hinaus in den Garten. Als sei es das Selbstverständlichste der Welt, kam ihr Nachbar ungefragt hinterher. Eigentlich hätte sie ihn gern weggeschickt. Aber zum einen hatte er ihr gerade einen Gefallen getan und ihr von diesem Fremden erzählt, zum anderen war sie insgeheim ganz froh, jetzt nicht allein sein zu müssen.

„Was suchen Sie denn?", fragte der Nachbar, während er sie beobachtete.

„Das hier", antwortete sie leise, mehr zu sich selbst. In einem Hortensienbeet, das direkt unter ei-

nem Fenster lag, waren Blüten und Zweige abgebro-
chen und zwei Stellen wiesen undeutlich Abdrücke
von Schuhen auf.

„Der hat sich das Fenster angeschaut", kommentierte der Nachbar überflüssigerweise. „Ob das ein
Einbrecher war?"

„Möglich", antwortete sie. „Aber Ihre Frau hat ihn
ja zum Glück vertrieben. Ich bringe ihr morgen eine
Schachtel Pralinen mit, die hat sie sich wirklich verdient."

Kurz darauf war sie wieder allein im Haus. Auch allein mit ihren Gedanken und Sorgen. Aus dem Haus
auf der anderen Straßenseite hörte sie lautes Schimpfen. Die Nachbarn schauten Fußball und waren offenbar nicht zufrieden mit dem, was ihnen geboten
wurde. Das alles war Bianca Kaiser völlig gleichgültig.
Immer wieder ging ihr durch den Kopf, was dieser
Polizist Schulte zu ihr gesagt hatte: „Auch Sie sind
vielleicht in Gefahr, Frau Kaiser. Denken Sie mal darüber nach. Meine Telefonnummer haben Sie ja."

50

Rosemeier saß, zusammen mit Jupp Schulte, Marco
van Leyden und Adelheid Vahlhausen vor einem
Fernseher, den Rosemeier besorgt hatte. Hubertus
von Fölsen war sich für Fußball wohl zu fein. Er
hatte sich in sein großes Büro zurückgezogen und

kümmerte sich um seinen Nachruhm. Die gesamte erste Halbzeit war schon ärgerlich gewesen, jetzt, zu Beginn der zweiten Hälfte, war es schier zum Verzweifeln. Adelheid Vahlhausen war als einzige in der Lage, dem Spiel mit innerer Ruhe zuzuschauen. Die drei Männer konnten nicht anders und mussten immer wieder mit wütenden Kommentaren ihrer Anspannung Luft machen.

„Verwöhntes Pack!", rief van Leyden und warf in einer verzweifelten Geste beide Arme in die Luft.

Jupp Schulte hielt eine Bierflasche so fest umklammert, als habe er Angst, sie könnte plötzlich Füße bekommen und davonlaufen. Er war so angespannt, dass Adelheid Vahlhausen ihm mehrmals auf die Schulter klopfen und sagen musste: „Ihr Handy bimmelt."

Es brauchte seine Zeit, bis er in der Wirklichkeit des Polizeialltags zurück war. Beim vorletzten Ton zog er endlich das Gerät aus der Tasche und meldete sich so grob und unfreundlich, dass er sich selbst erschrak.

„Bianca Kaiser hier. Herr Schulte, ich brauche Ihre Hilfe."

Schulte bereute schnell seinen ruppigen Tonfall, stand auf und verließ den lauten Kneipenraum. Draußen auf dem Flur war es deutlich ruhiger.

„Was ist passiert?"

„Noch nichts", antwortete sie. Ihre Stimme klang dünner als sonst. „Aber es gibt Anzeichen dafür, dass etwas passieren könnte."

Sie beschrieb ihm, was sie eben von ihrem Nachbarn gehört hatte.

„Was halten Sie davon?", fragte sie am Ende ihrer Ausführungen. Die Angst war ihr anzuhören.

Schulte überlegte nicht lange.

„Bleiben Sie, wo Sie sind! Ich setze mich augenblicklich ins Auto und komme zu Ihnen. Die Straßen sind jetzt frei, in 20 Minuten bin ich bei Ihnen. Schließen Sie Fenster und Türen und lassen Sie niemanden ins Haus, den Sie nicht kennen. Bitten Sie Ihren Nachbarn, solange zu Ihnen zu kommen, bis ich da bin!"

Schulte war von einer Sekunde auf die andere wie ausgetauscht. Fußball war vergessen – vor seinem inneren Auge tauchten Natascha König und Hans-Werner Waltermann auf. Beide tot, beide in den Fokus eines Mörders geraten durch Schultes Ermittlungen. Und nun Bianca Kaiser? Meine Schuld, meine Verantwortung, schoss es ihm wieder durch den Kopf, während er hektisch in seiner Jacke nach dem Autoschlüssel suchte.

51

„Was für ein Glück, dass jetzt alle vor der Glotze hocken und Fußball schauen", dachte Schulte, während er mit schamlos überzogenem Tempo durch den kleinen Ort Hörste raste und auf das noch kleinere

Währentrup zusteuerte. Die Straße war wie leergefegt, nichts hielt ihn auf. Schultes Sorgen nahmen dennoch zu. Während der Fahrt fiel ihm ein, dass er in der Hektik völlig versäumt hatte, Maren Köster zu informieren. Er nahm sein Handy zur Hand, eine Freisprechanlage hatte Schulte natürlich nicht, und wählte bei hohem Tempo ihre Nummer. Kurz und knapp erklärte er ihr die Lage und forderte dann: „Schick bitte ein paar Leute dahin. Nur zur Sicherheit."

„Wie stellst du dir das denn vor?", fragte eine erkennbar gestresste Maren Köster. „Überall ist was los. Public Viewing und so. Alle verfügbaren Leute sind im Einsatz. Aber ich werde sehen, was ich machen kann. Zur Not komme ich selbst."

Schulte warf das Handy achtlos auf den Beifahrersitz. Er war nun in Währentrup. Fünf Minuten noch, dachte er, maximal. Dann bog er in die Oetenhauser Straße ab und fand sich hinter einem auf der Straßenmitte fahrenden Kleintransporter wieder. Schulte fluchte und hupte gleichzeitig. Aber der Fahrer blieb auf dem Mittelstreifen. Plötzlich zog er nach rechts, kam zu weit ab und steuerte dagegen. Der Ford Transit begann so heftig zu schaukeln, dass Schulte schon mal auf die Bremse trat. Und schon krachte es vor ihm, der Transit drehte sich halb um die eigene Achse und stand dampfend quer auf der ohnehin schmalen Straße. Schulte kam zwei Meter hinter ihm zum Stehen. Er schlug wütend aufs Lenkrad, drückte die Fahrertür auf und kletterte hinaus.

Jetzt sah Schulte, dass der Transit mit einem anderen Auto zusammengestoßen war. Mittlerweile waren auch die beiden Unfallfahrer ausgestiegen, standen Nase an Nase voreinander und beschimpften sich wüst. Als Schulte dazukam, wandte sich einer der beiden Streithähne an ihn und fragte erregt: „Haben Sie das gesehen? Der Kerl ist doch besoffen. Der ist in Schlangenlinien gefahren und mir dann voll in die Karre gerauscht."

„Schwachsinn", rief sein Gegenspieler, nicht weniger laut. „Der Besoffene bist du. Ich bin nur einem Schlagloch ausgewichen. Wenn du nicht viel zu schnell gefahren wärst, dann wäre nichts passiert. Ich werde …"

„Ruhe!", schrie Schulte die beiden an. „Polizei. Ich bin im Einsatz und muss hier vorbei. Machen Sie sofort die Straße frei!"

Die beiden Männer, die eben noch drauf und dran gewesen waren, sich gegenseitig die Visagen zu polieren, drehten sich nun gemeinsam in seine Richtung und schauten ihn finster an. Einer der beiden lachte: „Da kann ja jeder kommen. Polizei im Einsatz? Mit so einer Schrottkarre?"

Er wies auf Schultes Landrover.

„Auf keinen Fall machen wir die Straße frei", rief der andere. „Ich rufe jetzt die Polizei, die soll dann noch sehen können, wer die Schuld am Unfall hat."

„Genau", rief sein Gegner, „die Autos müssen genau so stehen bleiben, wie sie zusammengeknallt sind."

Schulte winkte ab, drehte sich um und stieg wieder ins Auto. Er nahm das Handy, wählte die Nummer von Bianca Kaiser und erklärte ihr, dass er sich verspäten würde. Mittlerweile waren die beiden Kontrahenten sich offenbar einig geworden, dass Schulte auf gar keinen Fall wenden und vom Unfallort verschwinden dürfte, denn beide kamen nun zu ihm.

„Ich brauche Sie als Zeuge", sagte der Fahrer des Transits. „Sie können nicht einfach abhauen und mich im Stich lassen."

„Nein, Sie müssen bezeugen, dass dieser Kerl Schlangenlinien gefahren ist", rief der andere. „Sie bleiben so lange hier, bis die Polizei vor Ort ist, verstanden?"

Schulte peilte die Lage. Es gab keine Chance, auf der Straße an den beiden Unfallwagen vorbeizukommen. Aber wozu hatte er einen Geländewagen? Auch wenn der Landrover seine besten Jahre lange hinter sich hatte, auch wenn an beiden Seiten der Straße ein Graben eine Durchfahrt eigentlich unmöglich machte, er musste es versuchen. Das war er Bianca Kaiser schuldig und wenn sein Auto dabei draufgehen würde. Er legte den Rückwärtsgang ein und gab Gas. Die beiden Männer, die ihre Hände auf die Motorhaube des Landrovers gelegt hatten, als wollten sie ihn festhalten, zuckten erschrocken zurück. Schulte fuhr ein paar Meter rückwärts bis an eine etwas seichtere Stelle des Grabens, schaltete den Vorwärtsgang ein, schlug den Lenker nach rechts ein und fuhr vorsich-

tig los. Es bollerte und schrammte mächtig, Schulte wurde kräftig durchgerüttelt, aber dann griff der
Allradantrieb und zog den Wagen die Böschung auf
der anderen Seite des Grabens hoch. Aus dem Augenwinkel sah Schulte, wie einer der Männer etwas
notierte, offenbar schrieb er sein KFZ-Kennzeichen
auf. Schulte rumpelte, parallel zur Straße, durch das
Weizenfeld, bis er auf einen Wirtschaftsweg kam, der
wiederum auf die Oetenhauser Straße führte. Während er das Gaspedal ins Bodenblech drückte, schaute er auf die Tacho-Uhr. Er hatte mindestens zehn
Minuten verloren.

52

Bianca Kaiser beendete das Telefongespräch, welches
sie gerade mit Schulte geführt hatte. Es beruhigte
sie ein wenig, dass der Polizist nicht lange gefackelt
und sofort sein Kommen zugesagt hatte. Allerdings
kam ihr nun selbst ihre Angst ein wenig hysterisch
vor. Was war denn passiert? Eigentlich nicht viel.
Irgendjemand hatte ihr Haus ausspioniert, das war
zweifellos beunruhigend, musste aber nicht zwin-
gend zu einer gefährlichen Situation führen. War
sie überdreht? Vielleicht hatte das Zusammentreffen
mit den beiden Polizisten und die Erinnerung an
den Tod ihres Mannes sie stärker aufgewühlt als sie
sich eingestehen wollte. Sie ging zum Wohnzimmer-

schrank, holte eine Flasche Gin und ein Glas heraus und goss ein. Ihre Finger zitterten ein wenig dabei, stellte sie fest. Der Alkohol war warm und tröstend. Sogleich ging ihr Atem gleichmäßiger und ihr Herzschlag beruhigte sich. War alles halb so schlimm? Kurz dachte sie daran, diesen Schulte anzurufen und ihm abzusagen. Dann aber fiel ihr wieder ein, was Schulte über den Mord an dieser Ex-Prostituierten erzählt hatte und daran, dass er sich offenbar Sorgen um sie machte. Er schien die Bedrohung sehr ernst zu nehmen. Hätte er sonst derart schnell reagiert? Die Angst, die eben noch vergessen schien, quoll wieder hoch. Sie sprang auf und lief kreuz und quer durch das geräumige Wohnzimmer. Sollte sie wirklich ihren Nachbarn bitten, herüberzukommen? Eigentlich war ihr das unangenehm. Allerdings wäre es ein gutes Gefühl, nicht allein zu sein. Beklommen nahm sie das Telefon zur Hand. Sie hätte auch rübergehen können, aber sie wollte das Haus nicht verlassen. Das hatte Schulte ausdrücklich von ihr verlangt. Als der Nachbar sich meldete, konnte sie im Hintergrund die unverkennbaren Geräusche einer Fußballübertragung hören. Sie erklärte dem alten Mann in aller Kürze, was sie mit der Polizei abgesprochen hatte.

„Ich soll zu Ihnen rüberkommen und den Einbrecher vertreiben?", fragte ihr Nachbar ungläubig. „Ich bin fast 80, wie soll ich das denn machen?"

„Nein", entgegnete sie. „Es reicht, wenn der Einbrecher Sie hier durchs Fenster sieht. Nur solange, bis die Polizei hier ist. Dann können Sie wieder zurück."

„Tja", murmelte der Mann. „Das ist schlecht, denn meine Frau ist gerade nicht da. Was ist denn, wenn ich bei Ihnen bin und der Kerl bricht dann bei uns ein?"

Sie stöhnte innerlich, versuchte aber, es sich nicht anmerken zu lassen. Dann beschloss sie, den Versuch aufzugeben. Schulte musste ja jeden Moment hier sein.

„Da haben Sie natürlich recht. Entschuldigen Sie bitte die dumme Frage. Halten Sie die Augen auf!"

Als sie das Gespräch beendet hatte, nahm sie wieder ihre nervöse Wanderung durchs Wohnzimmer auf. Wo blieb dieser Schulte nur? Er hätte längst hier sein können. Da klingelte ihr Telefon.

„Schulte hier", hörte sie eine Männerstimme. „Es tut mir furchtbar leid, aber ich stehe hier vor einer Unfallstelle und komme nicht voran. Bleiben Sie ruhig. Ich versuche alles, um von hier wegzukommen. Ist noch alles in Ordnung bei Ihnen?"

„Ja, ja", sagte sie leise. „Alles in Ordnung bis jetzt. Es geht mir gut. Ich komme schon zurecht. Machen Sie sich keine Sorgen."

Sie wollte gerade das Telefon auf einen kleinen Couchtisch legen, war noch in gebückter Haltung, als sie von der Terrassentür her ein leises Geräusch hörte. Sie schaute hoch und stand sofort kerzengrade, starr vor Schreck. In der Terrassentür, die sie erst kurz vorher fest verriegelt hatte, stand ein groß gewachsener, breitschultriger Mann. Er trug einen grauen Kapuzenpullover mit einem gelben Zeichen auf der Brust. Die Kapuze hatte der Mann über den Kopf und soweit ins Gesicht gezogen, dass davon kaum etwas zu erkennen war.

„Jaja", höhnte der Unbekannte. „Die Leute machen sich immer zu viel Sorgen. Warum eigentlich?"

Der fremde Mann schob die Terrassentür hinter sich wieder zu. Er blieb im Schattenbereich des Wohnzimmers stehen und schaute sie von oben bis unten an.

„Wir sind unter uns", sagte er. „Das ganze Land hängt vor dem Fernseher und guckt Fußball. Niemand ist auf der Straße. Wir können in Ruhe plaudern."

„Worüber wollen Sie reden?", fragte sie, selbst überrascht über ihren Ton, der mutiger wirkte als sie sich fühlte.

Der Mann schien sich zu amüsieren.

„Das wissen Sie nicht?", fragte er. „Dann will ich Ihnen mal auf die Sprünge helfen. Aber erst mal gehen Sie zum Wohnzimmerfenster und ziehen die Gardinen zu!"

Eingeschüchtert tat sie, was von ihr verlangt wurde.

Danach sprach der Mann weiter: „Ihr Mann hat kurz vor seinem Tod Aufzeichnungen gemacht. Das hat er selbst der Nutte erzählt, unter deren Händen er gestorben ist. Und die hat es mir erzählt. Ich bin sicher, dass Sie diese Papiere nicht weggeworfen haben. Rücken Sie sie raus und ich verschwinde wieder, ohne Ihnen ein Haar gekrümmt zu haben."

Sie war ehrlich erstaunt.

„Wovon reden Sie? Ich weiß von keinen Aufzeichnungen. Hier gibt es jedenfalls keine."

Der Eindringling schüttelte den Kopf, als bedauere er, was sie gesagt hat.

„Warum machen Sie es uns beiden so schwer? Ich habe nichts gegen Sie persönlich. Im Gegenteil, Sie sind eine schöne Frau. Unter anderen Umständen würde ich Ihnen Blumen schenken. Aber jetzt will ich nur eines: diese verdammten Aufzeichnungen."

Sein Tonfall veränderte sich schlagartig.

„Zicken Sie nicht rum! Sie wissen genau, wo diese Papiere liegen."

Sie schüttelte, nun mit zunehmender Verzweiflung, den Kopf.

„Wenn ich doch sage, dass hier keine Aufzeichnungen sind. Ich habe seit seinem Tod tausendmal hier aufgeräumt und nichts gefunden. Glauben Sie mir doch."

„Ich glaube Ihnen kein Wort. Vielleicht haben Sie wirklich nichts hier im Haus, dann aber in irgendeinem Tresor oder sonst wo. Aber jetzt müssen Sie mir mal was glauben: Ich kenne Mittel und Wege, Leute zum Sprechen zu bringen. Auch wenn die das gar nicht wollen."

Bei diesen Worten ließ er die Fingerknöchel knacken und machte sich locker. Ihre Angst wuchs und wurde zur Panik. Hektisch blickte sie sich um, suchte nach einem Ausweg, nach irgendeiner Lösung. Es gab keine. Der bullige Mann kam näher. Da er immer noch die Kapuze seines Pullovers tief ins Gesicht gezogen hatte, war außer einer sehr markanten Nase und zwei im Schatten liegenden Augen kaum etwas von ihm zu erkennen. Er stand so nah vor ihr, dass sie seinen Atem riechen konnte. Unwillkürlich bog sie sich nach hinten, um ihm auszuweichen. Nun sah sie nur noch seine großen Hände. Er trug schwarze Lederhandschuhe. Kapuze und Handschuhe, bemerkte sie entsetzt, und das in dieser warmen Jahreszeit. Dann spürte sie, wie das kühle Leder sich um ihren Hals schloss.

53

Endlich! Schulte stieß einen Seufzer der Erleichterung aus. Soeben hatte er das Ortsschild Oerlinghausen passiert und donnerte nun Richtung Stadtmitte. Eigentlich gab es gar keinen Grund zur Sorge. Frau Kaiser hatte ihm ja eben erst versichert, dass alles in Ordnung sei. Aber Schulte war eben Schulte. Keiner, der durch messerscharfe Analysen zu seinen Ergebnissen kommt, oder durch immensen Fleiß alle Varianten eines Falles durcharbeitet. Schulte war ein Bauchmensch, einer, der sich von seinem Instinkt leiten ließ. Das hatte ihn auch schon auf falsche Wege geführt, häufig war er dabei zu weit gegangen. Aber meistens funktionierte dieser Instinkt und jetzt hatte seine innere Alarmsirene geheult. Er hätte nicht erklären können, warum. Aber er empfand ein diffuses Gefühl von Gefahr. So stark, dass er es fast körperlich spüren konnte.

Zwei Minuten später bog er in die Straße ein, in der das Reihenhaus von Bianca Kaiser lag. Er stoppte seinen Landrover zwei Häuser vorher, hinter einem schwarzen VW Tuareg. Den Rest lief er zu Fuß. Dabei fiel ihm sofort die alte Frau auf, die direkt vor dem Wohnzimmerfenster von Bianca Kaiser herumlief und heftig gestikulierte. Die Gardinen des Fensters waren zugezogen, was zu dieser Tageszeit mehr als ungewöhnlich war. Als er den kleinen Vorgarten des Hauses erreicht hatte, rief er der alten Frau zu: „Polizei! Was ist los?"

Die alte Dame schaute ihn kurz prüfend an. Dann entschied sie sich offenbar, ihm vertrauen zu können und rief so hektisch und so laut, dass sich ihre Stimme überschlug: „Da ist einer drin. Ein Mann. Der war heute Morgen schon mal da. Die arme Frau Kaiser."

Schulte, der die Örtlichkeiten von seinem ersten Besuch her zumindest grob kannte, lief um das Haus herum. Als er um die Hausecke biegen wollte, um in den Garten hinterm Haus zu kommen, prallte er frontal mit einem bulligen Mann zusammen, der ihm von der anderen Seite entgegenkam. Schulte wurde an die Hauswand geschleudert, verlor für Sekunden den Überblick und rutschte an der Wand herunter in die Knie. Er holte tief Luft, um den Schmerz zu dämpfen. Als er wieder in der Lage war, hochzuschauen, war der Mann, wer immer es auch gewesen sein mochte, weg.

Schulte rappelte sich stöhnend hoch und versuchte, ihn zu verfolgen. Als er die Straße sehen konnte, fuhr gerade der schwarze VW Tuareg mit aufheulendem Motor weg. Schulte hatte keine Chance, sich die Nummer zu merken. Im Vorgarten stand, wieder heftig gestikulierend, die Nachbarin.

„Er ist weg! Ist einfach an mir vorbeigerannt."

Schulte versuchte, die Frau zu beruhigen.

„War er das in dem Tuareg?"

„Was weiß denn ich, wie das Auto heißt", japste die alte Dame, die mit dem Luftholen gar nicht nachkam. „Er ist in dieses dicke, schwarze Auto gestiegen und losgebraust. Gerade eben, als Sie um die Ecke kamen."

Schulte ließ sie stehen und lief wieder ums Haus. Diesmal kam ihm niemand entgegen. Die Terrassentür stand sperrangelweit offen. Als Schulte das Wohnzimmer betrat, sah er Bianca Kaiser, die auf dem Fußboden saß und ihn mit kreideweißem Gesicht und leeren Augen anstarrte.

54

Als der Arzt seine Tasche packte, fragte Schulte: „Kann ich jetzt mit Frau Kaiser sprechen?"

Der Arzt nickte.

„Aber seien Sie geduldig mit ihr. Ich habe ihr ein starkes Beruhigungsmittel gegeben. Kann sein, dass sie etwas verlangsamt reagiert. Aber mal was anderes: Die Frau kann doch unmöglich allein hier im Haus bleiben. Haben Sie daran gedacht? Was ist, wenn dieser Kerl wiederkommt?"

„Darum haben wir uns schon gekümmert, machen Sie sich keine Sorgen. Ihre Schwester holt sie gleich ab und nimmt sie mit nach Bielefeld. Da wird sie erst mal bleiben, bis wir den Täter gefasst haben."

„Naja", brummte der Arzt, zog die Stirn kraus und verriegelte die Tasche. „Mich geht's ja nichts an. Aber das kann lange dauern, fürchte ich."

Schulte schaute ihm mit finsterer Miene hinterher. Was maßt sich so ein Schlauberger eigentlich an, die Qualität der Polizeiarbeit in Frage zu stellen, fragte er sich. Als wenn bei Medizinern nie ein Patient sterben würde. Er schüttelte den Ärger ab und wandte sich Bianca Kaiser zu, die in einem Sessel saß und so aussah, als ob langsam wieder das Leben in sie zurückkehren würde. Ihre Nachbarin, die es sich nicht hatte nehmen lassen, mit ins Haus zu kommen, brachte ihr gerade eine Tasse Tee. Schulte wartete, bis die alte Frau wieder gegangen war. Dann fragte er: „Geht's wieder?"

Sie nickte nur wortlos und wirkte sehr matt.

„Weshalb ist der Kerl eigentlich abgehauen, kurz bevor ich reinkam?", fragte Schulte.

„Er ...", Bianca Kaiser schien sich nur ungern an die Szene erinnern zu wollen, „... hatte gerade seine Hände um meinen Hals gelegt, als es draußen plötzlich laut wurde. Die Stimme meiner Nachbarin war nun wirklich nicht zu überhören. Er hat mich dann sofort losgelassen und ist rausgelaufen. Mehr weiß ich nicht."

Schulte ließ ihr einen Moment Zeit, bevor er die nächste Frage stellte.

„Was wollte der Mann? Hat er irgendwas gesagt?"

Bianca Kaiser schien sich nicht entscheiden zu können, was sie sagen wollte, denn sie zögerte lange. Vermutlich die Auswirkung des Beruhigungsmittels, tröstete sich Schulte. Dann sagte sie, erst stockend, dann flüssiger werdend: „Er hat nach Aufzeichnungen gefragt. Wollte, dass ich ihm irgendwelche Aufzeichnungen aushändige. Ich schwöre, ich habe keine Ahnung, was er damit meinte."

„Das glaube ich Ihnen auch", beruhigte Schulte sie. „Aber die Richtung, aus der das alles kommt, ist klar. Der Mann, wer immer er war, geht offenbar davon aus, dass Ihr verstorbener Mann irgendwas hinterlassen hat, das für ihn von Wert ist oder das ihn belasten kann. Vielleicht reine Spekulation, vielleicht aber auch begründet. Haben Sie wirklich keine Idee?"

Sie winkte müde ab.

„Ich bin ja jetzt erst mal eine Zeit lang nicht zu Hause", meinte sie. „Von mir aus können Sie gern in der Zwischenzeit das ganze Haus auf den Kopf stellen und danach suchen. Ich habe nichts zu verbergen. Das gebe ich Ihnen auch gern schriftlich."

Als Schulte kurz darauf zu seinem Auto ging, sah er, wie im Garten gegenüber gerade jemand die Deutschlandflagge vom Mast holte. Jetzt erst wurde Schulte bewusst, dass er vom Fußballspiel gar nichts mitbekommen hatte. Er ging zu dem Mann und fragte: „Wie ist denn das Spiel ausgegangen?"

Der Mann blickte ihn mit einer Mischung aus Ekel und Misstrauen an.

„Wollen Sie mich verarschen? Das wissen Sie doch ganz genau."

Schulte erklärte ihm so ruhig wie möglich, dass er soeben einen Notfall zu bearbeiten hatte und das Spiel nicht komplett habe sehen können. Der Mann schien immer noch Zweifel an der Ernsthaftigkeit der Frage zu haben, antwortete dann aber doch: „Da haben Sie aber Glück gehabt, dass Sie sich diesen Scheiß nicht angucken mussten. Wir sind raus, Mann! Gruppenletzter in der Vorrunde. Unglaublich. Für mich ist die WM gelaufen. Brauchen Sie noch eine Deutschlandfahne? Hier, schenke ich Ihnen."

Schulte winkte lachend ab und stieg in seinen Landrover.

55

Die Spannung war wieder einmal greifbar, als das Team am Donnerstagmorgen zusammensaß. Schulte hatte eben von den Ereignissen des gestrigen Tages in Oerlinghausen berichtet. Adelheid Vahlhausen aber fand Schultes Vorgehen nicht in Ordnung.

„Warum gestern dieser Alleingang?", fragte sie, etwas bissiger als es eigentlich ihre Art war. „Warum haben Sie das nicht mit uns abgesprochen? Wieso haben Sie keinen von uns mitkommen lassen? Da riskiert einer von uns Kopf und Kragen und die anderen sitzen hier und gucken Fußball. Das muss doch nicht sein. Hatten wir nicht beschlossen, ein Team zu werden?"

„Tut mir leid", murmelte Schulte ein bisschen beleidigt, „aber dazu blieb wirklich keine Zeit mehr. Es war Gefahr im Verzug. Ich musste sofort handeln. Rettung in letzter Sekunde."

„Haben Sie schon die Detmolder Polizei informiert?", wollte Manfred Rosemeier wissen. „So, wie wir es mit Frau Köster abgesprochen hatten?"

„Ja, habe ich", Schulte wurde langsam pampig. „Die überprüfen jetzt alle schwarzen VW Tuaregs. Auch nach der Herkunft des Kapuzenpullovers mit dem komischen Schmetterling darauf wird gesucht. Also, welcher Laden den verkauft hat und so. Läuft alles. Noch was?"

Seine letzte Frage war zu aggressiv ausgefallen, das

spürte Schulte selbst. Er bemühte sich sogleich, die Wogen zu glätten.

„Ja, ich weiß. Das hätten wir auch alles im Team erledigen können. Aber ich war mein ganzes Berufsleben lang ein Einzelkämpfer und muss mich daran erst mal gewöhnen. Habt Geduld mit mir!"

„Alles Quatsch", mischte sich Hubertus von Fölsen erst mal in die Debatte ein. „Ich halte nichts von diesem ganzen Team-Gequatsche. Alles Esoterik. Es sind nicht Teams, die Geschichte schreiben, sondern die Taten großer Männer, wie schon Heinrich von Treitschke sagte. Manchmal muss sich eben der Einzelne, der die besondere Befähigung dazu hat, über die Gruppe hinwegsetzen und handeln. Schulte hat genau das getan."

Schulte wusste nicht recht, was er von diesem Plädoyer halten sollte. Es mochte ihm in dieser konkreten Situation nützen, offenbarte aber eine elitäre Geisteshaltung, die ihm zuwider war. Er war nie Einzelkämpfer gewesen, weil er sich für was Besseres gehalten hatte, sondern wegen seiner nicht immer ausreichenden Sozialkompetenz oder einfach deshalb, weil sein Temperament wieder einmal mit ihm durchgegangen war. Aber bevor er von Fölsens Beitrag kommentieren konnte, maulte Marco van Leyden: „Also, ich kann hier niemanden erkennen, der irgendwelche besonderen Befähigungen hat. Okay, der Kollege Rosemeier kann wunderbar Bier zapfen, aber sonst?"

„Charmant wie immer, Herr van Leyden", murmelte Adelheid Vahlhausen und verdrehte die Augen. Schulte erkannte, dass sie dabei waren, dieses Gespräch vor die Wand zu fahren und machte einen konkreten Vorschlag: „Wir müssen unbedingt nach diesen Aufzeichnungen suchen. Frau Kaiser hat uns schriftlich ihr Einverständnis dazu gegeben. Wir brauchen also keinen Durchsuchungsbeschluss und können sofort loslegen. Wer kommt mit?"

„Ich finde alles!", prahlte Marco van Leyden und warf sich in die Brust. Schulte dachte sich seinen Teil dabei, freute sich aber, dass sie jetzt wieder nach vorn schauten. Auch Manfred Rosemeier wollte dabei sein.

56

Zwei Stunden später wühlten sie sich durch Regale und Schränke im Haus von Bianca Kaiser. Unglaublich, dachte Schulte, was eine alleinstehende Frau alles aufbewahrt. Er stand im Wohnzimmer, wischte sich den Schweiß von der Stirn, fühlte sich erschöpft und wollte eben die ganze Suche als sinnlos abblasen, da tänzelte Marco van Leyden mit breitem Grinsen ins Wohnzimmer. Er wedelte mit der rechten Hand, in der er einen kleinen, schwarzen Gegenstand hielt, hin und her.

„Habe ich's nicht gesagt?", fragte er triumphierend. „Ich finde alles."

Er klatschte ein schwarzes Notizbuch auf den

Wohnzimmertisch und blickte um sich, als habe er gerade ganz persönlich die Fußball-Weltmeisterschaft gewonnen.

„Im Keller habe ich einen Karton mit lauter Sachen gefunden, die wohl ihrem Mann gehört haben. Ich kenne diese Kartons, die verwenden Bestattungsunternehmen, um den Angehörigen die Wertgegenstände eines Verstorbenen zu überlassen. Brillen, Uhren, Schmuck und so weiter. Der Karton sah aus, als hätte ihn seit zehn Jahren keiner angefasst."

57

„Macht ihr das mal!" Marco van Leyden hatte abgewunken. „Ich bin mehr der Mann für die außergewöhnlichen Momente. Wenn es zum Beispiel darum geht, Gegenstände zu finden, die sonst keiner entdeckt. Ich habe für heute meinen Job gemacht. Jetzt muss ich trainieren. Bis morgen!" Mit diesen Worten war er in den vorgezogenen Feierabend verschwunden. Schön, dass er das Notizbuch gefunden hatte, dachte Schulte, aber irgendwann hätte das auch ein anderer geschafft. Es wäre nur eine Frage der Zeit gewesen. Doch van Leyden wäre nicht er selbst gewesen, wenn er nicht ein Riesending daraus gemacht hätte.

Nun, am späten Donnerstagnachmittag, saß Schulte mit Rosemeier zusammen. Beide Männer beugten sich über das kleine Notizbuch, in das Hans Kaiser mit grüner Tinte, aber in schwer zu entziffernder, winziger Handschrift, seine Aufzeichnungen hinterlassen hatte. Es waren viele Seiten, mit vielen Namen und Zahlen. Schwer, den Überblick zu behalten. Also las Schulte laut vor und Rosemeier schrieb alles mit, was irgendwie relevant zu sein schien. Am Ende gingen sie Rosemeiers Zusammenfassung mehrmals gemeinsam durch, strichen hier etwas weg, ergänzten dort etwas oder schrieben Querverweise. Aber es gelang ihnen nicht, einen roten Faden zu finden.

Offenbar wurde nur, dass Hans Kaiser in seinen letzten Lebenstagen einen privaten Kleinkrieg mit seinem Arbeitgeber, dem Immobiliendienstleister *Faktor Haus* in Bielefeld, ausgefochten hatte. Aber Kaiser hatte vor allem eine Menge Zahlen aufgelistet, mit denen Schulte und Rosemeier wenig bis nichts anfangen konnten.

„Wir müssen jemanden hinzuziehen, der sich mit so was auskennt", schlug Rosemeier vor. „Wir kommen da sonst nicht weiter."

Schulte musste ihm widerwillig recht geben.

„Kennen Sie so einen Wunderknaben?", fragte er. Rosemeier schüttelte den Kopf.

„Nein, ich nicht. Aber vielleicht fragen wir mal von Fölsen. Der hat doch mehr Beziehungen als ich Haare auf dem Kopf habe."

Gesagt, getan. Hubertus von Fölsen musste nicht lange überlegen, als Schulte ihm sein Dilemma vortrug.

„Kein Problem", sagte er selbstverliebt. „Ich regele das schon."

Eine halbe Stunde später kam Hubertus von Fölsen mit seinem üblichen blasierten Gesichtsausdruck in den alten Kneipenraum. Betont lässig sagte er: „So, ich mache jetzt Feierabend. Für heute reicht es."

Dann ging er zur Tür, drehte sich im Türrahmen noch einmal um und sagte, so beiläufig wie möglich: „Ach ja, bevor ich's vergesse: Morgen kommt ein hochkarätiger Wirtschaftsfachmann aus Düsseldorf, ein guter Bekannter von mir, und schaut sich Ihre Zahlen an. Zufrieden?"

Mit diesen Worten verschwand er in den Feierabend.

Schulte zog die Nase kraus.

„Irgendwie funktioniert dieser Laden ja, trotz allem. Warum kann ich mich nur so selten darüber freuen?"

58

Eigentlich kam er ja nicht oft nach Bielefeld. Aber in dieser Woche war er nun schon zum zweiten Mal hier, fiel Jupp Schulte ein, als er seinen klapprigen Landrover durch den dichten Freitagnachmittagsverkehr auf die Detmolder Straße lenkte. Da er stadteinwärts fuhr, ging es noch einigermaßen, stadtauswärts floss der Verkehr zäh wie ein Wackelpudding von Dr. Oetker. Er musste die Detmolder ganz runterfahren, bis zu ihrem Ende. Dann überquerte er die Artur-Ladebeck-Straße, bog erneut ab und fuhr unter dem Ostwestfalendamm hindurch in die wesentlich ruhigere und schönere Werther Straße ab. Mit sehr viel Glück fand er sogar einen Parkplatz. Die restliche Strecke bis zu der prachtvollen Gründerzeit-Villa der Firma *Faktor Haus* an der linken Straßenseite ging er zu Fuß. Es war sehr warm und Schulte verfluchte sich dafür, dass er ausnahmsweise ein Sakko trug. Lieber wäre ihm Hemd oder T-Shirt gewesen, aber er wollte bei diesen vermutlich piekfeinen Immobilienmenschen auch nicht völlig nachlässig auftreten. Die kurze und steile Treppe zur Villa reichte schon aus, um ihn schwitzen zu lassen. Er stellte sich im Eingangsbereich bei einer jungen Dame vor und bat höflich darum, mit Herrn Thomas Kaufmann sprechen zu dürfen.

„Herr Kaufmann ist gerade in einer Besprechung", sagte sie. „Haben Sie noch etwas in der Stadt zu tun?" Als Schulte dies verneinte, schlug sie vor: „Bitte warten Sie eine Sekunde." Dabei wies sie auf eine Sitzgruppe etwas weiter hinten im Flur. „Ich gebe Ihnen sofort Bescheid."

Schulte wartete. Tatsächlich kam die junge Frau kurz darauf zu ihm und bat ihn, ihr zu folgen. „Unser Lift wird leider gerade gewartet", erklärte sie bedauernd, „deshalb müssen wir die Treppe benutzen."

Der schlanken Frau machten die drei Treppenabsätze nichts aus, aber Schulte verfluchte leise die
Technik, die nie funktionierte, wenn er sie gerade
mal brauchte. Die Frau klopfte an die Tür eines Büros, über dem ein kleines Schild darauf hinwies, dass
hier der Sitz der Geschäftsführung sei.

„Herr Sondermann, unser Geschäftsführer." Sie
stellte Schulte einem jungen, smarten, dunkelhaa-
rigen Mann vor, dessen geschäftsmäßiges Lächeln
schnell einfror, als er Schultes Erscheinungsbild näher betrachtete, und dann auch noch erfuhr, dass
er Polizist sei. Als Schulte sich demonstrativ nach
einem Sitzplatz umsah, gab Sondermann gleich die
Rahmenbedingungen vor: „Ich habe leider nur ein
winziges Zeitfenster."

Schulte war in solchen Dingen so sensibel wie ein
Bullterrier. Fröhlich grinsend ließ er sich in einen
der Besuchersessel fallen, schlug gemütlich die Beine
übereinander und fragte: „Sie sind der Nachfolger von
Herrn Kaufmann?"

Der junge Mann schaute ihn etwas angewidert an.

„Das stimmt nur zum Teil. Da die Firma umstruk-
turiert worden ist, sind auch die Positionen nicht 1:1
übernommen worden. Ich leite einen Bereich, den es
zur Zeit der operativen Führung durch Herrn Kaufmann noch gar nicht gab. Herr Kaufmann ist aber
noch aktiv in unserem Hause, allerdings in rein bera-
tender Funktion für die Geschäftsführung."

Schulte winkte ab.

„Das ist mir ehrlich gesagt wurscht. Mich interessieren Ereignisse, die im Jahre 2008 stattgefunden haben. Da waren Sie sicher noch nicht in verantwortlicher Position. Daher wäre es mir lieber, mit Herrn Kaufmann sprechen zu können."

„Das ist leider nicht möglich", erwiderte Sondermann und strich sich affektiert eine schwarze, gelgetränkte Haarsträhne aus der Stirn. „Wie Sie schon gehört haben, ist Herr Kaufmann in einer Besprechung."

„Aha", brummte Schulte. „Und Sie glauben, dass reicht aus, um einer polizeilichen Befragung auszuweichen? Junger Mann, wir ermitteln hier in einem Mordfall. Dahinter hat alles andere zurückzustehen. Auch eine sogenannte Besprechung. Wenn Sie nicht wollen, dass ich hier Krach mache, dann rufen Sie jetzt ihren Vorgänger an und bitten ihn hierher. Oder Sie führen mich zu ihm. Seien Sie froh, dass ich zu Ihnen gekommen bin. Andernfalls hätte ich Herrn Kaufmann zu uns bitten müssen, Sie verstehen?"

Der junge Mann zögerte, schien sich nicht überwinden zu können, diesen kleinen Machtkampf verloren zu geben. Aber dann drehte er sich auf dem Absatz um, ging zu seinem Schreibtisch und drückte auf eine Taste an seinem Telefon.

„Herr Kaufmann, es tut mir furchtbar leid, wenn ich Sie störe. Aber könnten Sie eventuell kurz in mein Büro kommen. Hier ist ein Herr von der Polizei. Er hat Fragen, die das Jahr 2008 betreffen."

Dann wandte er sich wieder zu Schulte.

„Herr Kaufmann kommt."

„Sehen Sie", sagte Schulte und konnte ein Schmunzeln nicht verbergen. „Geht doch."

59

Thomas Kaufmann erwies sich als ein Mann in Schultes Alter. Aber er wirkte deutlich jünger, war groß, schlank, sehr gepflegt und äußerst elegant gekleidet. In Gedanken machte Schulte einen dicken roten Strich durch die Option, Kaufmann könne der Mann gewesen sein, der Bianca Kaiser zwei Tage zuvor überfallen hatte. Den hatte Frau Kaiser zwar auch als großgewachsen, aber als wesentlich athletischer beschrieben, als Bulle von einem Mann. Kaufmann hingegen war fast schlaksig zu nennen.

Und er wirkte wesentlich freundlicher als sein Nachfolger. Als er das Büro von Sondermann, der daraufhin diskret den Raum verließ, betrat, orientierte er sich kurz, ging dann mit strahlendem Lächeln auf Schulte zu, stellte sich vor, setzte sich in den Sessel neben ihm und fragte jovial: „Was kann ich für Sie tun, Herr Schulte? Ich habe schon gehört, es geht um das Jahr 2008. Ein schlimmes Jahr, sage ich Ihnen. Vor allem für unsere Branche. Wir sind damals ganz schön gebeutelt worden, haben aber gerade noch die Kurve gekriegt. Finanzkrise hieß es. Das war Schönrederei, wenn Sie mich fragen. In Wirklichkeit sind wir alle haarscharf an einer weltweiten Wirtschafts-katastrophe vorbeigeschrammt. Aber ich schweife ab. Bitte stellen Sie Ihre Fragen."

Schulte war auf diesen Redeschwall nicht vorbe-reitet und musste sich erst mal wieder sortieren.

„Am 21. November 2008 ist Hans Kaiser, einer Ihrer Mitarbeiter aus der Führungsetage, ums Leben gekommen. Sie erinnern sich sicher."

„Klar erinnere ich mich. Furchtbare Sache, das Ganze. So ein junger Kerl. Und vielversprechend war er auch, das kann ich Ihnen versichern. Hans Kaiser hatte eine große Karriere vor sich. Aber dann so ein Tod. Unter diesen Umständen, schrecklich."

„Was meinen Sie mit diesen Umständen?"

„Na ja, in einem Bordell in voller Aktion zu ster-ben, wie nennen Sie das? Das eignet sich jedenfalls nicht dafür, im Nachruf erwähnt zu werden."

„Sein Tod muss Sie doch ziemlich überrascht ha-ben."

„Das können Sie annehmen", rief Kaufmann mit Leidenschaft. „Ein Kerl in seinem Alter. Kerngesund und vital, so dachten wir jedenfalls. Offenbar hatten wir da alle eine falsche Vorstellung. Er machte jeden-falls nicht den Eindruck, herzkrank zu sein. Sein Tod hat uns nicht überrascht, er hat uns schockiert. Der ganze Betrieb war tagelang lahmgelegt, als hätte je-mand den Stecker rausgezogen. Ich weiß es noch wie heute."

Schulte fand es nun an der Zeit, das Gespräch auf den Punkt zu bringen.

„Hans Kaiser hatte kurz vor seinem Tod damit begonnen, sich Aufzeichnungen zu machen. Die liegen uns nun vor. Ich kann Ihnen so viel verraten, dass es sich dabei ausschließlich um diese Firma dreht. Es ist ein umfangreiches Zahlenwerk geworden. Wir haben es von einem Wirtschaftsfachmann analysieren lassen. Im Ergebnis war es wohl so, dass *Faktor Haus* in der Mitte des Jahres 2008 kurz vor dem Kollaps stand. Große Teile Ihres Portfolios waren stark überbewertet, waren sogenannte Blasen. War es so?"

Kaufmann hob die Hände, als wolle er Schulte ausbremsen. Dann überlegte er lange und sagte schließlich: „Ja, das war so. Das kann ich nicht leugnen. Aber denken Sie mal an diese Zeit zurück. Es war ein weltweites Phänomen, das ein Jahr zuvor in den USA seinen Auslöser hatte. Für unser Haus war Spanien die Bombe, die Ende 2007 hochging. Wir hatten dort große Teile unseres Invests angelegt. Und der Immobilienmarkt in Spanien war hoffnungslos überzeichnet, wie Sie sich vielleicht erinnern können. Irgendwann musste die Blase platzen. Ja, und dann kam auch bei uns alles ins Trudeln. So gesehen, ist Ihre Analyse richtig. Aber warum interessiert Sie das heute noch?"

„Weil wir nicht mehr glauben, dass Hans Kaiser eines natürlichen Todes gestorben ist. Und weil wir Grund zu der Annahme haben, dass sein Mörder gerade dabei ist, sämtliche Belastungszeugen von damals aus dem Weg zu räumen. Es geht hier also nicht um Peanuts, Herr Kaufmann. Die Sache ist verdammt ernst. Da die Aufzeichnungen Kaisers keinen anderen Schluss zulassen, als dass er sich in einem ernsten Konflikt mit seinem Arbeitgeber befunden hat, geraten Sie ganz natürlich in den Blickpunkt. Vor allem Sie persönlich scheinen sein Problem gewesen zu sein."

„Ich?" Kaufmann tippte sich dabei auf die Brust. „Ich war sein Problem? Wissen Sie, Herr Schulte, wer Hans Kaiser in diese Firma geholt hat? Ich. Wissen Sie, wer ihn bei jeder Gelegenheit gefördert und ihn letztlich in den Vorstand gebracht hat? Ich. Er war ein bisschen wie der Sohn, den ich nie hatte. Er hätte mir dankbar sein können oder sogar müssen. Kaiser war verdammt gut, aber er war auch krankhaft ehrgeizig und konnte den Hals nicht vollkriegen. Letztendlich wollte er wohl auf meinen Chefsessel. Bei etwas mehr Geduld hätte er das auch schaffen können. Aber Geduld war nicht sein Ding. Er hat alles getan um hochzukommen. Hat intrigiert, hat die Vorstandskollegen aufgehetzt und so weiter. Es war schmerzhaft, dies anzusehen. Irgendwann konnte ich nicht anders handeln und musste ihm mit Rausschmiss drohen. Drohen wohlgemerkt. Es ist nie dazu gekommen. Wenn er das als persönliches Problem mit mir geschildert haben sollte, dann tut das schon weh."

Er stand auf und drehte, beide Hände in der Hosentasche, eine Runde um die Sitzgruppe. Dann wandte er sich wieder Schulte zu, schaute ihn lange sehr ernst an und fragte: „Was bedeutet das Ganze jetzt? Soll das heißen, dass ich im Verdacht stehe, Hans Kaiser getötet zu haben? Ist es so?"

Schulte dachte nach, bevor er antwortete: „Wir überprüfen nur alle Spuren, die uns zur Verfügung stehen. Schlüsse ziehen wir erst, wenn alle Fakten auf dem Tisch liegen. Aus dem, was Sie gesagt haben, geht hervor, dass Sie Kaiser als Mitarbeiter schätzten, mit dem Menschen Kaiser aber nicht gut zurechtkamen. Wie war er denn so?"

„Kompliziert war er." Kaufmann lachte kurz, aber humorlos, als er sich seinen Erinnerungen hingab. „Ehrlich gesagt habe ich ihn nie so richtig verstanden. Im Job war er durch und durch professionell, sachlich, klar, durchsetzungsstark. Deshalb hatte ich ihn ja zu uns geholt. Privat war er ein einziges großes Fragezeichen für mich. Ihn zum Essen einzuladen habe ich nach zwei erfolglosen Versuchen aufgegeben. Seine Frau habe ich nie kennengelernt, er hat sie regelrecht vor seinen Kollegen versteckt. Warum, weiß ich nicht. Und dann sein Doppelleben. Hier der starke Businessman und im Bordell ließ er sich anketten und auspeitschen. Was war das? Wie passte das zusammen? Wir im Vorstand wussten alle von seinen sexuellen Vorlieben, denn wir hatten einen Hinweis aus der Rotlicht-Szene bekommen. Fotos,

Sie verstehen? Wahrscheinlich wollte man uns damit erpressen, aber das haben wir im Keim erstickt und überhaupt nicht reagiert. Denn ..."

„Moment", warf Schulte ein. „Was für ein Hinweis? Welche Fotos? Und von wem kamen die?"

Wieder drehte Kaufmann eine Runde um Schultes Sessel.

„Herr Schulte, das ist vor zehn Jahren gewesen. So genau weiß ich das nicht mehr. Kann sein, dass die Fotos noch in meinem Tresor vergraben sind. Irgendwo in der hintersten Ecke. Ich kann ja mal suchen, wenn Sie möchten. Und von wem das kam? Keine Ahnung, ehrlich gesagt. Ich nehme an, von dem Bordellbetreiber. Aber da ich mit diesem Milieu nichts zu tun haben wollte, habe ich das nicht weiterverfolgt. Übrigens bin ich, jetzt fällt es mir wieder ein, ein paar Tage später zu einer längeren und für uns verdammt wichtigen Geschäftsreise in die USA geflogen, musste mich intensiv vorbereiten und hatte überhaupt nicht den Kopf frei, mich um so einen Schmuddelkram zu kümmern."

„Dann waren Sie in den USA, als Kaiser am 21. November starb?"

Kaufmann legte die Stirn in Falten.

„Ja, sicher. Und ich war mit ganz anderen Problemen beschäftigt. Wenn Sie wollen, kann ich das gern nachweisen."

60

Was für eine Woche! Jupp Schulte ruckelte sich auf der Thekenbank zurecht, nahm einen großen Schluck Bier und dachte an die vergangenen Tage. Der Tod des alten Arztes hatte ihn stark mitgenommen. Wieder einer, dem Schultes Ermittlungen das Leben gekostet haben. Es war einfach schrecklich. Zum Glück hatte er Bianca Kaiser in letzter Sekunde vor dem gleichen Schicksal bewahren können. Wenn er jetzt, in diesem Augenblick, die Nachricht bekommen würde, dass Thomas Kaufmann einen tödlichen Unfall hatte, dann würde ihn das schon nicht mehr wundern. Aber es hatte auch positive Entwicklungen gegeben. Die Zusammenarbeit im neuen Team hatte sich deutlich verbessert, was in erster Linie ein Verdienst von Adelheid Vahlhausen war, wie Schulte wusste. Es war zwar noch lange nicht so, dass von einem echten Team gesprochen werden konnte, aber es war im Werden. Marco van Leyden würde wohl immer ein aggressiver Quertreiber bleiben und Hubertus von Fölsen war und blieb ein besserwisserischer Snob. Damit musste Schulte einfach lernen zu leben. Mit Maren Köster, eine ganz zentrale Figur in seinem Leben, war er auch wieder im Reinen. Gut so. Er brauchte all diese Menschen, sie bedeuteten ihm mehr, als er jemals zugeben würde. Seine Arbeit und seine Kollegen waren sein Leben. Darüber hinaus gab es nichts. Seine

Familie bestand aus seiner Tochter Ina und seinem Enkel Linus. Aber Ina war im Begriff, wegzuziehen und Linus mitzunehmen. Lena, seine andere Tochter, wohnte weit weg. Er sah sie nur ganz selten. Was blieb ihm, wenn Ina und Linus nicht mehr hier wohnen würden? Freunde hatte er nicht, dafür war nie Zeit geblieben. Es war auch nicht Schultes Art, sich um andere Menschen zu bemühen. Früher hatte er dieses Dilemma gern romantisiert und sich als einsamer Wolf bezeichnet. Mit 40 passt das vielleicht noch, wusste er heute. Aber spätestens mit 50 wird aus dem einsamen Wolf ein begossener Pudel. Jetzt hatte er die 60 überschritten und würde demnächst in den Ruhestand gehen. Dann hatte er nur noch sich selbst. Und vielleicht Anton Fritzmeier, aber der gehörte einer anderen Generation an, konnte vieles von dem, was Schulte bewegte, nicht nachempfinden. Schulte gruselte es, wenn er an den Ruhestand dachte. Er würde einsam sein, sehr einsam. Ein Hobby hatte er auch nicht. Nur in seine Arbeit hatte er sich gestürzt, sich darin regelrecht verbissen. Was nun? Es sah düster aus für ihn.

Ein kleiner Lichtblick war der Mann, der nun die Treppe der *Gaststätte Braugasse* herunterkam. Hermann Rodehutskors war ein gemütlich wirkender älterer Herr, ebenso breit wie hoch. Ein ehemaliger Journalist der Heimatzeitung und bereits seit vielen Jahren Rentner. Immer wieder hatte Rodehutskors es geschafft, Schultes Ermittlungen auf die Sprünge zu helfen. Er kannte einfach alle bedeutsamen Leute und wusste dieses und jenes von ihnen. Schulte mochte und schätzte diesen kleinen, dicken Mann. Aber war er auch ein Freund? Nein, gestand sich Schulte. Mehr ein guter Bekannter.

„Na, Herr Schulte, Wochenende?", begrüßte ihn Rodehutskors. Schulte stand auf und ging mit ihm zu einem der noch freien Tische. Sie unterhielten sich, wie fast alle Menschen in diesen Tagen, über die Fußball-Weltmeisterschaft, das trostlose Abschneiden der deutschen Mannschaft und über die Rolle, die einzelne Akteure dabei gespielt hatten. Auch hier erwies sich Hermann Rodehutskors als kenntnisreich. Aber dann erzählte Schulte von dem, was ihn im Augenblick umtrieb. Prompt konnte Rodehutskors sich bestens an den Todesfall im Bordell erinnern.

„War ja Tagesgespräch damals", erinnerte er sich. „So oft kommt es nicht vor, dass einer im Puff die Löffel abgibt. Außerdem war das kurz vor meinem Ruhestand. An diese Zeit der freudigen Erwartung kann ich mich sehr gut erinnern."

„Dann kannten Sie wahrscheinlich auch Horst Bukow, den Bordellbetreiber, oder? Rein dienstlich, meine ich."

Rodehutskors lachte.

„Klar, rein dienstlich. In der Tat habe ich mehrfach mit ihm zu tun gehabt. Sein Club, wie hieß er denn noch … richtig, der *Club d'Amour* in Lemgo, hatte ja häufiger für Gesprächsstoff gesorgt. Ich habe mehrfach mit Bukow gesprochen und über ihn in der Heimatzeitung geschrieben."

„Welchen Eindruck hatten Sie von ihm?"

Rodehutskors überlegte. Er strich sich dabei genüsslich über die Glatze, offenbar brachte das sein Erinnerungsvermögen in Schwung.

„Also, um ganz ehrlich zu sein: Ich fand ihn eigentlich ganz sympathisch. Ein handfester Kerl, geradeaus, hat das Herz auf der Zunge. Obwohl …" Der ehemalige Journalist legte eine weitere Denkpause ein. „Naja, ich denke, in seinem Beruf darf man auch nicht allzu verfeinerte Umgangsformen pflegen. Da muss man schon mal hart durchgreifen. Und das konnte Bukow, oh ja. Die Lemgoer Notfallambulanz hat im Laufe der Jahre einige Visagen reparieren müssen, die durch seine Hände gegangen waren. Nicht zu unterschätzen, dieser Mann. Was macht er eigentlich jetzt? Auch Rentner?"

Schulte brachte ihn kurz auf den neuesten Stand. Dann fragte er sehr direkt: „Würden Sie Bukow zutrauen, einen seiner Kunden zu vergiften, wenn er dafür vielleicht eine Menge Geld bekommen würde?"

Rodehutskors rieb wieder lange seine Glatze. Dann nahm er einen großen Schluck aus seinem Bierglas.

„Kann ich mir eigentlich nicht vorstellen. Jemanden zusammenschlagen mit Todesfolge, okay. Aber vergiften? Das passt nicht zu ihm. Andererseits, man guckt den Leuten nur vor den Kopf. Haben Sie ihn im Verdacht? Meinen Sie, er hätte damals diesen jungen Mann auf dem Gewissen gehabt?"

Schulte zuckte mit den Schultern.

„Keine Ahnung. Aber irgendwie laufen alle Fäden bei ihm zusammen. Er muss einfach mehr wissen, als er uns erzählt hat."

61

Warum machte diese alte Geschichte plötzlich so einen Ärger? Erst der Besuch dieses Polizisten aus Detmold, der ihn eine Stunde Zeit gekostet hatte. Schwamm drüber. Aber dieser Anruf vor fünf Minuten, der war schon eine Spur heftiger gewesen. Was war denn nur los?

Es war Samstagnachmittag, Thomas Kaufmann hatte kurz daran gedacht, ein Nickerchen zu machen. Das tat er neuerdings häufiger, wenn seine Zeit es zuließ. Er nahm erneut das Telefon zur Hand und wählte eine eingespeicherte Telefonnummer.

„Rechtsanwaltskanzlei Mannhardt und Conrad", meldete sich eine Männerstimme, die genau so müde klang wie Kaufmann sich fühlte.

„Ich bin's, Thomas", meldete sich Kaufmann. „Hast du eine Sekunde für mich?"

„Auch eine Minute, wenn's sein muss", brummte sein Gegenüber und gähnte deutlich hörbar.

„Ich habe gerade etwas Ärger", begann Kaufmann.

„Wegen einer uralten Geschichte. Ist zehn Jahre her. Gestern war ein Polizist aus Detmold bei mir und hat mir viele Fragen zum Todesfall von Hans Kaiser gestellt. Du erinnerst dich daran? Ist 2008 ganz überraschend im Puff verstorben. Ich weiß nicht, was diesen Polizisten umtreibt, warum er die alte Sache wieder aufwärmt. Wahrscheinlich braucht sein Ego mal wieder Futter. Aber egal, soll er ruhig mal ein paar Fragen stellen. Was jedoch gerade passiert ist, das beunruhigt mich viel mehr. Warte mal eben!

Kaufmann legte den Hörer zur Seite und zündete sich deutlich hörbar eine Zigarette an. Als er das Gerät wieder ans Ohr hielt, fragte der Rechtsanwalt: „Seit wann rauchst du denn wieder?"

„Seit fünf Sekunden", antwortete Kaufmann. „Ich hatte noch eine alte Schachtel im Schrank deponiert, schon ein bisschen eingetrocknet, für alle Fälle. Und so einen Fall habe ich nun. Eben kam ein mieser kleiner Anruf rein. Genauer gesagt, ein veritabler Erpressungsversuch."

„Himmel!", rief der Anwalt überrascht. „Was hast du denn ausgefressen?"

„Ich? Nichts natürlich. Es ging auch hier wieder um die Geschichte mit Kaiser. Versuch mal, dich zu erinnern, wie er gestorben ist. Es war nur natürlich, dass Fragen gestellt wurden. Die Umstände waren ja sowohl pikant als auch ungewöhnlich. Auch mir sind damals Fragen gestellt worden, ist ja klar."

„Aber was war denn nun mit diesem Anruf", fuhr der Rechtsanwalt ungeduldig dazwischen.

„Ein Mann, der früher mal für mich gearbeitet hat. Untergeordnete Person, ohne jede Bedeutung. Der hat ungefähr Folgendes behauptet: Er wisse genau, dass ich für den Tod von Hans Kaiser verantwortlich sei. Das könne er beweisen. Stell dir das mal vor! Aber es ging noch weiter: Jetzt würde die Polizei ihn verdächtigen und er müsse sofort das Land verlassen."

„Ein Irrer?", fragte der Anwalt.

„Nein, der machte trotz allem einen ganz klaren Eindruck. Vielleicht war beim Tod von Kaiser doch nicht alles so astrein, wie wir dachten. Und wahrscheinlich hatte dieser Anrufer dabei die Finger im Spiel."

„Aber warum behauptet er so was über dich?"

„Weil er mir Angst machen wollte", erklärte Kaufmann. „Ich denke, ihm ging es nur um eines: Er will Geld von mir erpressen, und zwar eine Menge Geld. Dazu muss er Druck aufbauen und genau das hat er versucht. Aber es wird ihm nicht gelingen."

„Was macht dich so sicher?"

„Weil ich diesen Hans Kaiser nicht ermordet habe. Ich war damals gar nicht im Land, sondern ein paar tausend Kilometer entfernt. Verdammt, auch dieser Polizist hat mir so merkwürdige Fragen gestellt. Kaiser muss irgendwas schriftlich hinterlassen haben, das mich belastet. Was auch immer er sich aus den Fingern gesogen hat. Wir hatten nicht das beste Verhältnis zum Schluss. Das stimmt schon. Da sind wohl seine Neurosen mit ihm Schlitten gefahren. Aber ich habe ihn nicht angerührt, das musst du mir glauben. Und deswegen sieht dieser miese Erpresser kein Geld von mir."

„Richtig so", beglückwünschte ihn sein Anwalt. „Aber dann ist doch alles gut. Wie komme ich dabei ins Spiel?"

„Nichts ist gut", schimpfte Kaufmann. „Ich habe das dem Anrufer natürlich auch gesagt. Daraufhin hat er mir noch mal gedroht: Ich solle, wenn ich nicht zahle, ab sofort hinter jedem Busch, hinter jeder Hausecke mit ihm und seinem Messer rechnen. Er will am Montag wieder anrufen, um meine endgültige Entscheidung zu hören. Dann hat er aufgelegt."

„Oh, oh. Das hört sich nicht gut an. Aber jetzt noch mal. Wie kann ich dir helfen?"

„Du musst mich vertreten! Nein, nicht vor Gericht, sondern bei diesem Mistkerl. Ich fliege morgen wieder in die USA. Diesmal aber nur für eine Woche. Das ist eine lange geplante Geschäftsreise, da hängt viel dran und die kann ich auch nicht mehr stoppen. Ich werde einfach mein privates Telefon auf deine Nummer weiterleiten. Dann sprichst du als mein Anwalt mit ihm. Vielleicht macht das Eindruck. Das musst du bitte für mich machen. Wozu hat man einen Rechtsanwalt?"

62

Wieder saß Anton Fritzmeier in seinem Hofladen und fragte sich, wie lange er das eigentlich noch machen wollte. Er war alt genug, sich vollkommen zur Ruhe zu setzen, die Füße hochzulegen und das zu genießen, was ihm vom Leben noch blieb. Schließlich konnte in seinem Alter jeder Tag sein letzter sein. Aber ein Leben auf dem Sofa konnte sich Anton Fritzmeier absolut nicht vorstellen. Er würde, von Natur aus sowieso ein Eigenbrödler, vollkommen vereinsamen. Nein, dachte er, der Hofladen machte zwar eine Menge Arbeit, brachte ihn aber auch mit Menschen zusammen. Auch wenn die Kunden ihm manchmal auf die Nerven gingen.

Als er an die Veganer-Frau dachte, die vor einigen Tagen seinen Puls in Wallung gebracht hatte, musste er schmunzeln. „Watten verrücktes Huhn", lachte er in Erinnerung an diesen Besuch. Zum Glück blieben solche Kunden die Ausnahme. Ob sie ihre Drohung wahrgemacht und ihn tatsächlich auf Facebook schlechtgeredet hatte, wusste Fritzmeier nicht. Die Welt des Internets war ihm mindestens so fremd wie die Rückseite des Mondes.

„Watte nich weiss, macht dich nich heiß", fand er und blieb die Ruhe selbst.

Nur Sekunden später betrat ein Paar den Hofladen, bei dessen Anblick Fritzmeier dann doch innerlich verkrampfte. Gerade erst hatte er an diese Frau gedacht. Nun stand sie vor seiner Kassentheke und schaute herrisch auf ihn herab. An ihrer Seite ein ebenso stattlicher Endvierziger im teuren Anzug. Der Mann schob seine Frau etwas zur Seite und sprach Fritzmeier an: „Wissen Sie, dass meine Frau sich ihretwegen furchtbar aufregen musste? Sie wollen doch Geld verdienen, oder? Wie kann man denn da so pampig mit seinen Kunden umgehen?"

Doch diesmal war Fritzmeier gewappnet.

„Cheld verdienen?", sagte er, als sei dies seine feste Überzeugung. „Nee, ich mache dat hier nicht für Cheld. Es macht mich einfach Spass, mit so nette Leute wie Sie zu plaudern." Dann machte er der Frau gegenüber sogar so etwas wie eine Verbeugung. „Schön, dat Se wieder hier sind, chnädige Frau."

Das Ehepaar wusste offenbar nicht recht, was davon zu halten war. Der Mann brummte etwas, dann gingen die Beiden durch den Laden und schauten sich um.

„Wir suchen frisches Gemüse", rief der Ehemann quer durch den Raum. „Ist ihre Ware auch wirklich frisch? Wenn Sie schon keinen veganen Käse haben, dann hoffentlich wenigstens frisches Gemüse."

„Dat Chemüse is chenauso so frisch wie ich selbst", rief Fritzmeier putzmunter zurück.

„Wollen mal sehen", sagte der Kunde, nahm einen Kohlrabi aus dem Korb und drückte kräftig darauf herum. Fritzmeier sah das, ärgerte sich, kommentierte dieses Verhalten aber nicht. Erst als der Mann den dritten Kohlrabi ausgiebig betastet hatte und dann das Gleiche mit den Gurken machte, konnte er nicht an sich halten.

„Da können Se ruhig draufrumdrücken", sagte er. „Da kommt keine Musik raus oder so. Dat sind einfach nur Kohlrabi und Churken. Aber wenn dat jeder macht, dann werden die matschig und ich kann die Dinger wechschmeißen. Also, wollen Se die nun kaufen oder nich?"

Der Anzugträger kam mit einem Kohlrabi und zwei Gurken zur Kasse. Bevor er die Ware zum Wiegen ablegte, sagte er zu Fritzmeier: „Guter Mann, Sie müssen noch viel lernen, wenn Sie im Geschäft bleiben wollen. Der Kunde ist immer König. Merken Sie sich das. Service ist alles. Ich wäre nicht so erfolgreich, wenn ich nicht den besten Service bieten würde, den man sich vorstellen kann. Bei mir ist der Kunde das Maß aller Dinge."

Fritzmeier zerbiss den Fluch, der ihm auf den Lippen lag und versuchte, so ruhig wie möglich zu fragen: „Soso. Was machen Se denn so beruflich?"

Der Mann rückte seinen Krawattenknoten zurecht, warf sich in die Brust und sagte: „Ich bin Geschäftsführer des Möbelhauses *Stilvoll Residieren* in Detmold. Das kennen Sie bestimmt, kennt eigentlich jeder. Bei uns können Sie ganz selbstverständlich alle Möbel anfassen. Und auf unsere Stühle dürfen sich die Kunden auch probehalber setzen. Das versteht sich doch von selbst. Service, guter Mann. Da verstehen Sie nichts von. Wenn ich mich so verhalten würde wie Sie, dann wäre ich längst pleite."

Seine Ehefrau, die bis jetzt geschwiegen hatte, trat nun neben ihn und sagte: „Und mit Hygiene haben Sie es wohl auch nicht so, oder? Hier müsste mal dringend geputzt werden. Schließlich handeln Sie mit Lebensmitteln."

Wieder bimmelte die Türglocke und ein junger Mann aus dem Dorf trat ein.

Als ihr Mann das Gemüse auf dem Kassentisch ablegen wollte, fiel sie ihm in den Arm.

„Nein, Markus", sagte sie im Befehlston. „Wir wollen doch, dass unser Gemüse sauber bleibt."

Sie holte ein kleines grünes Tuch aus ihrer riesigen Handtasche und legte es auf den Kassentisch.

„So, hier kannst du die Gurken drauflegen", wies sie ihren Mann an. Dann legte sie ein zweites Tuch daneben für den Kohlrabi.

Fritzmeier kochte innerlich, hielt sich aber bedeckt und wog das Gemüse samt den Tüchern ab. Dann nannte er den Preis.

„Sie müssen das Gewicht der Tücher aber abziehen", beschwerte sich die Frau. „Die kaufen wir ja nicht mit."

Der junge Mann aus dem Dorf stand ungeduldig mit einer Packung Eier hinter ihr und wartete darauf, endlich bezahlen zu können. Doch das Ehepaar bestand auf eine Preisreduzierung.

„Aus Prinzip", tönte der Möbelhausgeschäftsführer. „Wir wollen ja korrekt bleiben. Auch wenn es nur um wenige Cents geht."

Das war dem jungen Dorfbewohner offenbar zu viel.

„Wenn Sie sich das Gemüse nicht leisten können", sagte er im einfühlsamen Tonfall eines Sozialarbeiters, „dann kann ich Ihnen die Preisdifferenz auch gern leihen. Ohne Zinsen."

Der Mann im Anzug schnaubte wütend, knallte einen Schein auf den Kassentisch, ließ sich das Wechselgeld geben und verließ den Hofladen. Seine Frau stolzierte mit gekränkter Miene hinterher und knallte dabei die Eingangstür so laut zu, dass der ganze Hofladen bebte.

63

Montagmorgen. Schulte saß am Tresen des Kneipenraumes und trank seinen ersten Kaffee. Hubertus von Fölsen war sicher schon im Haus und arbeitete an seinem Buch. Und van Leyden hatte sich vor ein paar Minuten, bekleidet mit knallbunten Laufklamotten und abweisend wie immer, zu seiner täglichen Joggingrunde auf den Weg gemacht.

Schulte hatte nichts dagegen, dass er hier so alleine seinen Kaffee trinken konnte. Er dachte eher uninteressiert an den gestrigen Fußballabend. Russland hatte Spanien rausgeworfen und Kroatien sich gegen Dänemark durchgesetzt. In der privaten Tipprunde lag sein Enkel Linus mal wieder vor ihm. Hatte der Junge wirklich mehr Fußballverstand als er? Schulte, der seit über 40 Jahren einer der besten Trainerberater wäre, wenn ihn nur einer der Fußballlehrer fragen würde, zweifelte langsam aber sicher an seinen Kompetenzen.

Die Ergebnisse betreffend war diese Fußballweltmeisterschaft sowieso eine der verrücktesten der Fußballgeschichte. Und diese hatte für Schulte mit der Weltmeisterschaft 1966 begonnen.

Und es war für Schulte mittlerweile eine der uninteressantesten. Deutschland war in der Vorrunde ausgeschieden. Ja, er war ein Fan der deutschen Nationalmannschaft. Wenn die Deutschen aber nicht mehr mitspielten, wurde die WM für ihn fade.

Jemand legte Schulte eine Hand auf den Arm. Die Berührung riss den Polizisten aus seinen Gedanken über die bis vor kurzem noch wunderbare Welt des Fußballs.

Hinter ihm stand Maren Köster.

Schulte setzte sein unnachahmlich schiefes Lächeln auf und meinte: „Na, Maren, mal wieder mit einem alten Kollegen Kaffee trinken?"

Er stand auf nahm eine Tasse und machte sich an der Maschine zu schaffen.

Während Maren Köster sich einen Barhocker vor der Theke passend rückte, hörte sie, wie der Kaffee mit ächzenden und spuckenden Geräuschen in die Tasse lief.

Schulte stellte ihr mit den Worten: „Was verschafft mir denn die Ehre deines Besuches?", eine Tasse Kaffee hin.

„Um ehrlich zu sein, wir kommen in den Mordfällen nicht unbedingt weiter", gab Maren Köster resigniert Auskunft und trank einen Schluck. In ihrem Gesicht spiegelte sich die wohltuende Wirkung des Kaffees wieder.

„Ich habe mir jetzt alle deine Akten durchgesehen. Danach bin ich zu dem Schluss gekommen, dass wir diesen Bordellbesitzer, diesen Horst Bukow zu wenig beachtet haben. Was hältst du von dem Mann?"

Schulte überlegte einen Moment. „Wenn ich meinem Gefühl glaube, würde ich sagen, der Mann ist sauber. Aber der Kaufmann hat da in dem letzten Gespräch, das ich mit ihm geführt habe, so eine Andeutung gemacht. Die bekommt jetzt, wo du Bukow auf die Liste der Verdächtigen setzt, noch einmal eine andere Bedeutung. Kaufmann hat mir nämlich erzählt, dass damals kompromittierende Bilder von dem toten Kaiser in einer Vorstandssitzung der *Faktor Haus* herumgezeigt wurden. Ich bin mir mittlerweile sicher, dass diese Bilder, wenn es sie denn gibt, nur von Bukow kommen können. Aber wie gesagt, Kaufmann hat lediglich von Bildern gesprochen. Den Beweis der Existenz ist er bis jetzt schuldig geblieben."

Die beiden Polizisten schwiegen eine Weile. Dann

fuhr Schulte fort: „Andererseits spricht vieles dafür, dass Bukow nichts mit dem Mord an Kaiser zu tun hat. Es gibt viele Zeugenaussagen aus dem direkten Umfeld von Bukow, die ihn maßgeblich entlasten."

Wieder eine Denkpause.

„Obwohl", fuhr Schulte fort. „Jetzt wo du mich so direkt fragst, so richtig wasserdicht sind die meisten Alibis dann auch wieder nicht. Dieser Barmann zum Beispiel, den, den alle Charly nennen, der sagt zwar aus, dass Bukow auf keinen Fall den tödlichen Drink gemixt haben könne. Und trotzdem entlastet diese Aussage den Bordellbesitzer nicht wirklich, weil der Barmann an dem Abend, als Kaiser umgebracht wurde, nachweislich krank war. Das habe ich überprüft. Charly hat also gar nicht wirklich gesehen, wer da die Getränke gemixt hat. Er behauptet lediglich, das Bukow zu ungeschickt für solche Aufgaben ist. Dessen Kompetenz, so behauptet dieser Charly, hört beim Öffnen der Bierflaschen auf."

Maren Köster runzelte ihre Stirn. „Was ist nun, Jupp? Was mache ich mit Bukow? In die Mangel nehmen oder nicht?"

„Mein Gefühl sagt: Bukow hat nichts mit dem Mord zu tun", brummelte Schulte. „Aber es wäre ein Fehler, wenn wir ihn nicht doch noch einmal unter die Lupe nehmen würden." Er stieß einen Seufzer aus. „Dreh ihn durch den Wolf, Maren. Entweder wir haben eine neue Spur oder wir haben die Gewissheit, dass Bukow sauber ist."

64

Ein Lkw war über ihn hinweg gedonnert. So fühlte sich sein Körper jedenfalls heute Morgen an. Bukow zog sich sein Kopfkissen über die Augen, um den Sonnenstrahlen, die auf sein Gesicht fielen, keine Chance zu geben, seine Netzhaut zu malträtieren. Es wurde immer anstrengender sich im Milieu zu behaupten. Aber was sollte er machen? Einen Nachfolger gab es nicht. Sein Sohn hatte einen anderen Weg eingeschlagen. Der Junge war nach seinem Abitur und dem Jurastudium Rechtsverdreher geworden. Nach dem ersten Ärger darüber erfüllte dies Bukow mittlerweile mit Stolz.

Er selbst konnte wenig zur Schulkarriere seines Sohnes beitragen. Doch die für ihn arbeitenden Damen umso mehr. Bukow konnte sich noch sehr genau an Karola erinnern. So eine dralle Schwarzhaarige. Sie hatte Mathematik studiert, um ihr Studium zu finanzieren ging sie für Bukow anschaffen. Und wenn sie keinen Freier hatte, gab sie Bukows Sohn Nachhilfe.

Bei Bukow gab es damals klare Regeln. Die Kohle wurde geteilt. Dafür stellte er die Räumlichkeiten und seinen Schutz zur Verfügung. Alles das, was in seinem Club an Speisen und Getränken umgesetzt wurde, wanderte in seine Tasche.

Die Frauen mussten nicht bei ihm arbeiten. Es geschah auf freiwilliger Basis. Aber: Sein Haus, seine

Regeln. Wer dies nicht akzeptieren wollte, musste gehen.

Das war damals. Doch in den letzten Jahren ging es mit seinen Geschäften langsam aber stetig bergab. Die Szene hatte sich verändert. Mehr und mehr spielte das Internet eine Rolle. Die Frauen brauchten Bukows Schutz nicht mehr. Viele boten ihre Dienste in ihren Wohnungen an. Manche dann, wenn die Ehemänner zur Arbeit gegangen waren. Und damit das Zuhältergesindel die Kreise der Freischaffenden nicht störten, engagierten die Frauen professionelle Wachdienste, deren Bodyguards, wenn es mal gefährlich wurde, in wenigen Minuten zur Stelle waren.

Aber auch das Umfeld der traditionellen Bordellszene war härter und brutaler geworden. Heute wurde in der Szene mit Waffen und Drogen gehandelt und oft genug nahm man den Frauen die Pässe ab, sperrte sie ein und ließ sie jahrelang umsonst schuften. Wer nicht spurte, wurde misshandelt oder auch mal um die Ecke gebracht. Ein Menschenleben war diesen Typen einen Schiss wert. Und wenn hin und wieder mal einer von denen über die Klinge ging, dann wurde er in der Weser oder in einer frisch gegossenen Betondecke versenkt.

Solche Aktionen sorgten für wenig Aufsehen. Wenn einer dieser Typen verschwand, dann fiel das nicht weiter auf, denn sie waren sowieso illegal hier. Ihre Namen tauchten in keinem der Einwohnermeldeämter Ostwestfalens auf. Also merkte auch niemand außerhalb der Szene, wenn mal einer nicht mehr auftauchte.

Bukow wollte mit diesen Typen und deren Mentalität nicht mehr mithalten. Das, was da draußen im Milieu abging, war nicht mehr seine Welt. Aber er hatte ausgesorgt. Er musste noch ein paar geschäftliche Dinge regeln, ein paar Läden abwickeln und dann war Schluss. Spätestens nächstes Jahr würde er sich zur Ruhe setzen.

An Bukows Haustür klingelte jemand Sturm. Was war denn jetzt los? War der Typ da draußen von allen guten Geistern verlassen. Wütend sprang Bukow aus dem Bett und stürzte zur Tür. Dem Kerl würde er was an den Hals hauen, dass der die Engel im Himmel singen hören würde.

Er riss die Tür auf und wollte gerade den ersten Schlag setzen, bremste jedoch seine Faust noch in der Ausholbewegung ab. Vor ihm standen zwei Polizisten in Uniform.

Eine Stunde später saß er in einem Verhörraum der Detmolder Polizeibehörde und harrte der Dinge, die da kamen.

Eine rothaarige Frau betrat den Raum. Sie sieht verdammt gut aus, dachte Bukow. Aber sie hat einen harten Zug um den Mund. Vorsicht Junge, meldete sich sein Unterbewusstsein, mit der ist nicht zu spaßen. Bukow war augenblicklich hoch konzentriert. Die Auswirkungen der anstrengenden letzten Nacht waren wie weggeblasen.

Nachdem die Polizistin, die sich als Maren Köster vorgestellte hatte, einige Formalien mit ihm geklärt hatte, kam noch ein etwas zu groß gewordener Milchbubi dazu, Lindemann nannte er sich.

„Herr Bukow", eröffnete die Polizistin das Gespräch. „Sie wundern sich sicher, dass wir Sie zu uns in die Kreispolizeibehörde geholt haben."

Bukow nickte lediglich. Lieber erst mal abwarten, bevor ich hier den Lauten mache, dachte er.

„Aber vielleicht wundern Sie sich auch nicht, sondern wissen genau, warum Sie hier sind", bemerkte die Polizistin. „Und Sie spielen hier nur den Überraschten."

„Was soll der Blödsinn", brummte Bukow. „Sagen Sie mir, was Sie von mir wollen, oder ich verabschiede mich wieder."

„Na, na, Herr Bukow, nun mal nicht so selbstbewusst", raunzte ihn die Frau an. „Wann Sie gehen, bestimmen immer noch wir."

„Na dann", entgegnete Bukow scheinbar gelassen, „dann reichen Sie mir mal das Telefon."

Jetzt schaltete sich der Milchbubi ein. „Ich denke, wir sollten doch mal die Schärfe aus dem Gespräch nehmen und wie vernünftige Menschen miteinander reden."

„Keine schlechte Idee", nahm Bukow die Anregung auf und grinste in einer Art und Weise, dass sowohl Maren Köster, als auch Lindemann augenblicklich an Schulte denken mussten. „Aber ich rufe doch sicherheitshalber mal meinen Sohn an, damit hier nichts anbrennt."

„Tut mir leid, Bukow, Familienanschluss ist hier bei uns nicht vorgesehen. Sie können einzig Ihren Anwalt anrufen", schaltete sich jetzt wieder diese Köster ein.

„Herr Bukow", korrigierte er die Polizistin. „Herr Bukow, soviel Zeit muss sein. Ja und was den Anwalt angeht, meiner ist mein Sohn. Und den ruft jetzt entweder einer von Ihnen an oder ich telefoniere selbst mit meinem Jungen."

Bukow legte grinsend eine Visitenkarte auf den Tisch. „Und wenn das erledigt ist, dann können wir uns ein bisschen unterhalten." Bukow lehnte sich in seinem Stuhl zurück. „Wohlgemerkt unterhalten, damit uns die Zeit nicht zu lang wird. Offiziell wird es, wenn der Junge eingetrudelt ist. Damit das klar ist."

Den Polizisten war längst klar geworden, dass Horst Bukow nicht das erste Mal mit der Polizei zu tun hatte. Obwohl, vorbestraft war er nicht. Bis jetzt hatte er eine saubere Weste. Das hatten die beiden Polizisten mit Verwunderung herausgefunden.

Maren Köster blies sich ärgerlich eine Haarsträhne aus dem Gesicht, nahm die kleine Karte mit der Telefonnummer vom Tisch und verließ den Raum.

„So, Herr Lindemann", gab sich Bukow jovial. „Jetzt erzählen Sie doch mal, warum Sie mich vorhin aus dem Bett geschmissen haben."

65

Es war nicht zu glauben, aber Horst Bukow war tatsächlich ein Meister des Small Talks. Er war geradezu amüsant. Das hätte ihm Maren Köster ebenso wenig zugetraut, wie sein selbstbewusstes Verhalten, als sie und Lindemann ihn verhören wollten.

Okay, sie hatte nicht den richtigen Ton getroffen, aber das gelang ihr fast nie, wenn sie es mit Männern zu tun hatte, die man gemeinhin als Zuhälter bezeichnete. Auch wenn Schulte ihr gegenüber behauptet hatte, dass man Bukow nicht ganz gerecht wurde, wenn man ihn so nannte. Für Maren gehörte er in diese Kategorie. Männer neigten ihrer Meinung nach manchmal zu einer gewissen Verklärung, wenn es sich um das Rotlichtmilieu handelte. Zumindest aber waren sie oft auf beiden Augen blind, was die Rolle ihrer Geschlechtsgenossen anging.

Es klopfte. Im nächsten Augenblick erschien ein Kopf im Türspalt, der ganz klar einer jüngeren Ausgabe von Horst Bukow gehörte. Nur steckte der Mann, der zu dem Haupt gehörte, nicht in einer verschlissenen knielangen Khakihose und einem ausgebeulten T-Shirt wie der Vater. Er trug einen teuren Designer-Sommeranzug und ein blütenweißes Hemd.

„Na Vatter, was hast du denn verbrochen, dass du hier festgehalten wirst?"

Horst Bukow gab ein Geräusch von sich, das dem Grunzen eines Schweines nahekam.

„Wenn ich ehrlich bin, weiß ich das auch nicht so genau. Aber ich denke, das wird uns die Lady von der Mordkommission gleich eröffnen."

Doch Lindemann kam seiner Chefin zuvor: „2008 ist im Bordell Ihres Vaters ein gewisser Hans Kaiser ums Leben gekommen."

„Das war kein Bordell, das war ein Club", fiel Horst Bukow dem Polizisten pikiert ins Wort. Lindemann hob beruhigend seine Hände, um so etwas wie, *halt den Ball flach,* zu signalisieren.

„Wie auch immer", setzte der Polizist seinen Bericht fort. „Damals wurde angenommen, dass dieser Hans Kaiser, wenn auch in einer nicht ganz alltäglichen Situation, einem Herzinfarkt erlegen war. Nun hat sich aber herausgestellt, dass er nicht eines natürlichen Todes gestorben ist. Hans Kaiser ist, das ist mittlerweile sicher, ermordet worden."

Maren Köster hatte sich wieder einigermaßen im Griff und übernahm die Gesprächsführung.

„Er wurde vergiftet. Wahrscheinlich wurde ihm das Gift in einem Drink oder Cocktail verabreicht. Gemixt in der Bar Ihres Etablissements. Also haben wir den Fall noch einmal aufgerollt und in dem Zusammenhang noch einmal alle Alibis der Personen überprüft, die als potentielle Mörder oder Mörderinnen in Frage kommen."

Maren Köster sog scharf die Luft ein.

„Alle von uns überprüften Personen haben ein wasserdichtes Alibi. Alle, außer einer." Maren Köster sah Bukow durchdringend an. „Und jetzt können Sie mal raten, wer diese Person ist."

Bukow zuckte mit den Schultern. „Keine Ahnung, Frau Köster."

Noch bevor die Polizistin ihrem Unmut Luft machen konnte, ergriff Bukow Junior das Wort.

„Moment, Frau Köster, mein Vater war zu dem Zeitpunkt nicht im Club."

Maren Köster starrte den Rechtsanwalt an. Wollte der Kerl sie auch verscheißern?

„Ich habe an dem Tag, als dieser Herr Kaiser ums Leben gekommen ist, im Club meines Vaters, ich war damals 15 Jahre alt, meine Hausaufgaben gemacht. Und eine der Frauen, Karola hieß sie, hatte mir noch Mathe-Nachhilfe geben sollen. Die kümmerte sich dann allerdings noch kurzfristig um einen Freier und ich musste warten. Also habe ich mich, auch wenn mir mein Vater das streng verboten hatte, in dem Laden ein bisschen rumgetrieben. Für mich als Pubertierender war das natürlich total spannend. Ich kannte ja alle, die da arbeiteten. Also war das kein Problem für mich. Wie gesagt, ich kannte alle, bis auf einen. Den Mann hinter der Bar."

Maren und Lindemann starrten den jungen Anwalt jetzt an. Und sie waren sich sicher, dass jetzt das Moment eingetreten war, von dem man später behaupten würde, dass er der Durchbruch im Fall Kaiser gewesen war.

Bukow Junior war sich seiner entscheidenden Rolle

offensichtlich bewusst. Er sah einmal in die Runde, bis er die Aufmerksamkeit aller hatte.

„Schon damals wunderte ich mich über den Kerl. Denn der Mann trug einen Schlumpf."

Alle sahen Bukow Junior verwundert an. „Schlumpf, äh, ich meine, der trug so einen Kapuzenpullover. Schlumpf nannten wir so ein Kleidungsstück in meiner Clique. Das galt damals als cool. Jedenfalls kann ich mich noch an den Mann erinnern, weil ich seinerzeit schon der Meinung war, dass der Kerl für einen Barmann völlig unangemessen angezogen war. Und darüber hinaus war der Kapuzenpulli ungewöhnlich gestaltet. Der Pullover hatte nämlich so einen Aufdruck. Irgend so was Gelbes. Ein Insekt oder so was Ähnliches."

Etwas blitzte in Marens Gedächtnis auf und war dann wieder im Nirwana ihrer Gedanken verschwunden. So eine Beschreibung des Kleidungsstückes hatte sie schon irgendwo gehört oder gelesen. Da war sie sich ganz sicher. Doch sie bekam keine Zeit, weiter über die Aussage Bukows nachzudenken.

„Mein Vater wurde erst angerufen, als dieser Kaiser tot war oder im Begriff zu sterben. Ich wurde sofort von Karola oder Natascha König, ich weiß nicht mehr so genau von wem, aus dem Raum bugsiert, mit der Anweisung: *Ruf deinen Vater an.*"

66

„Tor für Schweden!", jubelte der Kommentator im Autoradio, als Schulte zusammen mit Maren Köster nach Lemgo fuhr. Warum sich der Mann darüber so freute und nicht etwa Mitgefühl mit den armen Schweizern zeigte, erschloss sich Schulte nicht.

Nachdem Manuel Lindemann herausgefunden hatte, wo der Kapuzenpullover verkauft worden war, hatte Maren Köster dies, getreu ihrer Absprache, Jupp Schulte telefonisch mitgeteilt und ihm auch angekündigt, dass sie nun nach Lemgo fahren und den Inhaber dieser Sportschule befragen wollte.

„Ich komme mit!", war Schultes Antwort gewesen. Da Heidenoldendorf und somit auch Schultes Dienststelle auf dem Weg lagen, holte Maren ihn ab. Eigentlich war es ihr sogar ganz recht. Solange sie und Schulte allein waren, kamen sie bestens miteinander zurecht. Nur in Gesellschaft anderer fand Maren Köster ihren Kollegen manchmal unerträglich.

„Was meinst du?", fragte sie und hupte wütend, als ein Mercedesfahrer sich vor sie quetschte. „So ein Arsch! Also, was meinst du? Kann sich dieser Typ von der sogenannten Sportschule wohl an den Käufer dieses Pullovers erinnern? Ich kann mir das kaum vorstellen."

„Warum sagst du denn ‚sogenannte Sportschule‘? Traust du der Einrichtung nicht?"

Maren Köster lachte trocken.

„Komm Jupp! Das sind doch alles dubiose Gestalten. Über kurz oder lang haben wir mit allen mal zu tun."

„Du steckst heute aber voller Vorurteile, meine Liebe", seufzte Schulte. Aber auch damit hatte er wohl nicht den richtigen Ton getroffen.

„Ich bin nicht mehr *deine Liebe*", mäkelte sie, gab Vollgas und überholte den Mercedes, der im besten Großvatertempo vor ihr her getuckert war. „Das war mal, aber das wird nie wieder sein. Deine eigene Schuld. Vergiss das nicht!"

Innerlich winkte Schulte ab und wunderte sich, wie nachtragend Frauen sein können. Sicherheitshalber hielt er für den Rest der Fahrt den Mund.

Nach zehn Minuten ohne ein einziges Wort zu verlieren, stoppte Maren Köster ihr Auto vor einem Gebäude im westlichen Lemgoer Gewerbegebiet. Man hätte es für eine Lagerhalle halten können, wenn nicht ein Reklameschild mit der Aufschrift *Faust-Kampfsport* vor dem Gebäude auf dessen Funktion hingewiesen hätte. Die beiden Polizisten gingen durch die offenstehende Tür ins Haus. In einem Vorraum, der notdürftig als Foyer ausgebaut war, hörten sie schon die kampfsporttypischen Geräusche wie Stöhnen, Schreien, das Wummern stampfender Füße auf den Matten und das noch lautere und dumpfere Geräusch fallender Körper. Der Lärm kam von oben, aus der Etage, in die eine schmale Stahltreppe führte. Aber so viel auch zu hören war – zu sehen war niemand. Schulte klopfte beherzt an die erstbeste Tür. Als sich niemand meldete, versuchte er, sie zu öffnen. Aber die Tür war verschlossen. Auch eine zweite Tür ließ sich nicht öffnen. Mittlerweile war Maren Köster den Geräuschen nachgegangen, hatte bereits einen guten Teil der Treppe bewältigt und winkte ihm, ihr zu folgen. Schulte war enttäuscht, denn er hatte im Eingangsbereich eigentlich eine Verkaufsstelle für Kapuzenpullover und eventuell auch anderes erwartet. Aber davon war nichts zu sehen. Missmutig stieg auch er die Treppe empor. Oben angekommen, wurden die Geräusche noch stärker. Maren Köster öffnete die Tür, die ihr am nächsten lag und fand sich in einem großen, kahlen Raum wieder. Es roch so herzhaft nach Männerschweiß, dass sie einen Schritt zurück machte. Schulte war da robuster. Er trat so selbstbewusst ein, als sei dieser Raum sein Wohnzimmer. Etwa zehn Männer verschiedenen Alters stoppten abrupt ihre Kampfübungen und starrten ihn an. Schulte ging auf sie zu und fragte laut: „Wir hätten gern mit dem Inhaber gesprochen. Ist der im Haus?"

Ein besonders bulliger, kahlgeschorener Mann, der als einziger nicht in Sportkleidung war, fragte argwöhnisch zurück: „Wer will das wissen?"

Schulte hielt ihm seinen Dienstausweis unter die Nase. Der Mann zog die Stirn kraus, dann schaute er prüfend auf Schulte hinab. Er war einen halben Kopf größer, breiter in den Schultern und schwerer als Schulte, obwohl der auch nicht gerade zierlich war.

Gegen den hätte ich keine Chance, schoss es Schulte durch den Kopf. Dann riss er sich zusammen. Es gab ja absolut keinen Grund für eine Auseinandersetzung. Er wollte nur ein paar Fragen zu den Pullovern stellen. Aber kleine Brötchen backen kam für Schulte auch nicht in Frage.

„So, jetzt wissen Sie, wer ich bin. Und ich möchte nun wissen, ob der Inhaber da ist. Aber nicht erst in der nächsten Stunde, Sie verstehen?"

Der Mann zog verächtlich den Mundwinkel hoch. Dann sagte er: „Ich gehe mal nachschauen. Bin gleich wieder hier."

Die anderen Männer standen nach wie vor untätig herum, wirkten ratlos. Offenbar wussten sie nicht, wie sie sich in der Gesellschaft von zwei Polizisten verhalten sollten. Der Bullige ging mit ruhigen Schritten aus dem Raum und quetschte sich rücksichtslos an Maren Köster vorbei, die nach wie vor in der Tür stand. Ihr vorwurfsvolles „Hey, was soll denn das?", schien den Kerl nicht zu interessieren, als er laut polternd die Stahltreppe hinunterstieg.

Die Übriggebliebenen schauten sich verblüfft an. Irgendetwas schien ihnen nicht ganz klar zu sein. Endlich räusperte sich einer von ihnen, wahrscheinlich der Jüngste in der Runde, und sagte leise: „Also das verstehe ich jetzt nicht. Wieso will er nachschauen, ob der Inhaber da ist? Er ist doch der Inhaber, oder bin ich da falsch informiert?"

Schulte glaubte erst, nicht richtig gehört zu haben.

Es dauerte ein paar Sekunden, bis er die Tragweite erfasst hatte.

„Was sagen Sie da? Das war der Roger Schubert, der Inhaber?"

Nun nickten auch einige andere Männer bestätigend. Schulte schlug sich mit der flachen Hand an die Stirn.

„Maren, er haut ab! Los, hinterher!"

Obwohl sie in diesem Moment den Zusammenhang kaum verstehen konnte, reagierte sie schnell. Schulte hörte nur noch das Stakkato ihrer schnellen Schritte, als sie die Treppe hinunterrannte. Schulte eilte, so schnell er konnte, hinterher. Dann standen beide Polizisten im Foyer und schauten sich nach allen Seiten um. Niemand war zu sehen.

„Guck du draußen!", rief Schulte. „Ich versuche es drinnen."

Maren Köster lief hinaus und ließ Schulte allein im Foyer zurück. Schulte atmete heftig. Der schnelle Lauf die Treppe hinab hatte ihn aus dem Rhythmus gebracht. Vorsichtig ruckelte er an einer der Türen, aber die war immer noch verschlossen. Als er eben die Klinke der nächsten Tür herabdrücken wollte, wurde die Tür nach innen aufgerissen und Schulte prallte gegen die breite Brust des Inhabers. Schubert stieß ihn heftig von sich weg. In der rechten Hand hielt er eine große Sporttasche. Damit holte er zu einem gewaltigen Schwung aus und traf Schulte so hart an der Schulter, dass es ihn aus dem Gleichgewicht brachte.

290

Schulte schwankte, ruderte mit den Armen. Dann sah er eine riesige Faust auf sich zukommen und als hätte ihn ein Blitz getroffen, sackte Schulte in den Knien ein und ging zu Boden.

Es waren vermutlich nur wenige Sekunden, bis er wieder zu Bewusstsein kam. Sein Kopf drohte zu explodieren. Vorsichtig betastete er sein Kinn und hatte das Gefühl, dass es nur noch aus Scherben bestand. Aus der Nase tropfte Blut. Nun kamen auch die anderen Männer die Treppe herunter und schauten ihn verlegen an. Schulte riss sich zusammen, zwang sich in die Vertikale und lief, leicht schwankend, nach draußen. Dort fand er Maren Köster, die wie ein Taschenmesser zusammengeklappt da stand. Sie hielt sich laut stöhnend den Bauch. Als Schulte bei ihr war und sie besorgt anschaute, fluchte sie ächzend: „Der Mistkerl hat mir seine Sporttasche mit voller Wucht in den Bauch gerammt. Aber das wird ihm noch leidtun."

„Und wo ist er jetzt?", fragte Schulte hektisch und schaute sich gleichzeitig in alle Richtungen um. Von Roger Schubert war weit und breit nichts zu sehen.

„Er ist in ein Auto gesprungen und abgefahren", sagte Maren Köster, die immer noch nicht richtig atmen konnte. Auch Schulte fühlte sich so schwach, dass er sich an dem Reklameschild festhielt.

„Konntest du dir die Nummer merken?"

Seine Kollegin schüttelte die roten Locken.

„Nein, es ging alles zu schnell."

Schulte wandte sich den Kampfsportlern zu, die unschlüssig von der Eingangstür aus alles beobachteten. „Ich brauche von Ihnen allen Namen und Anschrift. Vorher verlässt keiner den Platz. Kennt einer von euch die Automarke und das Kennzeichen von diesem Schubert?"

67

„Wie sehen Sie denn aus?", wurde Schulte mehrmals gefragt, als er am nächsten Morgen in seine Dienststelle kam. Er war am gestrigen Abend noch beim Arzt gewesen. Der hatte ihn untersucht, aber keine bleibenden Schäden festgestellt.

„Schöner sind Sie durch die Schwellungen nicht gerade geworden", hatte der Arzt grinsend gesagt. „Ein Schneidezahn wackelt etwas. Den müssen Sie machen lassen. Vor allem die Nase hat was abgekriegt. Nur Geduld."

Geduld war keine der Kernkompetenzen Schultes, aber ihm blieb nichts anderes übrig. Das Angebot des Arztes, ihn zwei Wochen krankzuschreiben, hatte er dankend abgelehnt.

Er hing sich ans Telefon und rief Maren Köster an. Es gab eine Menge zu tun und dieses Pensum war am besten durch sinnvolle Arbeitsteilung zu schaffen. Sie mussten alles über Roger Schubert, der sich durch seine Flucht mehr als verdächtig gemacht hatte, herausfinden. Wohnort, Auto, Lebenslauf, Kontakte, Vorlieben, Schwächen, einfach alles. Maren Kösters Truppe übernahm alle Recherchen, die vom Schreibtisch aus erledigt werden konnten. Dazu kamen die Befragungen der Männer, die gestern in der Kampfsportschule waren.

„Versuch bitte, ein gutes Foto von ihm aufzutreiben", bat Schulte. „Ich möchte es Bianca Kaiser vorlegen. Vielleicht kann sie ihn identifizieren. Ach ja, auch Horst Bukow sollte das Foto zu sehen bekommen."

Maren Köster versprach, sich um ein Foto zu kümmern.

„Wie geht es denn dir und deinem Bauch?", fragte Schulte, als alle dienstlichen Fragen geklärt waren.

„Geht wieder", antwortete sie etwas einsilbig.

„Du bist genauso bekloppt wie ich", brummte Schulte und legte auf.

Drei Stunden später hielt Schulte ein etwas schwammiges Foto in der Hand und betrachtete es aufmerksam. Er sah einen kahlgeschorenen Männerkopf mit stechenden, ungewöhnlich nah zusammenstehenden Augen und einer markanten Nase. Ein Gesicht, das Kraft und Energie verriet. Der muskulöse Hals versank in den breiten, runden Schultern.

Schulte rief Bianca Kaiser auf ihrem Handy an, um nach Feierabend einen Termin zu vereinbaren.

„Sie können gleich vorbeikommen", erwiderte sie zu seiner Überraschung. „Ich bin gerade mal kurz zu Hause. Musste dringend frische Wäsche holen. Gleich holt meine Schwester mich wieder ab.

Er setzte sich ins Auto und fuhr nach Oerlinghausen. Zwischendurch schaute er auf den Tacho und stellte fest, dass sein alter Landrover sich akut der 250 000-Kilometergrenze näherte. Über kurz oder lang würde er sich ein neues Auto kaufen müssen. Aber lohnte sich das überhaupt noch? Würde er als Pensionär noch viel Auto fahren? Aber ehe er auch nur einen einzigen guten Vorsatz, sich aufs Alter vorzubereiten, fassen konnte, waren seine Gedanken schon wieder bei der Arbeit.

Als er das Auto vor dem Haus von Bianca Kaiser abstellte, fiel er ihrer Nachbarin in die Hände.

„Das ist aber nett, dass Sie mal wieder vorbeischauen, Herr Kommissar", freute sie sich. „Die arme Frau Kaiser. Sie ist ja so tapfer. Aber ..."

Schulte schenkte ihr sein schönstes Schwiegermuttertraum-Lächeln, ließ sie aber stehen, ging zur Haustür, klingelte und rief laut: „Ich bin es, Schulte, Frau Kaiser, Sie können beruhigt aufmachen.

Bianca Kaiser sah blass aus, als sie die Tür öffnete.

„Wie geht es ihnen, Frau Kaiser".

„Weiß nicht", wich sie seiner Frage aus. Dann aber legte sie nach: „Ich schlafe immer schlecht, höre jedenfalls dauernd Geräusche, die ich mir nicht erklären kann und dann liege ich hellwach im Bett und kann nicht mehr einschlafen. Auf Dauer macht mich das ganz schön fertig."

Schulte wusste nicht recht, wie er mit ihr umgehen sollte. Doch sie machte es ihm mit einem Themenwechsel leicht, indem sie fragte: „Sie sehen aber auch nicht gerade aus, als kämen sie frisch aus dem Kosmetiksalon. Sind Sie unter eine Lokomotive geraten?"

Er grinste schief und berichtete kurz, was gestern vorgefallen war. Schließlich gehörte es irgendwie zu den Fragen, die er ihr zu stellen gedachte. Dann holte er das Foto Schuberts hervor und legte es auf den Tisch.

„Was meinen Sie?, könnte das der Mann sein, der Sie überfallen hat?"

Sie betrachtete das Foto lange und konzentriert.

„Das ist schwer zu sagen", sagte sie dann. „Er hatte ja diesen Kapuzenpullover an und die Kapuze über den Kopf gezogen. Also die Statur könnte passen. Die Nase? Ja, die war ziemlich dominant. Schade, dass ich seine Augen nicht gut erkennen konnte. Sie waren irgendwie ... warten Sie, ich hole mir eben meine Brille."

Schulte hätte sie fast nicht wiedererkannt, als sie mit der Brille wieder ins Zimmer kam. Sie nahm sich das Foto erneut vor. Dann sagte sie, diesmal fest und sicher: „Ja, das sind die Augen. Auch wenn ich nicht viel davon gesehen habe, aber mir war aufgefallen, dass sie sehr eng zusammenstehen. Das passt. Ich bin mir ziemlich sicher, dass dies der Mann ist."

Von Oerlinghausen aus fuhr Schulte direkt nach

Bad Salzuflen, wo er Horst Bukow anzutreffen hoffte. Es war kurz vor Mittag, für einen Bordellbesitzer eigentlich nicht die richtige Zeit. Und tatsächlich gähnte Bukow mehrfach herzhaft, als Schulte ihn vom Auto aus anrief, um sein Kommen anzukündigen.

„Schulte, Sie haben mich aus dem Bett geholt, Sie Unmensch", schimpfte Bukow. „Kommen Sie zu mir nach Hause, dann brauche ich den Weg in den Club nicht zu machen. Ist ja auch für Sie schneller."

Ein unrasierter und müde dreinschauender Mann im Morgenmantel öffnete Schulte die Tür.

„Nur herein!", rief Bukow mit heiserer Stimme. „Mitten in der Nacht. Ich bin kein Beamter, der um fünf Uhr Feierabend macht. Wissen Sie eigentlich, wann unsereins ins Bett kommt?"

Wusste Schulte nicht, es interessierte ihn auch nicht. Ehe auch Bukow eine überflüssige Bemerkung über Schultes Aussehen machen konnte, legte er ihm wortlos das Foto Schuberts vor. Bukow rieb sich den Schlaf aus den Augen, bevor er sich das Bild genauer anschaute. Es dauerte eine Weile, bis er sagte: „Diese Augen! Den Kerl kenne ich, aber ich weiß nicht, woher."

Schulte half ihm auf die Sprünge, indem er ihn an den 21. November 2008 erinnerte. Bukow kratzte sich den strubbeligen Schädel.

„Ist verdammt lange her. Da verändert sich einer schon. Aber ... ja, ich denke, er ist es. Ich kann beim besten Willen nicht mehr sagen, ob er gerade an diesem Tag vor Ort war, aber er war auf jeden Fall einer von denen, die bei uns die Security gemacht haben. Ist das denn der Kerl, von dem mein Sohn gesagt hat, dass er an diesem Tag im Club war?"

„Ja", antwortete Schulte. „Er heißt Roger Schubert, betreibt eine Kampfsportschule und ist seit gestern auf der Flucht vor uns. Wir überprüfen gerade seinen Lebenslauf. Ich verwette meinen Arsch, dass er vor zehn Jahren bei diesem Sicherheitsdienst gearbeitet hat."

„Dann wollen wir mal hoffen, dass Sie Ihren Arsch behalten können, Schulte. Sonst noch was? Ich würde gern noch ein Stündchen schlafen."

68

Am Nachmittag hatten sie zwar eine Menge Material über Roger Schubert zusammengetragen, aber nicht die kleinste Spur von ihm.

„Er wird jetzt überall gesucht", fasste Maren Köster zusammen, als ihr Team, mit Schulte und Rosemeier als Gäste, in der Kreispolizeibehörde zusammensaßen. „Es ist nur eine Frage der Zeit, bis er irgendwo auffällt."

„Es sei denn, er verkriecht sich hier in Detmold und bewegt sich nicht vom Fleck", dämpfte Schulte ihre Erwartungen. „Dann fällt er nicht auf."

„Nun mach es nicht komplizierter als es sowieso

schon ist." Maren Köster hatte schon wieder diesen leicht gereizten Tonfall, der so oft durchkam, wenn sie sich über Schulte ärgerte. „Manuel, fass doch mal zusammen, was wir haben."

Manuel Lindemann ruckelte seinen langen, schlaksigen Körper auf dem Stuhl zurecht, räusperte sich und zählte auf: „Er heißt Roger Schubert, ist 52 Jahre alt, wohnt in Lemgo in der Schuhstraße. Er hat von 1992 bis Ende 2008 bei einer Sicherheitsfirma in Lemgo gearbeitet. Unter anderem war diese Firma auch im *Club d'Amour* tätig. Dienstpläne der Firma gibt es leider nicht mehr, da der Laden schon 2011 Pleite gegangen ist. Der Inhaber ist 2015 verstorben und die Unterlagen der Firma verrotten wahrscheinlich auf der Deponie in Mosebeck."

„Aber mal ehrlich", wandte Oliver Hartel ein. „Es spricht doch wirklich alles dafür, dass es Schubert war, der am 21. November 2008 dort Dienst geschoben hat. Schließlich haben wir die Aussage des Sohnes von Bukow, und der macht einen glaubwürdigen Eindruck."

Niemand widersprach ihm und Lindemann machte mit seiner Auflistung weiter: „Schubert hat sich ein paar Jahre als Sicherheitsmann bei einigen großen Dienstleistern durchgeschlagen. 2016 hat er sich mit der Kampfschule *Faust-Kampfsport* in Lemgo selbstständig gemacht. Der Laden scheint gut zu laufen."

„Ich habe die Leute befragt, die gestern dabei waren", mischte sich Pauline Meier zu Klüt ein. „Für die war Schubert einfach ein echter, ehrlicher Kerl, ein toller Kämpfer und ein Vorbild. Keiner hat etwas Negatives über ihn gesagt und ich hatte nicht den Eindruck, dass einer von ihnen blufft. Die meisten sind seit der Gründung dabei und wollen auch weitermachen, wenn der Laden nicht geschlossen wird."

„Wie schätzt du die Leute denn ein?", fragte Schulte. „Sind die aus dem Milieu? Oder sonstige Kleinkriminelle?"

„Nein", antwortete Pauline. „Das sind ganz normale Durchschnittsbürger."

„Was war mit der Wohnung von Schubert?", fragte Schulte.

„Seine Wohnung haben wir durchsucht", sagte Lindemann, „aber nichts gefunden, was für unseren Fall relevant wäre. Die Sportschule war auch nicht wirklich aufregend. Wie gesagt, aus den Büchern geht hervor, dass der Laden gut läuft. Sonst haben wir einen großen Stapel dieser Kapuzenpullover gefunden, die dort verkauft werden. Und natürlich diverse Aufbaunahrung, Energiedrinks und all so'n Zeug, das man auch in normalen Fitnessstudios bekommt. Nichts Illegales."

„Seine sportliche Karriere war übrigens nicht so berauschend", warf Pauline Meier zu Klüt ein. „Eine Zeit lang war er in der Region eine der besten Kickboxer, aber er hat sich schon vor Jahren einen Schaden an der Wirbelsäule zugezogen und das war es. Seitdem ist er nur noch Trainer."

„Naja", brummte Schulte. „Gestern Abend war er jedenfalls noch ganz gut in Form. Mir und meinem Schneidezahn hat es gereicht. Ich muss jetzt übrigens los, habe einen Termin beim Zahnarzt."

69

In der Rechtsanwaltskanzlei Mannhardt und Conrad ging es hoch her. Morgen stand ein Prozess bevor, der für einen wichtigen Mandanten des Hauses auf Messers Schneide stand. Akten wurden gewälzt, endlose Strategiebesprechungen hatten den ganzen Vormittag gekostet und nun nervte schon zum zweiten Mal das Telefon und zeigte eine ihm völlig unbekannte Handynummer an. Hans-Walter Mannhardt fluchte, hob das Telefon, mehr aus Gewohnheit als aus Überzeugung, ans Ohr und meldete sich.

„Wer ist da?", fragte eine aggressive Männerstimme. Mannhardt nannte noch einmal geduldig seinen Namen und den seiner Kanzlei. Sein Gesprächspartner schien völlig verdattert zu sein.

„Bei wem bin ich gelandet? Ich wollte einen Herrn Kaufmann sprechen. Dann hat der Scheißkerl mir wohl eine falsche Nummer gegeben."

Plötzlich fiel beim Anwalt der Groschen. Klar, sein Mandant Thomas Kaufmann hatte diesen Anruf angekündigt. Es ging um den Erpressungsversuch. Sofort gab er sich einen Ruck, setzte sich ganz gerade

300

hin und sprach, so sachlich wie möglich: „Sie sind schon richtig. Herr Kaufmann hat die Kanzlei ermächtigt, in seiner Abwesenheit Anrufe für ihn entgegen zu nehmen. Er ist für einige Zeit in Übersee. Womit kann ich Ihnen dienen?"

„Wo ist er? In Übersee? Wenn dieser Geldsack glaubt, er könnte mir so einfach entwischen, dann wird er sich noch wundern. Wo ist er genau?"

„Tut mir leid, das kann ich Ihnen nicht sagen. Aber Sie können vertrauensvoll alles mit mir besprechen. Herr Kaufmann hat mich weitestgehend ins Bild gesetzt. Mit wem habe ich denn das Vergnügen?"

„Das tut überhaupt nichts zur Sache", blaffte ihn der Anrufer an. Dann schien er mit sich zu ringen, denn eine Zeit lang schwieg er. Schließlich sprach er weiter.

„Soso. Er hat sich also Verstärkung geholt, der Feigling. Aber okay, wenn Sie Bescheid wissen, dann müssen wir ja nicht lange um den heißen Brei herumreden. Ich will 100 000 Euro, sonst lasse ich Kaufmann hochgehen. 100 000 und die sind nicht verhandelbar. Haben Sie das mitgeschrieben?"

Mannhardt tat so, als sei er überrascht.

„Eine stattliche Summe. Glauben Sie, Ihre Information, wie immer sie auch aussehen mag, ist so viel wert?"

„Und ob sie das wert ist." Der Anrufer wurde immer aggressiver. Oder unsicherer, das konnte der Anwalt noch nicht richtig einschätzen. „Eigentlich

301

müsste ich viel mehr verlangen, aber ich habe es eilig. Die Kohle kann einer wie Kaufmann doch aus der Portokasse bezahlen. Also was ist nun? Haben Sie wirklich die Vollmacht oder bluffen Sie nur?"

Hans-Walter Mannhardt senkte die Stimme, als er antwortete: "Jetzt hören Sie mal gut zu, Herr Tutüberhauptnichtszursache. Herr Kaufmann hat mir die Vollmacht gegeben, Ihnen Folgendes mitzuteilen, ich zitiere: ,Stecken Sie sich Ihre Forderung irgendwohin, wo Sie es besonders angenehm finden und lassen Sie mich in Ruhe.' War das deutlich genug?"

Sekundenlang kam keine Reaktion. Offenbar musste der Anrufer diese Abfuhr erst mal verdauen. Mannhardt war sich schon nicht mehr sicher, den Mann überhaupt noch in der Leitung zu haben, als dieser brüllte: "Du arroganter Wichser! Ich mach dich platt!"

Mannhardt blieb ruhig.

"Glauben Sie mir, Nettigkeiten dieser Art bekommen wir häufiger zu hören. Und glauben Sie mir bitte auch, dass wir durchaus in der Lage sind, damit richtig umzugehen. Sie werden nicht damit durchkommen. Das kann ich Ihnen versprechen."

Wieder schien der Anrufer nach Luft schnappen zu müssen. Dann raunte er, leise diesmal, aber gerade dadurch drohender: "Jetzt gebe ich Ihnen eine Vollmacht. Sagen Sie Ihrem Herrn Kaufmann, er soll besser in Übersee bleiben. Denn wenn er wieder zurückkommt, dann muss er verdammt gut auf sich aufpassen. Hinter …"

„Ich weiß", unterbrach ihn der Anwalt, „hinter jedem Busch und hinter jeder Hausecke muss er mit Ihnen und Ihrem Messer rechnen. Das haben Sie wörtlich schon zu ihm selbst gesagt. Sie wiederholen sich und Wiederholungen langweilen. Gibt es sonst noch etwas zu besprechen? Ich bin nämlich sehr beschäftigt. Guten Tag!"

Er knallte das Telefon auf die Basisstation. Dann atmete er tief durch und lächelte, mit sich selbst zufrieden. Dem hatte er es gegeben. Bloß keine Schwäche zeigen, das war das Wichtigste im Umgang mit Erpressern. Alles richtig gemacht, redete er sich ein, als dann doch die ersten Zweifel aufkamen.

70

„Jupp, komm mal schnell rüber. Wir haben was für dich", hatte Maren Köster vor zehn Minuten durchs Telefon gemeldet. Schulte hatte alles stehen und liegen lassen und war in die Kreispolizeibehörde in der Bielefelder Straße gefahren. Nun saß er Maren Köster, Pauline Meier zu Klüt und Oliver Hartel gegenüber, die ihn anstrahlten, als habe er heute Geburtstag und Goldene Hochzeit gleichzeitig.

Maren Köster begann: „Nach dem Tod von Dr. Hans-Werner Waltermann haben wir routinemäßig dessen Wohnung durchsucht. Während seine Möbel vom *Augustinum* untergestellt wurden, bis alle Erbschaftsfragen geklärt sind, haben wir alles andere in große Kisten gepackt und hierher zur weiteren Auswertung gebracht. Die hat ein bisschen gedauert, leider. Aber nun hat unsere Spurensicherung etwas gefunden, was wir dir gern präsentieren möchten. Oliver, erzähl mal Näheres!"

Oliver Hartel hielt eine in dunkelbraunes Leder gebundene Kladde in der Hand, die mit einem reich verzierten Knopf gesichert war.

„Waltermann hat in seiner Arztpraxis nicht nur die offiziellen Karteikarten seiner Patienten geführt, sondern im einen oder anderen Fall, wohl immer, wenn er seiner Diagnose unsicher war, auch seine ganz persönliche Sicht der Dinge in diese Kladde geschrieben. Warum er das gemacht hat, wissen wir nicht. Wir vermuten aber, dass er sich damit absichern wollte. Er brauchte diese Gedächtnisprotokolle, falls es mal Probleme mit Patienten geben sollte. Keine Ahnung, ob andere Ärzte so was auch machen."

„Wenn jetzt auch noch was über den Todesfall Kaiser drinsteht", warf Schulte freudig erregt ein, „dann gebe ich einen aus."

Hartel grinste.

„Das passt gut. Heute Abend spielt nämlich Brasilien gegen Belgien. Wir, also Manuel, Pauline und ich werden uns das im Brauhaus anschauen. Toll, dann wissen wir ja schon, wer uns freihält. Aber zurück zum Thema. In der Tat hat er auch was über Kaiser notiert. Sehr viel sogar. Er kommt in dieser privaten Diagnose zu einem ganz anderen Ergebnis als in der offiziellen Sterbebescheinigung. Zu den Gründen für die unterschiedlichen Sichtweisen schreibt er nichts. Er hat nach eigenen Angaben heimlich dem Toten eine Blutprobe entnommen. Dies kann ja nur bedeuten, dass ihm schon zu diesem Zeitpunkt die Angelegenheit nicht ganz geheuer war."

„Kein Wunder", mischte sich Schulte erneut ein. „Und wir wissen ja durch ihn selbst, dass er unter Druck gesetzt worden war, eine falsche Todesursache zu nennen. Da hätte ich auch versucht, mich abzusichern."

„Nun lass mich doch mal ausreden", sagte Hartel ungeduldig. „Die Blutprobe hat er von einem Labor analysieren lassen. Das Laborergebnis ist ebenfalls in dieser Kladde abgelegt. Ich will es kurz machen, denn von diesen medizinischen Dingen versteht ihr ja genau so wenig wie ich. Im Ergebnis läuft es darauf hinaus, dass im Blut extrem hohe Anteile eines Betablockers waren. Und das ..."

„Bukows Tabletten", Schulte schlug sich in plötzlicher Erkenntnis mit der Hand vor die Stirn. „Die verschwundenen Blutdrucktabletten. Das waren Betablocker."

Hartel verdrehte die Augen und führte seinen Bericht ruhig weiter: „Laut Waltermanns inoffizieller

Diagnose hat die Mischung aus Betablockern und Alkohol zum Herzversagen geführt."

„Der Drink", rief Schulte. „Darin muss jemand die Tabletten aufgelöst haben. Mit 'ner großen Menge Alkohol schmeckst du das wahrscheinlich nicht mehr raus."

„Richtig. Auf jeden Fall hat kurz darauf sein Herz schlapp gemacht. Waltermann stellt noch Vermutungen an, dass Kaiser den Anschlag vielleicht überlebt hätte, wenn er in einer besseren Grundverfassung gewesen wäre. Wir wissen ja aus seinen eigenen Aufzeichnungen und aus den Aussagen seiner Frau, dass er unter großem Stress stand und er nicht mehr er selbst war. Das alles zusammen hat offenbar ausgereicht."

Schulte klatschte sich mit der flachen Hand aufs Knie. „Also hatte ich von Anfang an recht. Es war keine Spinnerei von mir, dass ich diesen alten Fall wieder aufgerollt habe."

Er schaute besorgt in die Runde seiner ehemaligen Kollegen. Hatte er jetzt sehr rechthaberisch geklungen? Oder hielten sie ihn sogar für einen Klugscheißer? Aber er fand keinen Spott in den Augen und auch keine Anklage. Drei Augenpaare blickten ihn wohlwollend an. Maren Köster räusperte sich und sagte: „Wir wissen, was das hier für dich bedeutet, Jupp. Natascha König und Waltermann sind nicht gestorben, weil du leichtfertig und egoistisch gehandelt hast. Weil du vielleicht wegen nichts und wieder nichts schlafende Hunde geweckt hast. Nein, du hattest recht mit deiner Vermutung, dass hier ein Mord vertuscht worden ist. Und es war deine verdammte Pflicht, diesem Verdacht nachzugehen. Du hast alles richtig gemacht. Dass deine Ermittlungen weitere Morde nach sich gezogen haben, ist nicht dir anzulasten. Ich weiß, dass dich der Gedanke daran quält und dafür schätze ich dich auch. Aber es war nicht deine Schuld."

Schulte spürte, wie eine Zentnerlast von ihm abfiel. Wären nicht die zwei Kollegen im Raum gewesen, dann hätte er Maren Köster wohl umarmt. Hartel fegte Schultes Gefühlsduselei unwirsch hinweg, als er in die Runde fragte: „Ist dann nicht Horst Bukow unser Hauptverdächtiger? Von ihm stammen ja schließlich die Tabletten."

Schulte schüttelte den Kopf.

„Nee! Dann hätte er mir doch nichts von den Tabletten erzählt. Nein, Bukow ist ein harter Hund, mit dem ich mich nicht anlegen möchte. Aber mehr auch nicht. Den Mord begangen hat der Mensch, der Kaiser den Drink gemixt hat. Es war ein Leichtes für ihn, an Bukows Tabletten zu kommen. Die lagen ja offen auf dessen Schreibtisch. Wahrscheinlich ist unser Mörder erst dadurch auf die Idee mit den Betablockern gekommen. Eine ziemlich geniale Idee übrigens, denn dies hat immerhin zu einem echten Herzversagen geführt. Vielleicht hätte ein anderer Arzt, ohne Druck von außen, aber im Terminstress, sogar die gleiche Diagnose gestellt. Wir müssen den

Mann finden, der den Drink gemixt und serviert hat. Und zurzeit spricht alles dafür, dass dies der von uns gesuchte Roger Schubert war. Packen wir uns den Kerl und dann sehen wir weiter."

„Aber dazu müssen wir ihn erst mal finden", goss Pauline Meier zu Klüt Wasser in seinen Wein.

71

Der elegant gekleidete Mann gähnte herzhaft, als er an diesem Montagvormittag seinen Reisekoffer vom Transportband des Flughafens Düsseldorf hob. Es war immer dasselbe mit diesen Transkontinentalreisen. Der Hinflug, Richtung Westen, war ein Klacks. Aber der Rückflug nach Osten führte immer wieder zu einem handfesten Jetlag. Thomas Kaufmann ließ müde und genervt die Einreiseformalitäten über sich ergehen und war schließlich froh, als er im ICE Richtung Bielefeld saß. Endlich die Augen schließen und ein bisschen schlafen. Aber Ticketkontrolle sowie ein- und aussteigende Mitreisende ließen keinen Schlaf zu. Kurz vor Hamm gab er den Versuch auf und nahm sich eine Zeitung vor, die er am Flughafen gekauft hatte. Die Rettung einiger thailändischer Kinder aus einer überfluteten Höhle war das Aufmacherthema. Die Bundeskanzlerin gab bekannt, dass ihr Streit mit dem Innenminister beendet sei und der Bundespräsident beklagte sich über die Sprachverrohung. Kaufmann fand das alles zu anstrengend und blätterte in den Sportteil, als sich sein Handy meldete.

72

Maren Köster trommelte mit den Fingern auf die Schreibtischplatte, während sie auf die Verbindung wartete. Endlich meldete sich eine erschöpft klingende Männerstimme. Die Polizistin stellte sich kurz vor und kam schnell zu ihrem Anliegen.

„Herr Kaufmann, ich möchte Ihnen gern einige Fragen zum Todesfall Hans Kaiser stellen. Nichts Schlimmes, aber für uns gibt es immer noch einige Fragezeichen, die Sie hoffentlich klären können. Passt es Ihnen heute um 17 Uhr?"

„Muss das sein?", fragte Kaufmann mürrisch. „Ich komme gerade von einer USA-Reise zurück und sitze noch im Zug. Können Sie sich vorstellen, wie platt ich bin? Das hat doch bestimmt auch Zeit bis morgen, oder? Außerdem habe ich doch Ihrem Kollegen schon alles erzählt, was ich weiß."

„Das stimmt, aber Sie wissen doch, wie das ist. Je mehr man sich in ein Thema hineinwühlt, desto mehr Fragen tauchen auf. Es gibt neue Erkenntnisse und in deren Licht müssen auch einige Frage, die bereits beantwortet waren, neu gestellt werden. Damit können wir nicht bis morgen warten, denn es läuft ein Mörder frei herum, der in den letzten Tagen zwei Morde, sowie einen Mordversuch verübt hat. Wir möchten ausschließen, dass auch Sie zur Gruppe derer gehören, die gefährdet sind, Sie verstehen?"

Sie konnte hören, dass ihr Gesprächspartner kurz den Atem anhielt. Dann sagte er resigniert: „Von mir aus kommen Sie vorbei. Aber nicht so früh, kommen Sie um 20 Uhr. Ich muss erst mal richtig ankommen und dann dringend einiges erledigen."

Er nannte ihr noch seine Privatadresse, dann war das Gespräch beendet.

Maren Köster war zufrieden und wählte eine neue Nummer.

„Jupp? Hast du heute Abend Zeit und Lust, mit nach Bad Salzuflen zu kommen? Ich werde diesem Herrn Kaufmann einige Fragen stellen. Wenn du willst, kannst du dabei sein. Dich kennt er ja schon."

73

Es war bereits Mittag, als Thomas Kaufmann vor seiner Villa im Bad Salzufler Nobelviertel Obernberg aus dem Taxi stieg. Es waren nur ein paar Schritte bis zum Tor, aber die Glieder schmerzten nach der langen Fahrt. Er schloss das große, schmiedeeiserne Tor auf und stieg den breiten, gepflasterten Weg zum Haus hinauf. Die Villa machte immer wieder Eindruck auf ihn, wenn er, was selten genug vorkam, nicht mit dem Auto, sondern zu Fuß ankam. Groß, weiß und stolz stand sie auf einer leichten Anhöhe.

Seine Freunde hatten oft gefragt, warum er allein in einem so großen Haus lebte. Praktisch war das nicht, dass wusste er selbst. Aber er hatte sich in die prächtige Villa verliebt und konnte sich keine andere Wohnung vorstellen. Doch irgendetwas stimmte hier nicht. Kaufmann ließ den Koffer fallen und starrte entsetzt auf die Villa. Er schüttelte sich, schloss kurz die müden Augen und schaute wieder hin. Es war keine Wahrnehmungsstörung durch den Jetlag. An der blütenweißen Hauswand stand in riesigen krakeligen, roten Buchstaben gesprüht: *Hier wohnt ein Mörder.* Kaufmann spürte, wie seine Knie nachgaben. Er setzte sich auf den Koffer und versuchte, den Schock zu überwinden. Neben diesem Schriftzug zeigte ein ebenfalls rot aufgesprühter Pfeil zum Carport, unter dem sein silbergrauer Bentley stand. Kaufmann sprang auf und lief, die Gliederschmerzen ignorierend, zum Auto. Als er direkt davorstand, stockte ihm der Atem. In den herrlichen silbergrauen Lack auf der mächtigen Kühlerhaube war brutal ein Satz eingeritzt worden: *Du weißt ja – hinter jedem Busch und jeder Hausecke …*

Einige Tassen Kaffee hatten bei Thomas Kaufmann zwar keine Wunder gewirkt, ihn aber immerhin in die Lage versetzt, seine Angelegenheiten zu ordnen. Er hatte versucht, seinen Anwalt zu sprechen. Aber der steckte in einem Prozess fest. Erst am späten Abend, meinte seine Sekretärin, sei er wieder erreichbar. Kaufmann fühlte sich hilflos. Die Ankündigung dieser ihm völlig unbekannten Polizistin, ihn befragen zu wollen, trug ebenfalls wenig zu seinem Seelenfrieden bei. Das nicht zu übersehende Graffiti an der Hauswand würde Fragen aufwerfen, die er nicht so ohne weiteres beantworten konnte und auch nicht wollte. So war er kurz nach 20 Uhr mit den Nerven runter, war zum Umfallen müde, aber gleichzeitig aufgedreht wie ein Kind kurz vor der Bescherung am Heiligabend. Die Polizistin musste jeden Augenblick auftauchen. Irgendwie würde er das Gespräch auch hinter sich bringen und dann würde er schlafen, schlafen, schlafen. Aber vorher wollte er noch den Lackschaden an seinem Auto mit Fotos dokumentieren. Er ging hinaus in den milden Sommerabend. Es war ruhig draußen, wie immer in diesem Viertel. Die Schönen und Reichen mögen es zu Hause eher beschaulich. Krachen lassen sie es mit Vorliebe woanders.

Kaufmann fotografierte den Schaden am Auto von allen Seiten. Dabei stieg eine selten gekannte Wut in ihm auf. Sein Bentley war für ihn mehr als nur ein Auto. Er war Ausdruck seines beruflichen und gesellschaftlichen Erfolges. Und er war ein Kunstwerk, ein technisches wie auch ein ästhetisches, fand Kaufmann. Für ihn war es ein Akt purer Barbarei, so etwas Edles zu zerstören.

Als er die Haustür wieder öffnete, wunderte er sich über einen kräftigen Luftzug. Wahrscheinlich hatte er die Terrassentür geöffnet und über all seinen Sorgen vergessen, sie wieder zu schließen. In der Küche, die er so gut wie nie benutzte, holte er eine Flasche Weißwein aus dem Kühlschrank, öffnete sie und stellte zwei Gläser auf den Tisch. Er würde der Polizistin ein Glas anbieten, das gehörte sich so. Auch wenn er sicher war, dass sie ablehnen würde. Er stieß, in jeder Hand ein Weinglas, mit dem Fuß die Tür zum Esszimmer auf, wo er das Gespräch führen wollte.

In diesem Augenblick hörte er hinter sich ein leises Poltern. Er drehte sich erschrocken um und sah einen großen, breitschultrigen Mann im Rahmen der Küchentür stehen. Kaufmann wusste sofort, wen er vor sich hatte und war wie gelähmt. Die Angst kroch mit eisiger Kälte in ihm hoch, erreichte den Magen, überflutete den gesamten Torso und schaltete sein Denkzentrum aus. Eines der Weingläser fiel klirrend auf den Fußboden und zersprang in tausend kleine Scherben, als er seine Hand nicht mehr unter Kontrolle hatte.

„Hab ich's nicht gesagt? Hinter jedem Busch, hinter jeder Hausecke und so weiter", sagte der Eindringling mit freudlosem Lachen. „Aber Sie wollten klüger sein als ich. Mit solchen Kleinigkeiten gibt sich ein großer Unternehmer wie Sie ja nicht selbst ab. Die übergibt man seinem Anwalt. Aber der arrogante Schnösel von einem Anwalt hat sich lustig über mich gemacht und das kann ich auf den Tod nicht leiden."

„Was wollen Sie?", fragte Kaufmann. Die Frage war überflüssig, das wusste er selbst. Aber immerhin sendete er damit ein Signal, dass seine Schockstarre überwunden war.

„Das wissen Sie doch", kam die Antwort. „An meiner Forderung hat sich nichts geändert. Entweder Sie zahlen, und zwar sofort, oder ..."

Der Mann tat so, als würde er sich mit der flachen Hand die Kehle durchschneiden. Kaufmann verstand diese Geste auch ohne Worte. Dann kam sein Gegner zwei Schritte näher und stand nun nicht mehr weit von ihm entfernt.

„Sie fragen sich vielleicht, warum ich keine Waffe habe. Aber ich kann Ihnen versichern, dass ich Mittel und Wege kenne, einen Mann wie Sie mit bloßen Händen zu erledigen. Also was ist? Zahlen Sie jetzt?"

Kaufmann, der immer noch im Türrahmen zum Speisezimmer stand, drehte sich plötzlich um, machte einen Satz in den Raum und zog die Zimmertür gleichzeitig zu. Sofort drehte er den Schlüssel herum, atmete tief durch und sah sich hektisch um. Es gab zwar keine weitere Tür, aber es gab Fenster. Der Kerl konnte einfach von außen kommen und eines der Fenster einschlagen. Kaufmann hatte schon früher gelegentlich daran gedacht, einen Panic-Room einzurichten, aber es war nie dazu gekommen. Jetzt wäre der seine Rettung gewesen. Doch der Eindringling dachte offenbar gar nicht daran, den langen Weg außen herum durchs Fenster zu wählen. Als es an der

Zimmertür heftig wummerte und sie so stark wa-
ckelte, als wolle sie aus den Angeln springen, wusste
Kaufmann, dass sein Gegner den direkten Weg vor-
zog. Aber das war kein Grund zur Freude. Denn diese breiten Schultern würden nicht lange brauchen,
um die Tür tatsächlich zu öffnen. Wieder dieses
Wummern. Kaufmann lief kurz entschlossen zu einem großen Sideboard und mühte sich, es vor die
Tür zu schieben. Das schaffte er auch, aber da zeigten sich bereits erste Risse im Bereich des Türschlos-
ses. Nur noch ein kräftiger Stoß, dann würde der
Erpresser nicht mehr aufzuhalten sein. Kaufmanns
Gedanken schlugen einen Salto nach dem anderen.
Nie in seinem Leben hatte er solche Angst verspürt,
sich so hilflos gefühlt. Und dann war es so weit. Es
krachte wie bei einem Donnerschlag, die Zimmertür sprang aus den Angeln und das Sideboard wurde
weggedrückt, als wäre es aus Papier. Schreckensstarr,
unfähig sich zu rühren, sah Kaufmann den Mann auf
sich zukommen.

74

Jupp Schulte und Maren Köster hatten die Villa
Kaufmanns erreicht und eilten die Auffahrt hoch.
Sie waren spät dran und wollten nicht noch später
kommen. Vor dem Haus sahen auch die beiden Polizisten die aufgesprühten, riesigen Buchstaben an der

Wand. Verblüfft blieben sie stehen und schauten sich nach weiteren Spuren von Vandalismus um. „Jupp", rief Maren Köster, „sieh mal das Auto! Das ist ja übel zugerichtet worden. Ich schau mir das mal aus der Nähe an."

Während sie zum Carport eilte, ging Schulte weiter zum Hauseingang. Bevor er klingeln konnte, hörte er drinnen lautes, dumpfes Wummern. Als es erneut wummerte, verbunden mit dem Krachen berstenden Holzes, lief Schulte um das Haus herum, in der Hoffnung etwas sehen zu können. Schnell entdeckte er eine offene Terrassentür und rannte in den Raum, aus dem er den Krach vermutete ... und stand plötzlich hinter einem großen Mann mit sehr breiten Schultern. Dieser versuchte gerade, über die zerstörte Tür hinweg in einen anderen Raum einzudringen. Weiter hinten in dem Raum stand ein anderer Mann, genau so groß wie der erste, aber schmaler, älter und offenbar paralysiert vor Angst. Schulte hatte keine Sekunde auch nur den leisesten Zweifel, wer der Angreifer war. Da er wieder einmal keine Dienstwaffe dabeihatte, griff er nach einer leeren Weinflasche und rief: „Halt, Polizei!"

Der bullige Mann schaute kurz nach hinten. Dann drehte er sich in einer einzigen fließenden Bewegung um die eigene Achse, schlug Schulte die Weinflasche aus der Hand, stieß ihn brutal zu Boden und rannte durch die Küche nach draußen. Schulte rappelte sich hoch so schnell er konnte und schrie dem Mann nach: „Schubert, bleiben Sie stehen! Sie haben keine Chance."

Er bekam keine Antwort. Schulte warf einen schnellen Blick auf den zitternden Mann im Nebenraum, der aber offensichtlich unverletzt war, und rannte Schubert hinterher. Draußen konnte er nur noch hilflos mit ansehen, wie dieser mit hohem Tempo hinter der Hecke verschwand, die den Kaufmannschen Garten vom Bürgersteig trennte. Den würde er niemals einholen, erkannte Schulte und ließ sich gar nicht erst auf eine Verfolgungsjagd ein.

Es war ein Schock für ihn, als er Maren Köster regungslos vor dem Carport liegen sah. Sofort lief er zu ihr, das Schlimmste befürchtend. Doch sie hob schon wieder leicht den Kopf an. Dann war Schulte auch schon bei ihr, ging in die Knie und schaute sie prüfend an. Sie blutete stark an der Augenbraue und das linke Auge lief gerade blau an. Doch offenbar waren ihr die wesentlichen Lebensgeister erhalten geblieben, denn sie fluchte: „Dieser verdammte Scheißkerl! Jetzt hat er uns schon wieder wie Anfänger aussehen lassen."

Er half ihr, wieder hochzukommen. Sie klopfte sich den Staub von der Kleidung. Ihre Jeans hatte ein großes Loch bekommen, aus dem Blut tropfte.

„Kein Thema", beruhigte sie ihn. „Das ist mein kleinstes Problem. Hast du Kaufmann schon gesehen?"

Kaufmann! Den hatte er fast vergessen. Schulte

drehte sich sofort um und rannte wieder ins Haus. Thomas Kaufmann kam ihm bereits im Flur entgegen. Er war kreideweiß, schien aber sonst unversehrt zu sein.

„Sie kenne ich doch", stammelte Kaufmann, als er Schulte erkannte. „Sie waren doch letztens bei mir in der Firma. Herr ... wie war der Name?"

Schulte stellte sich geduldig erneut vor. Offenbar war Kaufmann nicht wirklich auf der Höhe. Dann tauchte auch Maren Köster auf, die Schulte gleich mit vorstellte. Kaufmann wirkte immer noch verwirrt, als müsse er sich von einem K.O.-Schlag erholen. Maren Köster nutzte die Zeit und rief in der Kreispolizeibehörde an. Oliver Hartel hatte Spätdienst und sie berichtete, was eben geschehen war.

„Leite alle erforderlichen Maßnahmen ein", wies sie Hartel an. „Ich bin in einer Stunde wieder im Büro."

Sie gönnten Kaufmann einige Minuten, dann nötigten sie ihn, sich mit ihnen an den Küchentisch zu setzen.

„Was für ein Auftritt war das gerade, Herr Kaufmann?", begann Maren Köster die Fragerunde. „Wissen Sie, wer das war?"

Kaufmann schüttelte sich, als würden die Erinnerungen an die furchtbaren Sekunden ihn überfluten. Er legte beide Hände an die Stirn, um sich zu konzentrieren. Nach einer Weile sagte er leise: „Dieser Mann belästigt mich schon seit einiger Zeit. Meine

Firma ist Eigentümer der Immobilie in Lemgo, in der dieser Mann eine Kampfsportschule betreibt."

„Dass er die Sportschule betreibt, wissen wir", drängte ihn Schulte. „Aber was hat dieser Mann mit Ihnen zu tun?"

„Er will, dass ich seinen Rausschmiss rückgängig mache. Schubert heißt der Mann, aber das wissen Sie ja anscheinend auch schon, sonst hätten Sie ihn nicht mit Namen gerufen. Dieser Schubert hat seit einem dreiviertel Jahr seine Miete für das Objekt nicht mehr bezahlt. Vor ein paar Tagen haben wir ihm die Kündigung zukommen lassen. Irgendwann muss ja auch mal Schluss sein mit Großzügigkeit, oder? Seitdem dreht er durch und bedroht mich. Sie haben ja selbst gesehen, was er während meiner Abwesenheit mit Haus und Auto angestellt hat."

„Wir werden auch dieser Sache nachgehen müssen", sagte Maren Köster, „und brauchen weiterführende Angaben von Ihnen. Bis dahin würde ich Sie gern unter Polizeischutz stellen."

Kaufmann fuhr erschrocken auf.

„Warum das denn?"

„Weil dieser Mann mutmaßlich bereits drei Menschen auf dem Gewissen hat und es ihm offenbar auf einen weiteren nicht ankommt. Was denken Sie denn, was das gerade war? Ein Kaffeeklatsch? Oder ein Besuch unter alten Freunden?"

Als Kaufmann nicht gleich antwortete, legte sie nach: „Mann, Sie sind gerade dem Tod von der

Schippe gesprungen. Wenn mein Kollege nicht rechtzeitig gekommen wäre, dann wäre es mit Ihnen vorbei gewesen."

Kaufmann schüttelte den Kopf.

„Das glaube ich nicht. Der wollte mich nur erschrecken. Typen wie der sind es einfach gewohnt, ihre Angelegenheiten mit der Faust zu regeln. Sie machen Krach, sie zerstören Gegenstände, sie schlagen auch schon mal zu. Aber sie bringen noch lange keinen um. Jetzt dramatisieren Sie aber gewaltig."

„Was mache ich?" Maren Köster sprang auf und schlug auf den Küchentisch. Schulte griff nach ihrem Arm und zog sie mit aller Kraft wieder zurück auf den Stuhl.

„Lass gut sein", versuchte er zu beruhigen. „Herr Kaufmann steht unter Schock. Und im Jetlag ist er auch noch. Wir sollten nicht alles wörtlich nehmen, was er sagt."

Innerlich war er kaum weniger wütend als seine Kollegin, aber er versuchte, sich das nicht anmerken zu lassen, als er zu Kaufmann sagte: „Wenn Sie keinen Polizeischutz wollen, dann drängen wir uns auch nicht auf. Aber beschweren Sie sich nicht, wenn Schubert wiederkommt und niemand da ist, um Ihren Arsch zu retten. Und übrigens: Von der Geschichte, die Sie uns gerade erzählt haben, glaube ich kein Wort. Das nur, damit Sie Bescheid wissen. Wir sprechen uns noch."

Scheußliche Bude, fand Roger Schubert. Eng, schmuddelig, miefig. Freiwillig wäre er hier nicht eingezogen. Aber er war gerade nicht in der Situation, sich seinen Aufenthaltsort aussuchen zu können. Und deshalb war er trotz aller Unzulänglichkeiten froh, damals den Schlüssel von Natascha Königs Wohnung mitgenommen zu haben. Als hätte er geahnt, ihn einmal brauchen zu können. Zum Glück war die Wohnung noch nicht wieder neu vermietet worden.

Erschöpft warf er sich aufs Sofa, ohne die Schuhe auszuziehen. Wen störte das jetzt noch? Schubert fühlte sich, als hätte jemand die Luft aus ihm herausgelassen und als wäre er nur noch eine leere, schlaffe Hülle. Alles lief schief. Nichts wollte gelingen.

Seine Pechsträhne hatte mit dem vergeblichen Versuch begonnen, diese zickige Witwe Kaiser aus dem Weg zu räumen. Wer war nur dieser etwas ältere und übergewichtige Bulle, der ihm ständig in die Quere kam? Erst hatte der ihm bei der Witwe ins Handwerk gepfuscht. Dann war dieser Kerl in der Sportschule aufgetaucht und nun dieses erneute Fiasko bei Kaufmann. Wieder war es dieser Bulle gewesen, der ihn um den Lohn seiner Bemühungen gebracht hatte. Er würde sich etwas einfallen lassen müssen, um diese lästige Zecke loszuwerden. Aber fürs Erste saß er nun auf dem Trocknen. Der Fahndungsdruck der Polizei wurde immer größer. Dass es mit Bianca Kaiser nun jemanden gab, der ihn auch noch beschreiben konnte, machte die Sache noch schlimmer. Es würde auch nichts nützen, die Frau noch mal anzugreifen, denn ihre Aussage hatte sie sicherlich schon gemacht. Zum Glück würde man ihm niemals den Giftmord vor zehn Jahren nachweisen können. Niemand würde darauf kommen, womit er Kaiser aus dem Weg geräumt hatte. Selbst, wenn man ihn heute exhumieren würde, ließe sich das Mittel nicht mehr nachweisen. Und wo weder Tatwaffe noch Todesursache feststellbar sind, da gibt es auch keinen Mord nachzuweisen. Um dieses Thema musste er sich keine Sorgen machen, da war er auf der sicheren Seite. Aber trotzdem: Die Bullen waren ihm hart auf den Fersen wegen Natascha, dem alten Doc und der Kaiser. Er musste verschwinden, raus aus dem Land, so weit weg wie möglich. Aber dazu brauchte er Geld. Da blieb ihm als Geldquelle nur Kaufmann. Der schwamm doch im Geld, würde 100 000 Euro doch gar nicht spüren. Warum stellte der sich so quer?

Aus seiner Apathie wurde Ärger. Er sprang vom Sofa auf und lief durch die Wohnung. Bilder tauchten auf. Bilder vom Abend, als er mit Natascha König hier gesessen hatte. Die dumme Kuh! Was hatte die sich eigentlich bei der Erpressung gedacht? Warum hatte sie den Hals nicht voll bekommen? Wäre sie mit der Summe, die er mitgebracht hatte, zufrieden gewesen, dann würde sie jetzt noch friedlich auf diesem Sofa sitzen und Wodka trinken. Aber nein, sie hatte auf mehr bestanden. Und dann „mehr" bekommen. Viel mehr.

Was war eigentlich aus ihrem Köter geworden? Diesem ständig kläffenden Wischmob? Er schob diese Fragen beiseite, als er die halbvolle Wodkaflasche sah. Es gab eine Menge Fragen zu klären, aber nicht mehr an diesem Abend. Es war spät geworden. Jetzt war er nur noch froh, hier untertauchen zu können. Niemand, nicht mal dieser alte Bulle, würde auf die Idee kommen, dass er ausgerechnet hier, in der Wohnung seines Opfers, ein Versteck gefunden hatte.

76

„Gib Ruhe", rief der alte Herr Lehmann dem nervös bellenden Hund zu. „Wir gehen ja sofort Gassi."

Er öffnete dem kleinen, zappelnden Hund die Tür und verließ die Wohnung. Um zur Treppe zu kommen, musste er an der Wohnung vorbei, in der Natascha König gelebt hatte. Neuerdings immer mit einem unguten Gefühl, als hätte er Angst, hier ihrem Geist zu begegnen. Mit dem Hund war er schon mehrmals hier vorbeigegangen und erstaunlicherweise hatte das Tier nie irgendwelche Reaktionen gezeigt. Sicher, ab und zu lief er zur Tür und wartete dort darauf, dass man ihm öffnete. Aber wenn Lehmann ihn zu sich rief, dann kam er schwanzwedelnd angelaufen. Irgendwann würde ein neuer Mieter hier einziehen, es würde anders riechen und der Hund würde seine alte Heimat vergessen.

Was war nur an diesem Morgen mit dem verdammten Vieh los? Der kleine Hund rannte zur Wohnungstür und schnüffelte mit einer Leidenschaft, die Lehmann noch nie bei ihm bemerkt hatte. Dann zog der Hund plötzlich den Schwanz ein, rannte zu Lehmann zurück, versteckte sich hinter dessen Beinen und jaulte so erbärmlich, als wäre der Hundemetzger hinter ihm her. Ein paar Sekunden später lief er wieder zur Tür, kratzte daran, schnüffelte erneut und rannte wieder hilfesuchend und angstvoll fiepend zu Lehmann. Der alte Mann wunderte sich und ging näher an die Wohnungstür heran. Täuschte er sich, oder hatte er gerade ein Geräusch in der Wohnung gehört? Lehmann schüttelte sich und stellte fest, dass er eine Gänsehaut bekommen hatte. War es doch der Geist von Natascha König? Fand die arme Frau keine Ruhe? Sein Gehör musste ihm einen Streich gespielt haben – es gab keine andere Erklärung. Geister gab und gibt es nicht. Immer noch schaudernd, leinte er den Hund an und wartete, bis das Tier sich widerwillig in Bewegung setzte, nicht mehr jaulend, aber immer noch mit eingezogenem Schwanz. Dann gingen Herr und Hund die Treppe hinunter.

Auch am frühen Abend nahm der alte Herr Lehmann den Hund wieder an die Leine und verließ mit ihm die Wohnung. Die abendliche Gassi-Runde musste heute kürzer ausfallen, denn er wollte noch seine Küche aufräumen. Als er diesmal an der leerstehenden Wohnung vorbeikam, zog er den Hund eng an sich, damit der nicht wieder zur Tür rannte. Aber auch jetzt jaulte der Hund zum Steinerweichen, das Jaulen ging wieder in ein ängstliches Fiepen über.

„Was hast du nur immer", schimpfte Lehmann, aber auch er war froh, als er die Treppe erreicht hatte. Diese Wohnung war ihm unheimlich geworden. Auch tagsüber hatte er immer wieder geglaubt, Geräusche darin gehört zu haben. Waren jetzt beide paranoid, der Hund und er selbst?

Als er von der Gassi-Runde zurück ins Haus kam, goss die alte Frau Pavlovic Blumen, die in einem großen Kasten auf dem Treppenplateau vor ihrer Wohnung wuchsen. Lehmann begrüßte sie, so laut er konnte, denn er wusste um ihre Schwerhörigkeit. Erschrocken drehte die alte Dame sich um, beruhigte sich aber, als sie Lehmann erkannte.

„Huch!", rief sie in der überzogenen Lautstärke der Schwerhörigen, „Sie haben mich aber erschreckt. Ich traue mich ja kaum noch vor die Tür, jetzt, wo hier im Haus so schlimme Sachen passiert sind."

„Ja", überlegte auch Lehmann, „irgendwie ist hier alles anders geworden. Als wenn der Geist der armen Frau Kaiser hier umgehen würde."

„Geist?", rief Frau Pavlovic empört. „Der einzige Geist, den diese Frau hatte, war der Weingeist. Vielleicht geht der hier um, das kann schon sein. Sagen Sie mal, wie klappt es eigentlich mit dem Hund von ihr?"

„Das einzige Problem mit dem Hund ist, dass er plötzlich ein Riesenspektakel macht, wenn er oben an der Wohnungstür von seinem Frauchen vorbeilaufen muss. Als wenn da der Teufel persönlich drin hausen würde."

Die Alte stellte ihre Gießkanne auf den Boden und schaute ihn prüfend an. Dann sagte sie: „Vielleicht ist das auch so. Wer weiß das schon? Man macht sich ja so seine Gedanken."

„Wie meinen Sie das denn, Frau Pavlovic?"

„Nun ja, ich höre zwar nicht mehr so gut. Aber sehen kann ich noch alles. Da kriege ich schon noch mit, was hier im Haus läuft."

„Und, was läuft hier?"

Sie schaute ihn fast mitleidig an, als sei er einfach zu dumm, sie zu verstehen.

„Die Frage ist nicht, was hier läuft, sondern wer hier läuft. Verstehen Sie?"

Lehmann verstand kein Wort. Aber seine Gesprächspartnerin ließ sich nun nicht mehr aufhalten. Sie zeigte auf ihre Wohnungstür.

„Kommen Sie mal eben rein", sagte sie verschwörerisch. Sie hatte ihre Lautstärke drastisch reduziert, sprach nun wie andere Menschen auch. In ihrer eigenen Wahrnehmung war dies vermutlich ein Flüstern.

„Ich möchte hier draußen nicht reden. Bringen Sie

den Hund ruhig mit rein. Meine Katze wird das hassen, aber es geht nicht anders."

Als Lehmann in ihrem Flur stand und die Wohnungstür geschlossen hatte, fuhr sie fort: „Ich traue mich wirklich kaum noch raus. Nur, weil Sie jetzt dabei waren, habe ich so lange auf der Treppe gestanden. Hören Sie mal gut zu!"

Frau Pavlovic legte den Zeigefinger auf die geschlossenen Lippen, um ihm zu verdeutlichen, dass er über das Gesprochene schweigen solle. Er nickte wortlos.

„Ich bringe ja immer so um Mitternacht herum meine Katze vor die Wohnungstür. Dann kann sie raus, am Hinterausgang ist nämlich eine Katzenklappe. Und dabei ist mir doch neulich, in der Nacht bevor das mit Frau König passiert ist, ein Mann entgegengekommen. Stellen Sie sich mal vor. Ein unbekannter Mann, mitten in der Nacht. Ich konnte gerade noch zurück in meine Wohnung, bevor er auf diesem Treppenabsatz hier vorbeigelaufen ist. Er hat mich nicht gesehen, der hat nur nach oben geguckt."

„Ja, und dann?"

„Jetzt denken Sie nicht, dass ich neugierig bin, Herr Lehmann. Aber ich habe dann die Tür wieder einen Spalt aufgemacht und hab gesehen, dass er die Treppe hoch gegangen ist. Man muss doch wissen, wer sich nachts hier im Haus herumtreibt. Dann hat er bei Frau König geklingelt. Und der Hund, den

Sie jetzt haben, hat sofort angefangen zu bellen. Das habe sogar ich gehört. Wird wohl ihr Liebhaber sein, habe ich mir gedacht. Aber als sie dann am nächsten Morgen hier tot auf der Treppe lag, da wurde mir ganz mulmig. Können Sie sich das vorstellen?"

Lehmann nickte wieder.

„Das kann ich. Höchstwahrscheinlich haben Sie ihren Mörder gesehen. Das meinen Sie doch, oder?"

Jetzt nickte sie. Lehmann schob eine Frage nach: „Warum haben Sie denn der Polizei nichts davon erzählt? Das war doch wichtig."

Sie schlug kurz die Augen nieder, dann sagte sie: „Ich hatte ein bisschen Angst. Wissen Sie, ich alte Frau als einzige Zeugin. Ich habe keinen, der auf mich aufpasst. Vielleicht hätte ich am nächsten Tag selbst unten auf der Treppe gelegen. Weiß man das?"

„Aber jetzt müssen Sie es der Polizei erzählen. Sonst bin ich Mitwisser und damit auch schuldig. Soll ich die Polizei für Sie anrufen?"

Sie schüttelte den Kopf.

„Moment!", rief sie. „Es kommt ja noch viel schlimmer. Gestern Nacht war es fast genauso. Es war wieder dieser Mann. Er ist hoch gegangen in die Wohnung von Frau König und ist bis jetzt noch nicht wieder rausgekommen. Haben Sie denn überhaupt nichts gehört? Sie wohnen doch direkt nebenan?"

Lehmann wurde es schwindelig von all den Gedankenblitzen, die wie ein Gewitter durch seinen Kopf tobten.

„Frau Pavlovic", wies er die alte Frau an. „Sie schließen jetzt ihre Wohnung hinter mir gut ab und lassen keinen rein. Es sei denn, ich bin es oder jemand zeigt ihnen vor dem Türspion einen Polizeiausweis. Alles andere regele ich jetzt."

Als Lehmann ein Stockwerk höher an der besagten Wohnung vorbeiging, wurde ihm ganz flau. Er nahm den Hund auf den Arm, hielt ihm das Maul zu und huschte so schnell vorbei, wie er konnte. In seiner Wohnung suchte er nach der Visitenkarte, die ihm der ältere Polizist gegeben hatte. Endlich fand er sie und las den Namen *Josef Schulte, Polizeirat.* Dann wählte er die Nummer.

77

Viertel vor acht. Schulte griff schon mal herzhaft in die Chipstüte. Während die anderen im Feierabend waren, hatten es sich Schulte und Rosemeier in der „Kneipe" vor dem Fernseher bequem gemacht und warteten auf den Anpfiff des Halbfinalspiels Frankreich gegen Belgien.

„Schulte", maulte Rosemeier, „wenn du so weitermachst, dann sind die Chips schon alle, bevor das Spiel angefangen hat."

„Kein Problem", antwortete Schulte, mit vollem Mund kauend. „Ich habe noch 'ne Tüte in der Tasche."

„Na, dann kann ja nichts mehr dazwischenkommen."

In diesem Moment meldete sich Schultes Handy. Unwillig nahm dieser das Gespräch entgegen.

„Wer ist da? Lehmann? Aus der Sprottauer Straße? Ja, ich erinnere mich. Der Mann, der netterweise den Hund von Natascha König bei sich aufgenommen hat. Was kann ich für Sie tun?"

Schulte hörte eine Weile zu. Während er zu Beginn des Gespräches noch mehr auf den Fernseher geachtet hatte als auf seinen Gesprächspartner am Telefon, änderte sich das schnell. Er setzte sich gerade hin, wirkte hoch konzentriert und beendete das Gespräch mit den Worten: „Wir kommen sofort. Unternehmen Sie nichts. Bleiben Sie in Ihrer Wohnung."

Er sprang auf und stellte den Fernseher ab. Rosemeier wollte protestieren, aber Schulte war nicht mehr aufzuhalten.

„Los!", rief er. „Wir müssen sofort los. Wenn es stimmt, was dieser Mann mir gerade erzählt hat, dann kriegen wir diesen Schubert jetzt an den Haken. Hast du deine Dienstwaffe griffbereit?"

„Dienstwaffe?", Rosemeier wirkte erschrocken. „Schulte, wir haben gleich Feierabend. Lass das doch die richtigen Bullen machen. Das ist nicht unsere Baustelle."

„Was heißt denn hier richtige Bullen?", fragte Schulte ärgerlich, während er seine Lederjacke von der Garderobe holte. „Ich bin ein richtiger Bulle und das werde ich auch bleiben. Und ich packe mir jetzt diesen Mistkerl, wenn es sein muss auch alleine."

Rosemeier winkte hilflos ab.

„Ist ja gut. Ich komme ja schon. Aber wir sollten wenigstens in der Kreispolizeibehörde Bescheid sagen. Das hast du Frau Köster versprochen, Jupp. Keine Alleingänge."

Schulte wurde immer ungeduldiger.

„Ja, machen wir ja alles. Anrufen kann ich auch vom Auto aus. Hier, mein Autoschlüssel. Fahr du, ich telefoniere."

Es war nicht weit von Heidenoldendorf zur Sprottauer Straße, aber eine große Straßenbaustelle hielt sie bereits direkt nach der Abfahrt auf. Schultes Versuch, Maren Köster zu erreichen, scheiterte, da sie auf einem Termin beim Landrat war. Der diensthabende Beamte versprach aber, sie zu informieren, sobald sie zurück sei.

„Warum hast du dem denn nicht gesagt, worum es geht?", schimpfte Rosemeier. „Der hätte genauso gut ein paar Leute dorthin schicken können."

„War so ein Reflex", antwortete Schulte kurz angebunden und schaute fieberhaft nach vorn. Rosemeier ließ es dabei aber nicht bewenden.

„Wir können das nicht allein machen, Schulte", hakte er nach, während er Schultes Landrover durch die Heidenoldendorfer Straße lenkte. „Der Kerl ist euch schon zweimal durch die Lappen gegangen. Der ist gefährlich. Wir brauchen Verstärkung."

Schulte dachte nach. Dann sagte er: „Du hast recht. Wir machen das folgendermaßen: Schubert fühlt sich dort offenbar sicher. Er weiß nicht, dass wir auf dem Weg zu ihm sind. Warum sollte er flüchten wollen? Wir beziehen im Haus nur Wachposten, falls er wider Erwarten doch in der Zwischenzeit die Biege machen will. Wenn wir die Lage gepeilt haben, rufe ich noch mal an und lasse nicht locker, bis uns dort mindestens eine Hundertschaft zur Hilfe kommt. Zufrieden?"

Rosemeier verdrehte die Augen.

„Mach dich auch noch über mich lustig. Wenn du denkst, dass Fahrlässigkeit ein anderes Wort für Mut ist, dann bist du ein Trottel, mit dem ich nicht länger zusammenarbeiten möchte. Ich hoffe, es ist nicht so."

Schulte war tief getroffen. Eine so klare Ansage hatte er von Rosemeier nicht erwartet. Schulte wusste genau, dass sein Kollege recht hatte, mochte das aber nicht offen eingestehen. Stattdessen wählte er eine Nummer, ohne sich näher zu erklären.

„Schulte hier! Van Leyden, wo sind Sie gerade?"

Rosemeier starrte seinen Beifahrer ungläubig von der Seite an. Der alte Jagdhund Jupp Schulte hatte eine Fährte aufgenommen und hätte sich nun von nichts und niemanden mehr aufhalten lassen.

„Was? Sie joggen gerade. Ich brauche Sie, und zwar sofort. Passen Sie auf!"

Er brachte den Kollegen am Telefon kurz und knapp auf den Stand. Dann lauschte er kurz, wurde immer wütender und beendete das Gespräch. Zu Rosemeier sagte er, vor Wut zitternd: „Van Leyden werde ich mir morgen zur Brust nehmen. Der Scheißkerl hat mich ausgelacht. Ich solle meinen Privatkrieg alleine kämpfen. Er sei zwar ganz in der Nähe, hätte aber Besseres zu tun. Gib Gas, bevor ich explodiere!"

78

An der Sprottauer Straße angekommen, peilte Schulte erst mal die Lage von außen. An der von der Straße abgewandten Seite gab es Balkone. Aber die waren so angebracht, dass man unmöglich von einem auf den anderen klettern konnte. Da Schubert sich im vierten Stock aufhielt, schied diese Fluchtmöglichkeit schon mal aus. Dann lief Schulte zur Haustür, Rosemeier folgte ihm. Schulte suchte nach einem ganz bestimmten Namen auf dem großen Klingelschild. Dann drückte er auf „Lehmann" und wartete. Ganz oben im Haus konnte er nun das Kläffen eines kleinen Hundes hören. Als der Türöffner summte, stürmten die beiden Polizisten hinein. Sie liefen die Treppen hinauf.

„Halt deine Knarre bereit", wies Schulte den Kollegen an. Der nickte wortlos, während er versuchte, seinen rasenden Atem unter Kontrolle zu bekommen. Auch Schulte, der sonst nie eine Waffe trug, hatte sich heute damit ausgerüstet. Im dritten Stock blickte Schulte kurz und etwas verlegen auf die Stelle, an der Maren Köster ihn ans Treppengeländer gefesselt hatte. Darüber hatte er bislang noch mit keinem seiner Kollegen gesprochen und würde dies auch mit Rosemeier nicht tun. Man muss nicht alles teilen. Bevor sie den vierten Stock erreichten, rief sich Schulte die Räumlichkeiten ins Gedächtnis. In der ersten Wohnung auf der linken Seite hatte Natascha König gewohnt. Hier hielt sich nun Roger Schubert auf. In der Wohnung nebenan wohnte der alte Herr Lehmann mit dem Hund, den er nun so laut und aufgeregt kläffen hörte, als stünde er direkt oben auf dem Flur. Schulte erreichte als erster den vierten Stock. Was er dort oben sah, ließ ihn vor Schreck zur Salzsäule werden. Sofort fuhr er den rechten Arm seitlich aus, um Rosemeier daran zu hindern, an ihm vorbei nach oben zu stürmen.

Der alte Herr Lehmann stand nah seiner Wohnungstür und starrte Schulte voller Entsetzen an. Direkt hinter ihm stand ein wesentlich größerer Mann, hielt ihn mit dem linken Arm fest und drückte ihm mit der rechten Hand ein langes Messer an die Gurgel. Der kleine Hund tobte wie gestochen um die beiden Männer herum und kläffte sich die Seele aus dem Leib. Als Schubert die Polizisten auftauchen sah, drehte er seine Geisel so weit herum, dass Lehmann im Schussfeld stand.

„Schubert", schrie Schulte, „lassen Sie den Mann los! Sie haben doch sowieso keine Chance."

Schubert lachte humorlos.

„Nein? Habe ich nicht? Kann sein, aber dann hat dieser alte Knabe auch keine mehr. Wollen Sie das auf Ihre Kappe nehmen? Los, die Knarren weg, aber schnell!"

Schulte zögerte, dann legte er seine Dienstpistole auf die vorletzte Treppenstufe. Rosemeier murmelte leise, während er ebenfalls seine Waffe ablegte, so etwas wie: „Hab ich's nicht gesagt. Das musste ja schiefgehen."

„Woher wussten Sie, dass wir kommen?", fragte Schulte, der Lehmann verdächtigte, sich verplappert zu haben.

Schubert lachte und sagte: „Wenn Sie das nächste Mal ein Haus stürmen, dann stellen Sie sich nicht erst so auffällig wie möglich unten hin und schauen sich die Fassade an. Jedenfalls nicht, wenn der Gesuchte Sie kennt. Ich hatte Zeit genug zu reagieren. So, und jetzt machen Sie den Weg frei!"

Er schubste den hilflosen alten Mann brutal vor sich her, das Messer immer eng am Hals. Der Hund drehte nun völlig durch, wuselte beiden Männer ständig durch die Beine, bis Schubert ihm einen Tritt verpasste, der ihn mehrere Meter wegschleuderte. Der Hund zog den Schwanz ein und verzog sich jaulend in eine Ecke. Vor der Wohnungstür von Natascha stand eine kleine Reisetasche. „Los, nimm die Tasche mit, Alter", befahl Schubert dem schlotternden Lehmann. Dann standen Schubert und seine Geisel direkt vor der Treppe.

„Keinen Mucks, ihr beiden!", schrie er Schulte und Rosemeier an. „Wenn einer von euch auch nur den kleinen Finger rührt, dann habt ihr hier eine Leiche."

Schubert und Lehmann mussten an den beiden Polizisten vorbei, die sich ja nicht in Luft auflösen konnten. Schulte und Rosemeier pressten sich mit dem Rücken an die Wand, um möglichst viel Platz zu machen. Schulte überlegte fieberhaft, was er tun konnte. Es erschien ihm unerträglich, Schubert einfach so ziehen lassen zu müssen. Was für ein Versagen von ihm, hier zu stehen wie ein blutiger Anfänger, blamiert bis auf die Knochen. Zum dritten Mal diesen Mann verschwinden zu sehen.

Als Schubert samt Geisel auf Schultes Treppenstufe ankamen, brannten bei Schulte alle Sicherungen durch. Er stürzte sich auf Lehmann, schob ihn mit aller Kraft von Schubert weg, sodass der alte Mann ins Straucheln kam und zwei Treppenstufen hinunterstürzte, wo er laut stöhnend liegenblieb. Fast gleichzeitig versuchte Schulte, Schuberts Messerhand zu erwischen. Das gelang ihm auch, aber Schubert war zu stark für ihn. Er riss den Arm mit solcher Kraft zurück, dass Schulte loslassen musste, aus dem Gleichgewicht geriet und eine Stufe zurückstolperte. Schon machte Schubert einen Schritt auf ihn zu, hob die Faust mit dem Messer und wollte eben zustoßen, als Rosemeier ihm in den Arm fiel. Aber als hätte er diesen Bewegungsablauf wieder und wieder trainiert, zog Schubert ihn erst eng an sich und schleuderte ihn dann mit ganzer Kraft von sich weg. Rosemeier klatschte gegen die Wand des Treppenhauses, sackte mit einem schwachen Schmerzenslaut zusammen und blieb quer auf der Treppe liegen.

Schulte wollte die Ablenkung nutzen und machte einen Satz auf Schubert zu. Aber der war schon wieder voll auf der Höhe und empfing ihn mit einem Gegenangriff. Die beiden Männer prallten zusammen, verkeilten sich ineinander und stürzten schließlich beide mehrere Treppenstufen hinab, rollten dabei über Lehmann hinweg, bis auf das unter ihnen liegende kleine Plateau. Schubert war der erste, der sich aus der Umarmung befreien konnte. Er rappelte sich auf und wollte loslaufen. Aber Schulte gelang es gerade noch, Schuberts rechten Fuß festzuhalten. Dass dies ein Fehler war, bekam er sofort zu spüren, denn Schubert trat mit aller Kraft aus und traf Schulte an der Schulter. Nichts ging mehr. Der Schmerz war so heftig, dass Schulte nur unter Aufbietung aller Kraft gegen eine Ohnmacht ankämpfen konnte. Schubert war verschwunden. Schulte hörte nur noch seine schnellen, Treppe abwärts eilenden Schritte, die immer leiser wurden, weil sie sich immer weiter von ihm entfernten. Dann war es für einige Sekunden ganz still im Haus. Schrecklich still.

Schulte hätte schreien können vor Wut. Er wollte mit den Fäusten auf den Treppenboden trommeln, aber der Schmerz in der Schulter ließ das nicht zu.

Wie ein Häufchen Elend versuchte er sich hochzu-
rappeln. Besorgt schaute er nach oben. Rosemeier
war hinkend, aber immerhin bewegungsfähig, ein
paar Stufen hinuntergegangen und beugte sich besorgt über den alten Mann, der immer noch stöhnend auf der Treppe lag.

„Wir brauchen einen Krankenwagen", sagte Rosemeier, während er mit schmerzverzerrter Miene seinen Hinterkopf massierte. „Herr Lehmann hat sich
irgendwas gebrochen, da bin ich mir sicher."

„Wir müssen diesem Schubert hinterher", sagte
Schulte schwer atmend und schaffte es endlich, hochzukommen.

„Vergiss es!", winkte Rosemeier frustriert ab. „Der
ist längst wieder über alle Berge. Wie immer. Den
kriegst du nie."

79

Schubert sprang die Treppe hinunter, nahm möglichst mit jedem Schritt zwei Stufen. Dabei taten ihm
alle Knochen weh. Der Treppensturz eben war eines
Stuntmans würdig gewesen. Nur seinem muskelbe-
packten, durchtrainierten Körper war es zu verdan-
ken, dass er so schnell wieder in Schwung gekommen
war. Sein Messer hatte er beim Kampf mit dem Polizisten verloren. Das war ärgerlich, aber nicht mehr
zu ändern. Wichtiger war es nun, aus diesem Haus

zu entkommen. Noch ein Treppenabsatz, dann war er unten im Flur und da vorn war auch schon die Haustür. Er riss die Tür auf und wollte eben, sein Tempo beibehaltend, ins Freie stürzen, als er mit einem Mann im Jogginganzug zusammenprallte. Der Mann war nicht viel kleiner als er selbst, etwas schmaler, aber er sah sportlich aus. Ohne auch nur eine Sekunde zu verschwenden, holte Schubert zu einem fürchterlichen Schlag aus. Doch zu seinem Entsetzen schaffte es der Jogger, sich rechtzeitig wegzuducken und seinen Schlag zu unterlaufen. Und ein Sekundenbruchteil später bekam Schubert einen so harten Faustschlag an die Stirn, dass er kurz benommen stehen blieb. So was hatte er lange nicht mehr erlebt. Hier war ein ernst zu nehmender Gegner wie aus dem Nichts aufgetaucht. Nicht so wie die beiden Polizisten oben auf der Treppe, die ihre besten Jahre lange hinter sich hatten. Schubert mobilisierte alle Reserven. Hochkonzentriert schlug er auf diesen Gegner ein, der wie ein Irrlicht immer wieder seinen Hieben auswich, der mal hier und mal dort war. Nichts half, nicht die härtesten Schläge, nicht die Beinschere, nicht schnelles Herumwirbeln, keine noch so hoch angesetzten Tritte. Sein Gegner im Jogginganzug parierte alles. Schubert brüllte vor Wut und stürzte sich diesmal ohne Taktik, ohne Raffinesse, aber mit aller ihm zur Verfügung stehenden Kraft auf ihn. Und tatsächlich schien er damit endlich durchzukommen. Er rammte dem anderen sein

Knie in den Magen und versetzte ihm, als der sich vor Schmerzen nach vorn beugte, einen Handkantenschlag in den Nacken. Er traf nicht so präzise wie erhofft, aber Schubert wähnte sich endlich auf der Siegerstraße. Wieder wollte er auf seinen Gegner eindringen, ihm den Rest geben. Doch da verharrte er kurz. Was war das? Er hörte das Martinshorn von mehreren Polizeiwagen näherkommen. Dann zuckte Blaulicht um die Hausecke. Es waren nur wenige Sekunden gewesen, die er gehorcht und in eine andere Richtung geschaut hatte, aber sie reichten diesem verdammten Kerl im Jogginganzug, um sich wiederaufzurichten und ihm einen mörderischen Tritt an den Kopf zu versetzen. Schubert sah nur noch eine Nebelwand, er kippte zur Seite weg und schlug krachend auf den Asphalt.

80

„Wer hat gestern eigentlich gewonnen? Frankreich oder Belgien?", fragte Schulte, als er am nächsten Morgen spät zum Dienst kam. „Ich habe nichts mitgekriegt."

Es ging ihm nicht gut. Seine Schulter schmerzte, eigentlich der ganze Körper. Außerdem quälten ihn neue Selbstvorwürfe. Er hatte im Fieber der Jagd unbedacht gehandelt und damit andere in Gefahr gebracht. Wie mochte es dem alten Herrn Lehmann wohl gehen? Wie seinem Kollegen Rosemeier? Und was war aus dem Hund geworden? Viele Fragen, die er im Laufe des Vormittags klären wollte.

Rosemeier war nicht da, wie sich herausstellte.

„Ist beim Arzt", kommentierte von Fölsen ohne große Empathie. „Rücken. Muss wohl gestern irgendwie unglücklich gefallen sein. Übrigens hat Frankreich gewonnen."

Schulte sagte nichts weiter, sondern holte sich eine Tasse Kaffee aus dem Automaten. Als Adelheid Vahlhausen ihn bat, eine Zusammenfassung der gestrigen Ereignisse zu geben, musste er sich erst mal wieder selbst alles vor Augen führen. Die Aktion war so schnell gegangen, war mit so vielen Schmerzen verbunden gewesen und hatte so überraschend geendet. Er ließ auch nicht aus, dass es Marco van Leyden war, der letztlich alles zum Guten gewendet hatte.

„Wo ist denn van Leyden eigentlich?", fragte er am Ende seines Berichtes. „Ich denke, ich werde mich bei ihm bedanken müssen. Auch wenn es mir schwerfällt."

„Der lässt sich wahrscheinlich gerade einen Lorbeerkranz maßschneidern", brummte von Fölsen. Auch ihm fiel es anscheinend nicht leicht, die Leistung van Leydens anzuerkennen.

In diesem Moment rief Maren Köster an und forderte Schulte auf, zu ihr zu kommen. Sie wolle Schubert nun einer ersten Befragung unterziehen und ihn dabeihaben. Schulte machte sich sofort auf den Weg.

In der Kreispolizeibehörde ging es hoch her, als Schulte eintraf. Pauline Meier zu Klüt stürmte auf ihn zu, schaute ihn besorgt an und fragte nach seinem Befinden. Schulte versuchte zu lächeln, was ihm aber nicht gut gelang. Bei der kleinsten Bewegung schmerzte sein ganzer Körper. Er würde sich wohl doch noch einen Arzttermin geben lassen müssen.

„Der Lack ist ab, Meier", sagte er und bemühte sich, dabei leicht und unbeschwert zu klingen. „Aber die Grundierung hält noch ein bisschen was aus."

Auch Lindemann und Hartel zeigten ihm, dass sie sich Sorgen um ihn gemacht hatten. Schultes Lächeln wurde freier. Es tat ihm gut, ihr Mitgefühl zu erleben. Im Verhörraum traf er auf Maren Köster, die sehr angespannt wirkte und ihn schon erwartete. Als Schulte eintrat, sprach sie in ein Telefon: „Bringt ihn rein!"

Zwei Polizeibeamte führten Schubert, der kaum besser aussah als Schulte, in den Raum. Ihm waren die Folgen des gestrigen Abends ebenfalls anzusehen. Ein mächtiger Verband um den Kopf zeigte die Stelle, an der van Leydens Fußtritt ihn final getroffen und außer Gefecht gesetzt hatte. Sein Blick wirkte trotzig und herausfordernd. Das war noch lange kein gebrochener Mann, stellte Schulte fest. Er wunderte sich, dass er keinen Hass auf diesen Mann verspürte. Immerhin hatte der ihm nicht nur Schmerzen, sondern auch drei peinliche Niederlagen beigebracht. Ganz zu schweigen davon, dass er vermutlich der Mörder von zwei Menschen war, die Schulte persönlich ken-

342

nengelernt hatte. Aber irgendwie fühlte Schulte sich an diesem Morgen leer und schlapp.

Es kam, wie man es hätte voraussagen können. Schubert machte brav Angaben zu seiner Person, schwieg sich aber bei allen weiteren Fragen aus und verlangte einen Anwalt. Maren Köster sah ein, dass eine weitere Befragung bis zum Eintreffen des Anwalts reine Zeitverschwendung wäre und ließ Schubert wieder in die Zelle zurückbringen.

„Wie geht's dir?", fragte sie Schulte, als sie allein waren. Schulte gab ihr einen ehrlichen Überblick über sein Befinden. Sie kannte ihn viel zu gut, als dass er bei ihr hätte bluffen können.

Oft völlig überraschend spürte Schulte manchmal dieses Herzflimmern, diese plötzlich aufsteigende Wärme, wenn er mit Maren allein war. Wenn, allen Belastungen ihres gemeinsamen Berufslebens zum Trotz, plötzlich wieder eine Nähe entstand, die er bislang bei keiner anderen Frau erlebt hatte. Keine Frage, Maren Köster war die Frau seines Lebens. Soweit die Theorie. Den Praxistest im Beziehungsalltag hatten sie beide nicht bestanden und einen zweiten Versuch würde es nicht geben. Da waren sie sich einig.

Draußen auf dem Flur wurde es laut. Als Schulte den Verhörraum verließ, sah er dort Marco van Leyden im lebhaften Gespräch mit Pauline Meier zu Klüt, Lindemann und Hartel. Van Leyden schilderte gerade in leuchtenden Farben, wie er über „diese eigentlich unbesiegbare Kampfmaschine" triumphiert hatte. Gleichzeitig führte er ihnen die letzten Sekunden des Kampfes pantomimisch vor. Schulte holte tief Luft, ging zu ihm und gab ihm die Hand.

„Gut gemacht, van Leyden", sagte er, auch wenn es ihm schwer von der Zunge ging. „Willkommen im Team."

81

Bianca Kaiser war wieder zu Hause und litt unter Langeweile. Bei ihrer Schwester in deren großer Familie hatte sie sich wie ein Fremdkörper gefühlt. Bei denen ging das Leben weiter, denen war ja nichts geschehen. Berufsalltag und die Kinder dominierten die Gespräche. Bianca Kaiser mit ihren ganz speziellen Problemen war außen vor geblieben. Als Schulte sie anrief und ihr mitteilte, dass Schubert verhaftet und somit die Gefahr für sie gebannt sei, nahm sie den nächsten Bus von Bielefeld nach Oerlinghausen.

Sie war noch immer krankgeschrieben, saß im Wohnzimmer und wusste nichts mit sich anzufangen. Der Schock des Überfalls schwächte langsam ab. Zurück blieb das Gefühl, so nicht weiterleben zu wollen. Etwas musste sich ändern. Als erstes würde sie dieses Haus, das so belastet war mit Erinnerungen, mit zerplatzten Lebensentwürfen, mit Streitereien vor dem Tod ihres Mannes und zersetzender Einsamkeit in den Jahren danach, verkaufen. Oerlinghausen war eine angesagte Lage und das Haus würde gutes Geld abwerfen. Danach wollte sie sich eine kleine Eigentumswohnung in Bielefeld kaufen. Mittendrin, voll im Geschehen und endlich wieder, nach all den Jahren, das Leben genießen. Der Gedanke an die Veränderung tat gut, weckte aber auch Wehmut. In dieser Stimmung innerer Zerrissenheit ging sie zum Bücherregal und nahm alle Fotoalben heraus, die sie mit ihrem Mann zusammen angelegt hatte. Sie kochte sich einen Kaffee und setzte sich in einen Sessel, um in aller Ruhe die Alben durchzuschauen. Bilder aus der Zeit, in der sie sich kennengelernt hatten, als sie geheiratet hatten, die Flitterwochen, der Einzug in dieses Haus. Sie seufzte mehr als einmal, als all die Erinnerungen wieder hochploppten wie Blasen in kochendem Wasser. Das dritte Album barg eine Überraschung ganz anderer Art. Ungefähr in der Mitte des Albums fand sie einen USB-Stick in einer kleinen Plastikhülle, die auf die Seite geklebt worden war. Auf der Hülle stand mit rotem Edding geschrieben: „Versicherung". Enttäuscht löste sie die Hülle aus dem Album und wollte sie achtlos zur Seite legen. Versicherung, das klang nicht gerade aufregend. Auf irgendwelchen Rechtschutz- oder Haftpflichtversicherungsschriftverkehr ihres Mannes hatte sie in der gegenwärtigen emotional aufgeladenen Situation keine Lust. Das würde sie nur runterziehen.

Dann aber fiel ihr ein, dass ihr Mann das Wort „Versicherung" kurz vor seinem Tod häufiger in ganz anderem Zusammenhang verwendet hatte. Sie hatte damals immer nur so viel verstanden, dass er Angst um seinen Job hatte. Konnte es sein, dass auf diesem Stick etwas gespeichert war, was Aufschluss über seinen Tod geben konnte? Plötzlich sah sie das kleine Ding mit ganz anderen Augen. Sie spürte einen großen Widerwillen dagegen, den Stick auch nur anzufassen, als sei er radioaktiv verseucht. Er war ihr unheimlich, sie wollte das Gerät nicht im Haus haben. Aufgeregt sprang sie aus dem Sessel und lief mit wirren, sich widersprechenden Gedanken durch das Wohnzimmer. Endlich fasste sie einen Entschluss: Sie würde diesen Schulte anrufen. Der sollte den Stick mitnehmen und auswerten, wenn er wollte. Hauptsache, das Ding kam so schnell wie möglich aus dem Haus.

82

Thomas Kaufmann klappte mit einem Seufzer der Erleichterung sein Notebook zu. Geschafft! Die Planung für die Stiftungsfeier war abgeschlossen, es würde eine großartige und eindrucksvolle Veranstaltung werden, da war er sicher. Endpunkt eines ungewöhnlich erfolgreichen Berufslebens und gleichzeitig Startschuss für das neue Leben als Philanthrop. Nach der Feier würde er offiziell seinen Posten als geschäftsführender Vorstand von *Faktor*

Haus niederlegen und dafür den Vorsitz seiner Stiftung übernehmen.

Die letzten Tage hatten mächtig an seinen Kräften gezehrt. Erst die Polizei mit dieser alten Geschichte, die für ihn selbst bereits seit langem erledigt und abgelegt war. Dann der Erpressungsversuch und als Höhepunkt der Angriff auf sein Eigentum und schließlich sogar auf seine Person. Zum Glück hatte die Polizei diesen Schubert gefasst. Die Bedrohung war vorbei – er konnte wieder frei atmen. Jetzt hieß es nach vorn schauen, das neue Leben auf die Hörner nehmen. Stillstand war nie sein Ding gewesen. Kaufmann blieb in Bewegung, immer.

Die Feier, zu der alle relevanten Persönlichkeiten der Region eingeladen waren, würde im Detmolder Sommertheater stattfinden. Erst ein eleganter Empfang mit verschiedenen Grußworten und einer Laudatio auf ihn als Stifter, im Foyer des Sommertheaters und dann eine Präsentation des Stiftungszweckes mit weiteren Redebeiträgen im Theatersaal. Die Metamorphose des Thomas Kaufmann – vom knallharten, umstrittenen Geschäftsmann zum gefeierten Menschenfreund. Gleich würde sich alle Welt das Halbfinale Kroatien gegen England anschauen – er nicht. Er würde in einem piekfeinen Restaurant, in Gesellschaft einer hübschen Frau einen sehr guten Wein entkorken lassen.

83

Am frühen Nachmittag ließ der Anwalt Schuberts durchblicken, dass sein Mandant nun gesprächsbereit sei. Schulte legte alle Informationen, die seiner Meinung nach Schubert belasteten, auf den Tisch. Kurz vorher hatte er ein anstrengendes, aber ergebnisreiches Gespräch mit Frau Pavlovic aus der Sprottauer Straße geführt. Sie hatte sich bereit erklärt, auch vor Gericht zu bezeugen, dass Schubert in der Nacht des 14. Juni Natascha König besucht hatte. Da sie aber auch gleichzeitig fest davon überzeugt war, damit ihr Todesurteil gesprochen zu haben, hatte es Schulte viel Mühe gekostet, sie zu beruhigen. Es kamen eine ganze Menge Indizien zusammen, die auch der Anwalt nicht einfach so abbügeln konnte. Als der Jurist genug gehört hatte, um die Situation einschätzen zu können, bat er um eine Pause, um sich mit seinem Mandanten in Ruhe besprechen zu können.

Eine halbe Stunde später saßen sie wieder zusammen.

„Es war ein Unfall", begann Schubert stockend. „Ich wollte diesen Kaiser nicht umbringen. Wollte ihm nur einen Denkzettel verpassen. Es sollte ihm richtig dreckig gehen, damit er endlich Ruhe gab. Konnte ich denn wissen, dass dieses Zeug so heftig wirkt? Ich bin doch kein Apotheker."

„Moment", unterbrach ihn Maren Köster. „Fangen Sie bitte ganz von vorn an."

Schubert schaute sie fragend an, wusste offenbar nicht recht, was sie meinte.

„Warum haben Sie Kaiser denn einen Denkzettel verpassen wollen?"

„Weil ...", Schubert schien sich unsicher zu sein, was er sagen sollte. „Weil ich einen Auftrag bekommen habe, dies zu tun. Gegen Bezahlung."

„Nun rücken Sie schon raus mit der Sprache", drängte Maren Köster. „Wer hat Sie beauftragt?"

„Darüber will mein Mandant noch schweigen", mischte sich der Anwalt ein. Schulte schluckte eine böse Bemerkung runter und machte Schubert ein Handzeichen, fortzufahren.

„Bei Bukow auf dem Schreibtisch lagen seine Blutdrucktabletten herum. Ich habe, wie gesagt, keine große Ahnung von so was. Aber da stand Betablocker drauf. Mein Vater hat die auch immer geschluckt und daher wusste ich, dass die unter anderem auch den Puls mächtig runterfahren. Wenn Kaiser also mehrere davon in Alkohol aufgelöst trank, dann musste es ihm verdammt dreckig gehen. Das war mein Plan. Den Grund würde nie jemand finden. Anscheinend habe ich aber zu viele Tabletten reingetan. Konnte ich das wissen?"

„So einen Schwachsinn habe ich schon lange nicht mehr gehört", ging Schulte ungeduldig dazwischen. „Wer soll das denn glauben?"

„Gibt es Beweise dafür, dass mein Mandant nicht die Wahrheit sagt?", fragte der Anwalt.

Schulte schwieg, denn beweisen konnte er seine Zweifel nicht.

Dann ging es weiter.

„Warum waren Sie in der Wohnung von Natascha König? Wie sind Sie da reingekommen? Was haben Sie in der Nacht dort zu suchen gehabt, als sie ermordet wurde?"

Schubert schwieg zu allem. Dann beugte sich Maren Köster zu ihm vor, schaute ihm direkt ins Gesicht und sagte: „Sie machen einen Fehler, Herr Schubert, wenn Sie denken, Sie könnten durch Schweigen Ihre Lage verbessern. Geben Sie sich keinen Illusionen hin, die Indizienkette ist lückenlos. Vielleicht können wir Ihnen den Mord an dem alten Doktor nicht nachweisen, das ist möglich. Aber alles andere ist rund und gerichtsfest. Wir werden Sie an den Haken bekommen, ob Sie nun mitspielen oder nicht."

Schubert war bei ihren Worten etwas zurückgewichen. Er schien sichtlich beeindruckt von ihrer Selbstsicherheit. Hilfesuchend blickte er den Anwalt an. Der zuckte nur mit den Achseln, was Schubert noch unsicherer machte.

„Mann, Sie sind sowieso am Arsch", erhöhte Schulte den Druck. „Ob Sie reden oder nicht. Kapieren Sie das doch endlich. Was wir nachweisen können, reicht jetzt schon aus, um Sie zu verknacken. Wenn Sie aber kooperieren, dann werden wir das vor Gericht auch zu Ihren Gunsten vorbringen. Nennen Sie uns den Auftraggeber für den Mord an Kaiser."

Bevor der Anwalt diesen Deal stoppen konnte, fragte Schubert leise: „Kann ich mich darauf verlassen?"

84

Als sich Schultes Handy meldete, dachte er kurz daran, das Gespräch einfach wegzudrücken. Er hatte keine Zeit. Ihm lag das schriftliche Geständnis Schuberts vor und er hatte es erst zur Hälfte gelesen. Aber dann meldete er sich doch und erfuhr, dass Renate Burghausen in der Leitung war. Da er diese Frau mochte, riss er sich zusammen und fragte so freundlich wie möglich nach, was sie ihm mitzuteilen habe. Gleichzeitig konnte er aber die Augen nicht von dem Geständnis lassen und las weiter. Doch als sie ihm sagte, worum es ging, horchte Schulte auf.

„Dieser verdammte USB-Stick hat uns viel Arbeit gemacht", schimpfte die große Frau mit der Kleinmädchenstimme. „Wie eigentlich immer, wenn etwas von Herrn Schulte kommt. Da hat jemand die Informationen gekonnt verschlüsselt. War echt kompliziert."

Schulte verdrehte die Augen und antwortete mit zuckersüßer Stimme: „Aber ich kenne Sie doch, liebe Kollegin. Sie blühen doch erst richtig auf, wenn es kompliziert wird. Wenn es einfach wäre, dann bräuchten wir Sie nicht."

„Sehr witzig", antwortete Burghausen in gespieltem Ernst. „Sie werden es nicht glauben, aber auf diesem Stick ist tatsächlich etwas drauf. Sie wollen doch bestimmt wissen, was es ist, oder?"

„Klar will ich das. Nur raus damit!"

„Und warum haben Sie dann nicht schon längst meine Mail geöffnet und nachgeschaut? Was hindert Sie?"

Schulte war verblüfft.

„Aber wir haben hier doch noch immer keinen Internetanschluss. Und natürlich auch keine Mailadresse."

Er hörte am anderen Ende der Leitung ein resigniertes Seufzen.

„Doch Schulte, haben Sie. Seit Tagen können Sie schon ins Internet und ebenso lange haben Sie eine Mailadresse und die heißt: schulte@obernkrug-nrw. de. So, und jetzt werfen Sie das Gerät an und öffnen diese verdammte Mail. Im Jahre 2018 sollten Sie eigentlich wissen, wie man das macht. Oder soll ich das Ganze besser mit 'ner Brieftaube schicken?"

Jedem anderen hätte Schulte diesen Ton übel genommen. Aber Renate Burghausen hatte nun mal ihre ganz spezielle Art und meinte es im Grunde gut mit ihm.

Er brauchte eine Weile, dann lief der PC und irgendwann fand Schulte auch die Mail.

Auf dem Stick gab es, neben mehr als 20 Textdateien, auch einige Sprachnachrichten. Neugierig klickte er die erste davon an und hörte zu seiner großen Überraschung eine Stimme, die er kannte.

„Herr Kaiser?", fragte die bekannte Stimme.

„Ja! Sie wünschen?", ertönte jetzt eine andere Männerstimme, die Schulte noch nie zuvor gehört hatte. In ihr lag Arroganz. Viel Arroganz.

„Ach, Herr Kaiser", der Anrufer machte eine bedeutungsschwere Pause. „Immer noch so blasiert? Obwohl der Kopf längst in der Schlinge steckt?" Wieder eine Pause. „Doch trotz des gespielten Hochmuts gewinnt die Angst langsam aber sicher die Oberhand. Stimmts? Zu Recht, Herr Kaiser, zu Recht. Mittlerweile gehen Sie mir aus dem Weg. Ein Eingeständnis, dass Sie mir nicht gewachsen sind. Doch das wird Ihnen nichts nützen. Ihnen ist nicht mehr zu helfen. Ich werde nicht zulassen, dass Sie alles zerstören, was andere aufgebaut haben. Sie sind eine Bedrohung für uns, Kaiser. Und wir werden Sie aus dem Weg räumen, verlassen Sie sich drauf. Noch können Sie sich aussuchen, wie Sie sterben wollen. Morgen vielleicht schon nicht mehr. Ich rate Ihnen, genießen Sie die letzten Tage Ihres jämmerlichen Daseins. Sie werden sterben, sehr bald sterben und zwar dann, wenn Sie es am wenigsten vermuten."

„Lächerlich!", versuchte die unbekannte Stimme dem Anrufer etwas entgegenzusetzen. Schulte war sich sicher, dass es die Stimme Hans Kaisers war.

„Ich habe Sie ausgewählt", fuhr die bekannte Stimme fort. „Ich habe Sie zu dem gemacht, was Sie heute sind, wollte Sie zu meinem Nachfolger aufbauen. Und Sie? Sie haben mein Vertrauen missbraucht. Haben versucht, mich zu erpressen. Nicht mit mir. Das war Ihr Todesurteil."

Das Gespräch war beendet. Schulte starrte fassungslos auf den Bildschirm.

85

Thomas Kaufmann blickte zufrieden in die Runde. Mit diesen Gästen konnte er sich sehen lassen. Gut gekleidete Männer und Frauen aus den Spitzen aller gesellschaftlich relevanten Bereiche hatten sich im feierlich geschmückten Foyer des Detmolder Sommertheaters zusammengefunden, standen mit einem Glas Champagner in der Hand in kleineren Gruppen zusammen und plauderten munter. An der Rückwand war auf einer Bühne ein Rednerpult aufgebaut worden. Dort würde gleich ein hochgestelltes Mitglied der nordrhein-westfälischen Landesregierung eine Laudatio auf ihn, auf Kaufmann, halten. Über dem Rednerpult hing ein großes Transparent mit dem Namen der Stiftung: *Thomas-Kaufmann-Stiftung zur Förderung der Kriminalprävention e.V.*

Kaufmann bummelte, mit allen Sinnen genießend, von einer Gruppe zur anderen, plauderte eloquent und entspannt und ließ sich feiern. Das Leben konnte so großartig sein.

„Mensch Thomas", rief ein alter Geschäftspartner ihm von einem der Stehtische zu. „Dass ich das hier noch erleben darf. Du als Menschenfreund. Ich habe mir immer vorgestellt, dass du eines Tages dein ganzes Geld auf den Bahamas mit schönen Frauen verprasst. So kann man sich täuschen."

Kaufmann tat, als amüsiere er sich über den Spruch, hob sein Glas und ging schnell weiter zum nächsten Tisch. Nicht jeder, der im öffentlichen Leben eine Rolle spielt, hat auch Stil, dachte er. Die nächsten Gesprächspartner waren entgegenkommender, fragten nach dem Stiftungszweck und nach den geplanten Maßnahmen.

„Das wird gleich in aller Ausführlichkeit in der Präsentation dargestellt", vertröstete er eine elegante, ältere Dame und winkte einen der Kellner heran, weil er sah, dass ihr Glas leer war. Wohin er auch kam, sofort drängten sich die Besucher um ihn, stellten ihm Fragen, lobten ihn für sein soziales Engagement, tranken ihm zu.

Dann erklomm ein großer, perfekt gekleideter Mann in den besten Jahren die kleine Bühne und stellte sich an das Rednerpult. Er räusperte sich vernehmlich über das Mikrofon und freute sich, dass er augenblicklich die Aufmerksamkeit aller besaß.

„Sehr geehrter Herr Kaufmann, sehr verehrte Gäste", begann er leicht stockend. Man hörte ihm an, dass solche öffentlichen Auftritte für ihn Neuland waren. Das Weitere las er sicherheitshalber ab. „Mein

Name ist Klaus Erpentrup, ich bin Staatssekretär im Innenministerium dieses wunderbaren Bundeslandes. Für mich ist das hier praktisch ein Heimspiel, denn ich hatte das Vergnügen, viele Jahre Leiter der Detmolder Kreispolizeibehörde sein zu dürfen. Mein bescheidener Erfolg dort hat mich dann in mein aktuelles, ehrenvolles Amt geführt. Aber ich fühle mich hier immer noch zu Hause. Heute jedoch freue ich mich vor allem, das Lebenswerk eines großartigen Mannes würdigen zu dürfen."

Nun folgten viele, viele weihevolle Worte, die das Leben und Wirken Kaufmanns priesen. Der Staatssekretär holte ganz weit aus, begann mit der harten Kindheit Kaufmanns als Sohn eines einfachen Dorfschullehrers in den 50ern, schlug dann einen großen Bogen über sein ereignisreiches und überaus erfolgreiches Berufsleben als Unternehmer und Impulsgeber für die ostwestfälische Wirtschaft.

„Ich frage Sie, wo stände Ostwestfalen ohne solche Männer wie Thomas Kaufmann?", stellte er die rhetorische Frage, auf die er selbst keine Antwort gab. Erpentrup schien zufrieden mit dem Fluss seiner Rede zu sein, denn er hob nun zum ersten Mal seinen Blick und schaute über das lauschende Publikum. Dann blätterte er sein Skript um und las weiter: „Die Angst vor krimineller Gewalt, meine Damen und Herren, lässt immer größere Teile der Gesellschaft keinen Schlaf finden. Dieser Entwicklung ein Bollwerk entgegen zu setzen, ist nicht nur lobenswert, es wird, in enger Zusammenarbeit mit der Landesregierung, auch Geschichte machen."

Der Staatssekretär wurde von seiner eigenen Rhetorik mitgerissen und schwang sich zu spektakulären Hymnen auf Thomas Kaufmann auf. Er war nun derart im Schwung, dass er sein Redemanuskript auf das Pult legen und frei sprechen konnte. Nach einem weiteren triumphierenden Blick über die Reihen seiner Zuhörer sagte er: „Und wenn durch die großherzige Stiftung des Herrn Kaufmann in Zukunft die Arbeit der Polizei deutlich leichter wird, dann ist das vor allem ..."

Plötzlich brach der Staatssekretär ab. Seine Gesichtsfarbe veränderte sich, er starrte wie paralysiert über die Köpfe der Zuhörer hinweg auf den Eingangsbereich des Foyers. Sofort zog ein leises, aber schnell anschwellendes Raunen durch den Raum. Irritiert drehte auch Thomas Kaufmann den Kopf, schaute, was da los war.

Der Mann, der gerade das Foyer betreten hatte, passte so wenig in diese feudale Runde wie ein Straßenköter in eine Gruppe frisch gebadeter und geföhnter Pudel. Er schaute sich kurz suchend um, dann machte er die ersten Schritte auf die Bühne zu. Kaufmann hätte diesen Mann auch erkannt, wenn der Staatssekretär nicht in diesem Moment die Fassung verloren und durch Mikrofon gerufen hätte: „Schulte, was haben Sie denn hier zu suchen?"

86

Ein bisschen kam Schulte sich vor wie Moses, vor dem sich das Rote Meer teilte, als er mit seinem Volk hindurchzog. Hier waren es keine Wassermassen, sondern feierlich gekleidete Gäste, die zu beiden Seiten vor ihm zurückwichen, als habe er eine ansteckende Krankheit. Es bildete sich eine Gasse vor ihm, die direkt zur Bühne führte, auf der neben Staatssekretär Erpentrup, dem Redner, auch Thomas Kaufmann, stand. Schulte ging langsam. Er schien jeden seiner Schritte zu genießen. Dann stand er vor der Bühne, in unmittelbarer Nähe von Thomas Kaufmann, der ihn nur völlig verblüfft anstarrte und kein Wort herausbrachte.

„Thomas Kaufmann", rief Schulte so laut, dass es jeder im weitläufigen Foyer hören konnte, „ich verhafte Sie wegen Anstiftung zum Mord an Hans Kaiser."

Für einige Sekunden schien die Luft im Raum zu gefrieren. Eisiges Schweigen. Dann ein erstes ungläubiges Raunen, das lauter wurde und schließlich dröhnend den gesamten Raum in Schwingungen versetzte. Dazwischen waren einzelne, empörte Rufe zu hören. Rufe, die Schulte aufforderten zu verschwinden. Er solle den armen Mann in Ruhe lassen. Doch Schulte stand wie eine Säule vor der Bühne, rührte keinen Finger, sein Blick bohrte sich in die Augen Kaufmanns.

„Schulte, Sie Riesenrindvieh!", schrie Erpentrup von seinem Rednerpult aus und vergaß vollkommen, dass er immer noch über das Mikrofon sprach. Seine Beschimpfung übertönte spielend den Lärm im Saal und ließ die völlig verwirrten Gäste schweigen. Sofort war es still.

„Na, na", gab Schulte zurück und konnte seine Genugtuung dabei kaum verbergen. „Herr Staatssekretär, Sie wollen mich doch wohl nicht an der Ausübung meiner hoheitlichen Aufgabe hindern, oder?"

Es blieb ruhig im Raum, denn die Gäste warteten gespannt darauf, wie es weiterging. Plötzlich wurde es ganz hinten, im Eingangsbereich des Sommertheaters, wieder laut. Eine weibliche Stimme gab im scharfen Ton einige Befehle. Dann das trommelnde Stakkato schneller Schritte von Stiefeletten auf dem Parkett des Foyers. Schulte musste sich nicht umdrehen, um zu wissen, wer das war. Und tatsächlich stand in der nächsten Sekunde Maren Köster neben ihm.

„Du Mistkerl!", zischte sie ihm so leise zu, dass nur er es hören konnte. „Hättest ruhig draußen warten können, bis ich auch zur Stelle war."

„Sorry", entschuldigte sich Schulte, indem er ihr ins Ohr flüsterte. „Aber es stand zu befürchten, dass Kaufmann flüchtet und deshalb musste ich schnell handeln."

„So ein Schwachsinn!", sagte sie und trat etwas zur Seite, um zwei uniformierten Polizisten, die ihr gefolgt waren, Platz zu machen. Sie gab den beiden Beamten Anweisungen und zeigte auf Kaufmann. Die Polizisten stiegen auf die Bühne, nahmen Kaufmann in ihre Mitte, legten ihm Handschellen an und führten ihn von der Bühne herunter in den Raum. Kaufmann hatte immer noch kein Wort gesprochen. Es schien ihm komplett die Sprache verschlagen zu haben. Wahrscheinlich ist die Fallhöhe einfach zu hoch gewesen, dachte Schulte. Eben noch der gefeierte Menschenfreund und im nächsten Augenblick der gedemütigte Kriminelle. Von ganz oben nach ganz unten in wenigen Sekunden. Da musste der Aufschlag verdammt hart sein.

Kaufmann sprach auch nicht, als die beiden Polizisten ihn quer durchs Foyer führten. Auch hier bildete sich schnell eine Gasse. Die Gäste wichen, mit Blicken, die von ungläubigem Staunen bis zu hellem Entsetzen reichten, zurück und ließen die drei Männer durch. Niemand wagte es, ein Wort zu sagen.

Erpentrup stand an seinem Rednerpult und blickte ratlos über die Köpfe der Gäste. Immer wieder schüttelte er den Kopf, als könne er das alles nicht begreifen.

„Der fragt sich jetzt nur, ob diese Geschichte negative Auswirkungen auf seine Karriere haben wird", lachte Schulte schadenfroh, als Maren Köster wieder neben ihm stand. „Kommt nicht so gut rüber, in seiner Funktion solche Lobhudeleien über einem Verbrecher auszuschütten. Es wird interessant werden, wie der Innenminister das sieht."

Plötzlich gab Erpentrup sich einen Ruck, verließ sein Rednerpult und baute sich, zitternd vor Wut, dicht vor Schulte auf. Fast Nase an Nase standen die beiden Männer, deren Abneigung sich über viele Jahre immer weiter aufgebaut und verfestigt hatte. Dabei schaute der deutlich größere Staatssekretär auf Schulte herab, als wolle er ihn im nächsten Moment anspucken. Aber auch Schultes Körpersprache drückte nichts als pure Angriffslust aus.

Maren Köster erkannte die Sprengkraft dieser Begegnung und schob sich unter Aufbietung ihrer ganzen Kraft und ihrer starken Persönlichkeit zwischen die beiden Kampfhähne. Erpentrup holte tief Luft und blies sie wieder aus, als müsse er tonnenweise angestauten Dampf ablassen.

„Hätten Sie nicht wenigstens warten können, bis all das hier vorbei war?", fragte er, immer noch mit viel Aggression in der Stimme. „Wie stehe ich denn jetzt da?"

„Wünschen Sie jetzt eine höfliche Antwort, Herr Staatssekretär?", fragte Schulte scheinheilig. „Oder eine ehrliche?"

Erpentrup starrte ihn lange an. Dann sackte er in sich zusammen, winkte resigniert ab, drehte sich um und verließ mit hängenden Schultern das Sommertheater.

87

Das Endspiel der Fußball-Weltmeisterschaft lief seit genau 37 Minuten. In der ehemaligen Kneipe saßen alle Mitglieder des neuen Teams zusammen und schauten zu. Es war Sonntag, früher Abend. Dabei hatte keiner von ihnen irgendeinen Dienst. Erstaunlich, fand Schulte. Genauso erstaunlich wie der Verlauf dieses Endspiels. Erst ein Eigentor der Kroaten, dann der spektakuläre Ausgleich. Und nun hielten alle den Atem an, denn Schiedsrichter Pitana stand vor dem Bildschirm und befragte den Videobeweis. Wieder und wieder. Er schien sich nicht entscheiden zu können, aber dann zeigte er auf den Elfmeterpunkt. Antoine Griezmann schob leicht links der Mitte flach ein. 2:1 für Frankreich in der 38. Spielminute. Die Vorentscheidung?

Zumindest bei Jupp Schulte fiel die Spannung nach diesem, wie er fand, unberechtigten Elfmeter deutlich ab. Er schaute einen seiner Kollegen nach dem anderen an. Es hatte sich viel verändert in den letzten Tagen. Aus der bunt zusammengewürfelten Truppe frustrierter und verletzter Egomanen war tatsächlich so etwas wie ein Team geworden. Es gab noch lange kein perfektes Zusammenspiel, so wie es die Franzosen gerade demonstrierten, aber sie hatten, um in der Fußballersprache zu bleiben, über den Kampf zurück ins Spiel gefunden.

Schulte erinnerte sich gut, wie Rosemeier seinerzeit mehr beiläufig vom Todesfall dieses Hans Kaisers berichtet hatte. Und dachte daran, was sich daraus entwickelt hatte. Nicht nur Gutes, wahrhaftig nicht. Zwei Morde, ausgelöst durch Ermittlungen aus reiner Langeweile, würden immer Schultes Freude an der Auflösung des Falles trüben. Im Mordfall Natascha König hatte es weitere Untersuchungen gegeben. So waren auch ihre Telefonverbindungen ausgewertet worden und man fand einen Anruf, der an das Mobiltelefon von Roger Schubert gegangen war. Ein weiteres Indiz für Schuberts Täterschaft, an der nun niemand mehr zweifelte. Im Fall Dr. Waltermann gab es durch Schuberts Geständnis ebenfalls keine Unklarheiten mehr. Er hatte den alten Mann über die Balkonbrüstung geworfen, weil er, nach eigener Aussage, in Panik geraten war. Der Fahndungsdruck durch Schulte hatte ihn so nervös gemacht, dass er sich gezwungen sah, alle Mitwisser aus dem Weg zu räumen. Bei Waltermann gab es auch noch eine andere Neuigkeit: Lindemann hatte durch hartnäckige Recherche herausgefunden, dass Dr. Waltermann der leibliche Vater Kaufmanns war. Und der uneheliche Sohn Kaufmann war es, der seit Jahren die sündhaft teure Seniorenwohnung Waltermanns finanzierte. Hätte Schulte vor ein paar Tagen seinen Kollegen von Fölsen aufgefordert, ihm den Namen dieses Sohnes zu nennen, wären die Zusammenhänge wesentlich schneller klar geworden. Aber nein, Schulte hatte zu schnell enttäuscht abgewunken und das Thema fallen lassen. Dies alles erklärte auch, warum Waltermann damals so loyal gehandelt und die Todesursache verheimlicht hatte. Es war wohl nicht nur der finanzielle Druck gewesen, sondern auch Familienbande. Horst Bukow war vollständig entlastet worden. Die Fotos, von denen Kaufmann gesprochen hatte und die angeblich Hans Kaiser in pikanten Situation zeigten, waren reine Erfindung von Kaufmann gewesen, um eine falsche Spur in Richtung Bordellbetreiber zu legen. Eines der wenigen Eingeständnisse von Kaufmann, der ansonsten beharrlich schwieg und alle Kommunikation mit den Behörden seinem Anwalt überließ. Es würde schwer werden, ihm den Auftrag zum Mord an Hans Kaiser wirklich nachzuweisen. Die Sprachnotiz auf dem Stick war ein starkes Indiz, aber eben nur ein Indiz. Stärker wog die Aussage Schuberts, der sich entschieden dazu geäußert und genau beschrieben hatte, wie er den Auftrag bekam und was sein Lohn gewesen war. Aber auch das war eben nur die Aussage eines anderen Verdächtigen, um sich selbst zu schützen. Kaufmanns Anwalt würde sein Bestes geben, um alle diese Indizien vor Gericht zu zerpflücken. Die Zukunft der Stiftung war ebenfalls ungeklärt. Niemand würde mit ihr zusammenarbeiten wollen, wenn der Stifter hinter Gittern saß.

Halbzeit! Es stand immer noch 2:1 für Frankreich. Aber Schultes Interesse am Spiel war fast völlig erloschen. Er stand auf und holte sich ein Bier von der Theke, hinter der Manfred Rosemeier stand und zapfte. Rosemeier war ganz offensichtlich in seinem Element.

„Na?", fragte er Schulte mit strahlender Miene. „Was habe ich gesagt? Eines Tages sitzen wir hier gemütlich zusammen und trinken Bier."

Schulte trank sein Glas halb leer und sagte: „Du bist ein echter Prophet. Kannst du mir auch die Lottozahlen voraussagen?"

Er drehte sich um, lehnte sich mit dem Rücken an die Theke und betrachtete seine drei anderen Kollegen. Ein kleiner Gesprächskreis, in einer Konstellation, die noch vor wenigen Tagen unvorstellbar gewesen wäre, hatte sich gebildet. Hubertus von Fölsen, auch heute im feinsten Dress gewandet, Adelheid Vahlhausen und, kaum zu glauben, Marco van Leyden unterhielten sich über das Spiel. Sie stritten nicht, sie analysierten. Schulte konnte sich nur noch wundern. Plötzlich bekam Schulte mit, dass sie über ihn sprachen. Van Leyden lachte laut, als von Fölsen den beiden anderen mitteilte, dass Schulte im Einsatz ein Strafmandat bekommen hatte. Dummerweise hatte er den Anhörungsbogen in der Kneipe liegenlassen, was nun zur Schadenfreude seiner Kollegen führte. Aber er konnte keine Boshaftigkeit heraushören, es war einfache, ehrliche, offene Schadenfreude. Das musste erlaubt sein, fand selbst Schulte.

Noch nicht ganz verwunden hatte Schulte die

Demütigung, als Maren Köster ihn ans Treppengeländer gefesselt hatte. Aber je länger dies zurücklag, desto klarer wurde ihm, dass er an ihrer Stelle vielleicht genauso gehandelt hätte. Bereits morgen, nahm er sich vor, würde er Maren Köster anrufen und sie zum Essen einladen. Vielleicht sprang sie ja mal über ihren Schatten und sagte zu. Es hatte sich einiges angestaut zwischen ihnen. Das musste dringend besprochen werden.

Er ließ sich von Rosemeier ein neues Bier geben, nahm einen Schluck und rief dann in die Runde: „Wie sieht's aus, Kollegen? Machen wir hier zusammen weiter oder gehen wir alle vorzeitig in Pension?"

„Pension?", fragte van Leyden mit gespielter Empörung. „Wovon redet dieser Mensch? Ich bin von Greisen umgeben und muss selbst noch 30 Jahre arbeiten. Wie soll man das aushalten?"

„Ich zeige Ihnen gleich, wie fit so ein Greis noch sein kann", brummte von Fölsen und drohte mit der erhobenen Faust. Ganz kurz sah es so aus, als würde die alte Aggression wieder hochkommen, aber von Fölsen schmunzelte, als er dies sagte. Die Spannung war offenbar endgültig gewichen, sie hatten sich aneinander gewöhnt.

„Ich frage auch", bohrte Schulte weiter, „weil außer mir alle hier nur mehr oder weniger provisorische Wohnungen in Detmold haben. Das war auch vernünftig, als überhaupt noch nicht klar war, wie es hier weitergeht. Aber es wird der Tag kommen, an

dem ihr euch entscheiden müsst, richtig hierherzu-
ziehen oder für den Rest eurer Dienstzeit Touristen
zu bleiben."

Adelheid Vahlhausen stand auf und stellte sich neben Schulte.

„Ich für meinen Teil habe mich entschieden",
sagte sie. „Mein Leben lang war ich eine überzeugte
Großstadtpflanze, hätte mir keine Sekunde lang vorstellen können, in der Provinz zu leben. Aber sie tut
mir gut, diese Provinz. Das spüre ich, seelisch und
körperlich. Ich werde bleiben. Und nicht nur das, ich
werde mir eine schöne Wohnung suchen, irgendwo
auf dem Land. Wo es ruhig ist, wo mich nicht jeden
Tag drei Events gleichzeitig unter Stress setzen. Weg
mit den High-Heels, her mit den Gummistiefeln!"

Schulte lachte und sagte: „Ich wüsste da einen
großartigen Vermieter, auf den all das zutrifft. Meine Tochter und mein Enkel ziehen demnächst aus.
Dann wird es noch ruhiger auf dem Hof, viel zu ruhig. Soll ich mal mit Anton Fritzmeier sprechen?"

Das Endspiel der Fußballweltmeisterschaft in
Russland wurde gerade abgepfiffen. Frankreich war
Weltmeister, aber irgendwie interessierte dies keinen
der Anwesenden mehr. Rosemeier stand immer noch,
nun mit vor Anstrengung geröteten Wangen, hinter
der Theke und zapfte ein Bier. Schulte und Adelheid
Vahlhausen prosteten sich zu. Er mit Bier, sie mit
Mineralwasser. Marco van Leyden und Hubertus von
Fölsen, das ungleichste Paar, das Schulte sich vorstel-

len konnte, spekulierten darüber, immer wieder von lautem Lachen unterbrochen, wie sehr von Fölsens Buch die praxisfremden Bürokraten im Düsseldorfer Innenministerium aufscheuchen würde.

„Das wird einschlagen wie eine Bombe in einen Hühnerhaufen", freute sich van Leyden schon jetzt.

Alle waren sie Störenfriede gewesen, erinnerte sich Schulte. Hatten irgendwo angeeckt, sich an den Strukturen wund gerieben, waren zu Steinen in den Schuhen ihrer Vorgesetzten geworden. Man hatte sie aufs Abstellgleis geschoben, darauf gehofft, sie alle für immer zu vergessen, zu vergraben, ein für alle Mal einen Haken an ihre Namen machen zu können. Ruhet in Frieden, aber ruhet.

„So ist das eben", sagte Schulte leise zu sich selbst. „Totgesagte leben manchmal verdammt lange."

88

Das beliebte Möbelhaus *Stilvoll Residieren* war an diesem Samstagnachmittag voller Kunden. Der Verkäufer in der Küchenabteilung rieb sich zufrieden die Hände und wollte gerade einen besonders interessiert wirkenden Kunden ansprechen, als er etwas sah, dass ihm das Verkäuferblut gefrieren ließ.

Ein sehr alter Mann hatte den großen Raum betreten. Das allein wäre kein Problem gewesen, aber dieser alte Mann trug einen großen Rucksack mit sich herum. Bekleidet war er mit einer grünen Joppe, einer ebenfalls grünen Mütze und, dem Verkäufer stockte der Atem, Gummistiefeln. Ungläubig staunend sah er, wie der alte Mann quer durch den Ausstellungsraum schlurfte, geradewegs auf eine große Esstisch-Garnitur zu. Er ließ den Rucksack neben dem Tisch auf den Boden sinken, schob einen der zum Tisch gehörenden Stühle in eine bequeme Position und ließ sich laut ächzend darauf nieder. Einen kurzen Moment hatte der Verkäufer noch die Hoffnung, der Alte könne einfach nur erschöpft sein und würde nach ein paar Sekunden Ruhe unauffällig weitergehen. Doch dann sah er zu seinem Entsetzen, wie dieser eine Thermoskanne und einen Becher aus seinem Rucksack holte. Er füllte den Becher mit dampfendem Kaffee. Dann zerrte er eine Plastikdose heraus, klappte sie auf, holte ein riesiges Butterbrot heraus und biss herzhaft hinein. Noch mit vollem Mund kauend, trank er laut schlürfend einen Schluck Kaffee. Dann kramte er wieder in seinem Rucksack, holte einen Apfel, eine Mettwurst und ein Messer heraus und legte alles vor sich auf den Tisch. Mittlerweile waren natürlich auch die Kunden auf den seltsamen alten Mann aufmerksam geworden. Einige verließen mit empörtem Blick den Verkaufsraum, andere bildeten einen Halbkreis um den Mann herum und warteten neugierig auf das, was nun geschehen würde. Der Verkäufer wusste spätestens jetzt, dass er aus seiner Schockstarre erwachen und etwas unternehmen musste. Er warf einen letzten verzweifelten Blick auf den fröhlich schmausenden Alten, verließ den Verkaufsraum und lief eilig zum Büro des Geschäftsführers.

Zwei Minuten später durchbrach der Geschäftsführer die Reihen der Neugierigen und stellte sich breitbeinig vor den alten Mann. Aber der saß nun nicht mehr allein am Tisch. Zwei Kinder hockten neben ihm und kauten vergnügt an einem Stück Wurst. Der Alte hatte mehrere Plastikbecher auf den Tisch gestellt. Eine Frau schenkte sich gerade aus seiner Thermoskanne einen Becher Kaffee ein. Die Stimmung im Verkaufsraum war locker und fröhlich, fast wie bei einer Party, mit dem alten Mann als Mittelpunkt. Auch als der Geschäftsführer nun wutschnaubend vor ihm stand, ließ sich Anton Fritzmeier, denn um niemand anderen handelte es sich hier, nicht aus der Ruhe bringen. Er schnitt sich in allerbester Laune ein großes Stück von seiner Mettwurst ab und hielt es dem Geschäftsführer hin.

„Wollen Se auch 'n Stück? Schmeckt chroßartig."

Der Geschäftsführer war erst ebenso sprachlos, wie vorher sein Mitarbeiter. Dann aber riss er sich zusammen und donnerte los: „Das ist doch hier kein Wartesaal. Packen Sie sofort das ganze Zeug wieder ein und verschwinden Sie!"

Dann erst schien er Anton Fritzmeier erkannt zu haben und stammelte: „Aber Moment, ich kenne Sie doch. Sind Sie nicht der …?"

Mitten im Satz brach er ab, denn von den zahlrei-

chen Zuschauern dieser Szene kamen erste Unmuts-
äußerungen.

„Der arme alte Mann", sagte das Kind links neben
Fritzmeier. „Ich finde den nett", ergänzte das Kind
rechts neben ihm und schien damit das allgemeine
Befinden auf den Punkt gebracht zu haben. Denn
das Murren wurde lauter.

„Der tut doch keinem was", fand ein junger Mann
und stürzte damit den Geschäftsführer in noch größere Verlegenheit.

„Genau!", rief ein anderer. „Sein Geld ausgeben
darf man hier, aber wenn sich einer mal ein bisschen
ausruhen will, dann fliegt er raus."

Fritzmeier winkte den Leuten fröhlich zu. Er
schien die Szene aus vollem Herzen zu genießen. Der
Geschäftsführer schluckte angesichts dieser überra-
schenden Verbrüderung seine Wut herunter, riss sich
mit großer Mühe am Riemen und fragte: „Was wollen Sie? Was soll das hier bezwecken?"

„Ach", schmunzelte Fritzmeier. „Ich hab chedacht,
dat ich mich mal 'n paar neue Stühle kaufe. Wird
auch Zeit. Die chetz in meine Küche stehen, die sind
noch von neunzehnhundertneunundfuffzig. Echter
lippischer Barock, wissen Se? Ja, und chetz wollte
ich hier mal 'n paar moderne Stühle ausprobiern. Se
ham doch letztens chesagt, dat man bei Ihnen alle
Möbel anpacken kann. Ich muss doch wissen, ob et
mich auch chut schmeckt auf diese Stühle. Und dat
probiere ich chrade aus, mehr nich."

Während er dies sagte, schenkte er einem anderen Kunden einen Becher Kaffee ein. Damit schien die Thermoskanne jedoch leer zu sein, denn er stopfte sie zurück in den Rucksack. Den Rest der Mettwurst gab er den Kindern. Den ganzen übrigen Abfall mitsamt den Brotkrümeln ließ er einfach liegen. Dann stand er auf, hievte sich den Rucksack auf den Rücken und verließ wortlos den Tisch. Während zwei Dutzend Augenpaare ihm neugierig hinterher schauten, stand der Geschäftsführer wie angewachsen da und schnappte nach Luft. Nach drei Schritten drehte Fritzmeier sich um und sagte fröhlich: „Ich chlaube, ich nehme die Stühle doch nich. Sind zu hart für mein alten Hintern. Aber kucken Se sich mal den Tisch an, Herr Cheschäftsführer. Wie der aussieht. Die chanzen Essensreste. Finden Se dat etwa hüchienisch? Nee, in sonnen Laden kaufe ich nix. Da kann man sich ja sonstwat holen."

Jürgen Reitemeier, geboren 1957 in Hohenwepel-Warburg / Westfalen. Nach einer handwerklichen Ausbildung zum Elektromaschinenbauer studierte er Elektrotechnik, Wirtschaft und Sozialpädagogik an den Hochschulen Paderborn und Bielefeld. Er lebt und arbeitet seit mehr als zwanzig Jahren in Detmold. Sein tägliches Brot verdient er als Coach in seinem Unternehmen modul b.

Wolfram Tewes, geboren 1956 in Peckelsheim / Kreis Höxter. Nach einigen Lehr- und Wanderjahren 1982 sesshaft geworden auf der Nordseeinsel Norderney. Dort war er bei der Norderneyer Badezeitung zuständig für Anzeigen, Vertrieb und Redaktion. Anschließend bis heute im Anzeigenbereich der Neuen Westfälischen Zeitung. Der Vater von zwei erwachsenen Töchtern lebt mit seiner Ehefrau in Horn-Bad Meinberg.

Sämtliche Personen und Institutionen sind frei erfunden, und eine Ähnlichkeit mit lebenden oder verstorbenen Personen wäre rein zufällig. Einige Schauplätze im Roman sind real, andere hingegen fiktiv.

Die Autoren bedanken sich für die freundliche Unterstützung bei Ille Rinke.

Pendragon Verlag
gegründet 1981
www.pendragon.de

2. Auflage

Originalausgabe
Veröffentlicht im Pendragon Verlag
Günther Butkus, Bielefeld 2018
© by Pendragon Verlag Bielefeld 2018
Alle Rechte vorbehalten
Lektorat: Günther Butkus, Uta Zeißler
Umschlag und Herstellung: Uta Zeißler, Bielefeld
Umschlagillustration: Alfons Holtgreve
Satz: Pendragon Verlag auf Macintosh
Gesetzt aus der Adobe Garamond
ISBN: 978-3-86532-628-7
Gedruckt in Deutschland

31 Kriminelle Geschichten
Teuto-Tod

Krimi-Anthologie, Originalausgabe
432 Seiten, Klappenbroschur, EUR 10,00
ISBN 978-3-86532-379-8

Nehmen Sie sich in Acht!
Im beschaulichen Bielefeld schrecken gnadenlose Verbrecher die ruhigen Bürger auf. Schon bald liegen Altenheimbewohner und Tierparkbesucher unter der Teutoburger Walderde. 31 skrupellose Täter suchen das idyllische Ostwestfalen heim. Kommen die Mörder womöglich aus der eigenen, scheinbar ehrlichen und bodenständigen Nachbarschaft?

Gemordet wird am Alten Markt und im Ravensberger Park, auf dem Sennefriedhof sind nachts seltsame Gestalten unterwegs, während in der Bielefelder Uni gemeine Intrigen gesponnen werden. Als Taxifahrer getarnte Entführer treiben ebenso ihr Unwesen wie falsche Polizisten. Ganz zu schweigen von den tödlichen Gefahren, die überall in Ostwestfalen lauern.

Mit Beiträgen von Volker Backes, Mechtild Borrmann, Glauche/Löwe, Hans-Jörg Kühne, Sandra Niermeyer, Hellmuth Opitz, Reitemeier/Tewes, Norbert Sahrhage, Uwe Vöhl u. v. a.

PENDRAGON - Verlag

Richard Wiemers

MORD IN DER TUBA

Ein **Altenbeken-KRIMI**
344 Seiten, PB, EUR 13,50
978-3-86532-623-2

Schräge Charaktere, viel Regionalcharme und eine humorvolle Erzählweise machen „Mord in der Tuba" zu einem außergewöhnlichen Kriminalroman.

www.pendragon.de